U0946157

苏轼诗词全鉴

〔宋〕苏轼◎著　东篱子◎编译

中国纺织出版社有限公司
国家一级出版社
全国百佳图书出版单位

内 容 提 要

苏轼对中国思想、文学、艺术、文化上的影响是极为深远的。他潇洒的人生态度为后代文人所景仰；他非凡的文艺见解和不朽的艺术创作为后代提供了用之不尽的精神宝藏。本书收录的诗词是较能代表东坡诗词风格的部分，大多是其传世佳作。就诗歌题材看，有社会政事诗、山水景物诗、哲理诗、赠答抒怀诗等。让我们借苏轼诗词这个入口，跨越时空，去探寻、体味一代文学大家的内心世界。

图书在版编目（CIP）数据

苏轼诗词全鉴：珍藏版 /（宋）苏轼著；东篱子编译.
--北京：中国纺织出版社有限公司，2019. 10（2024.1重印）
ISBN 978-7-5180-6215-7

Ⅰ. ①苏… Ⅱ. ①苏… ②东… Ⅲ. ①苏轼（1036-1101）—宋诗—鉴赏 ②苏轼（1036-1101）—宋词—鉴赏 Ⅳ. ①I207. 2

中国版本图书馆CIP数据核字（2019）第098256号

策划编辑：曹炳镝　　责任校对：陈　红　　责任印制：储志伟

中国纺织出版社有限公司出版发行
地址：北京市朝阳区百子湾东里 A407 号楼　邮政编码：100124
销售电话：010—67004422　传真：010—87155801
http：//www.c-textilep.com
E-mail：faxing@c-textilep.com
中国纺织出版社天猫旗舰店
官方微博 http://weibo.com/2119887771
北京华联印刷有限公司印刷　各地新华书店经销
2019 年 10 月第 1 版　2024 年 1 月第 2 次印刷
开本：710×1000　1/16　印张：20
字数：264 千字　定价：68.00 元

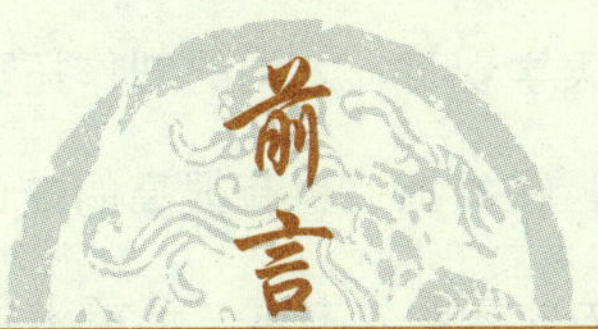

前言

苏轼从年轻时就怀有经国之志，但是终其一生都不得志，未能施展胸中的抱负。因为官场屡遭坎坷和不幸，他更加深刻地理解了社会和人生，也丰富和深化了他文学作品的内蕴，在一定程度上促成了他成为一位文学大家。

苏轼的文学成就是多方面的：他的散文创作平易畅达、简洁明快；他的议论文雄健奔放、辨析周密；他的记和书序则将散文抒情、叙事、议论的功能结合得水乳交融；他的随笔小品更是信笔写成，既生动活泼又朴素隽永；他的辞赋也取得了相当高的成就……当然，他在诗词方面取得的成就在中国文学史上也是令人难以望其项背的。

苏轼的诗取材广泛，几乎没有不能够入诗的题材，表现力也非常惊人。苏轼诗歌的总体风格是自然奔放、挥洒自如。他博学才高，对诗歌艺术的运用达到纯熟的境界。诗中比喻生动新奇，用典稳妥浑成，对仗精工自然。苏轼在词的创作上突破了词为“艳科”的传统格局，大大拓展了词的题材内容，用词来记游、赠答、怀古、说理，使之成为“无意不可入，无事不可言”的文体形式；而且将柔情之词变为性情之词，使词像诗一样可以表现人的性情怀抱，甚至寄寓理性的思考，从而提高了词的品格境界。他还突破了音乐对词体的制约和束缚，使词变成一种独立的抒情诗体，强化了词的文学性，创造了新的美学规范，为词的创作拓宽了道路。

苏轼是一个艺术全才，在书画上也有很高的造诣。他“端庄杂秀丽，刚健含婀娜”的书法被公认为北宋四大书家“苏黄米蔡”之首。他爱画竹木怪石，与文同、米芾等开创了墨戏一派。

苏轼对中国思想、文学、艺术、文化的影响是极为深远的。他潇洒的人生态度为后代文人所景仰；他非凡的文艺见解和不朽的艺术创作为后代提供了用之不尽的精神宝藏。文如其人，诗如其人。诗品出于人品。品读苏东坡的诗文，感受他的诗文氤氲出的清美，以及他的人格辐射出的清朗俊逸，使人全身心都为之清爽而舒畅。冰心有一首小诗：“一个人应当像一朵花，不论男人或女人；花有色、香、味，人有才、情、趣。”苏轼诗现存二千七百余首，苏轼词有三百四十余首。本书所选诗词为较能代表东坡诗词风格的部分，大多是其传世佳作。就诗歌题材看，有社会政事诗、山水景物诗、哲理诗、赠答抒怀诗等。让我们借苏轼诗词这个入口，跨越时空，去探寻、体味一代文学大家的内心世界。

本书平装本自出版以来，广受读者欢迎和喜爱。为满足大家的收藏、馈赠需要，现特以精装形式推出，敬请品鉴。

编译者

2019 年 5 月

目录

诗部

词部

诗部

苏轼存留诗歌二千七百余首，被推为宋诗的代表。清代诗论家叶燮说："苏轼之诗，其境界皆开辟古今之所未有，天地万物，嬉笑怒骂，无不鼓舞于笔端，而适如其意之所欲出。"苏轼诗歌气象恢宏、意蕴充实、形象丰富，从宋至清就有许多注本，注本种类之多，仅次于杜甫的诗。

爱玉女洞中水，既致两瓶，恐后复取而为使者见给，因破竹为契，使寺僧藏其一，以为往来之信，戏谓之调水符

欺谩①久成俗，关②市有契繻③。

谁知南山④下，取水亦置符。

古人⑤辨淄渑⑥，皎若鹤与凫⑦。

吾今既⑧谢⑨此，但视符有无。

常恐汲水人，智出符之余。

多防竟无及，弃置为长吁。

【注释】

①谩：蒙蔽。欺谩即欺骗。

②关：设在交通要道的关卡。市：集市，贸易地点。

③契繻（rú）：出入关市的通行凭证。契繻即契约。

④南山：终南山，在今陕西西安市南。

⑤古人：指春秋时齐桓公近臣易牙。

⑥淄渑（miǎn）：二水名，都在今山东境内。据《列子·说符》载，淄渑二水，“易牙尝而知之”。

⑦凫：俗名野鸭。

⑧既：已经。

⑨谢：辞别，这里可作没有讲。

【译文】

长久以来，社会欺骗已成风。关卡集市，很早就定下了契约。谁能想到终南山下取水也要做调水符？古人能辨淄渑二水的不同味道，就像鹤鸟足长，野鸭足短，清清楚楚。我现在没有这种本事，只能看有无调水符。常常担心取水的人，聪明超过了设置竹符。我丢掉竹符长声感慨，多方防备竟不能防止。

【解析】

这首诗是治平元年（公元1064）苏轼就任凤翔府签判时写的。玉女洞在宝鸡县（属凤翔府）中兴寺的东面，洞中有飞泉，泉水甜美。诗题的意思是：喜爱玉女洞的泉水，已经得到两瓶，担心以后再取而被取水者所欺骗，于是剖竹作为符契，让中兴寺的和尚收藏其中的一半，作为往来取水的凭信，并把它戏称为调水符。这首诗的前四句感叹欺骗成俗，中间四句写他设置调水符，最后四句感叹调水符也未必能防止欺骗，这样曲折写来，把欺骗成俗揭露得很深刻。纪晓岚认为这首诗“达意颇深，而措语苦浅”。其实，以浅语达深意，正是好诗的表现，也是这首诗的突出特点，所以深受后人的推崇和喜爱。

百步洪

长洪斗落生跳波，轻舟南下如投梭。
水师绝叫凫[①]雁起，乱石一线争磋磨。
有如兔走鹰隼[②]落，骏马[③]下注千丈坡。
断弦离柱箭脱手，飞电过隙珠翻荷。
四山眩转风掠耳，但见流沫生千涡。
崄中得乐虽一快，何意水伯夸秋河。
我生乘化日夜逝，坐觉一念逾新罗。
纷纷争夺醉梦里，岂信荆棘埋铜驼。
觉来俯仰失千劫，回视此水尚委蛇[④]。
君看岸边苍石上，古来篙眼如蜂窠。
但应此心无所住，造物虽驶如吾何。
回船上马各归去，多言哓哓[⑤]师[⑥]所呵。

【注释】

①凫：野鸭。

②隼（sǔn）：猛禽。

③骏马：良马。骏，疾驰之意。

④委蛇：曲折的样子，这里是从容自得之意。

⑤哓哓（náo náo）：争辩声。

⑥师：指参寥，宋代诗僧，东坡的好友。

【译文】

乱石激浪的百步洪呀，湍急陡落，悬流跳波，南行的轻舟一旦下水，就成了激流中的飞梭。水手一声惊叫呐喊，惊起水边的野鸭、大雁，石丛里航道狭窄如一线，乱石争着要把小船磨穿。飞船呵，像那狡兔仓皇逃脱，像那飞掠的鹰隼倏然直落，像那奔驰的骏马来天外，惊天动地冲下千丈坡。像那崩断的琴弦不可恢复，像那脱手的箭镞再难把握，像那闪电在云缝里穿插，像那露珠在荷叶上滑落。四围群山在晕眩里旋转，惊风呼啸在耳畔掠过，激流飞湍泛出泡沫层层，暗中生出千百个漩涡。请不要满足于险境中的快感和愉悦，这和那位向海神夸口的河伯没什么区别。人的生命随着自然来去，时光如逝水，不舍昼夜；意念飞动岂受时空拘碍，一瞬间把万里新罗逾越。人世间蝇头微利的纷纷攘攘，无异于醉梦说不上清醒。往代的铜驼埋在荆棘中，说起来已经不足为奇，觉悟在俯仰之间，已然有千种劫波在无限中消融。回头看吧，惊险的百丈洪依旧是逶迤前行，自在从容。你看那岸边的青石崖，阅尽人间沧桑，留下的排排篙眼像蜂窝一样。行船人呵只要你师从自然，无所贪欲，不那么僵持，在岁月奔流的水面上，纵然风急浪险又有何妨。不过，现在还是请各位回船，上马把家归，再这么絮絮不休，可要受到我师责备。

【解析】

这首诗写于宋神宗元丰元年（1078）苏轼去徐州任知州时。百步洪，又名徐州洪，悬流湍急，乱石激涛，最为壮观，今已不存。此篇纪游诗前半写舟行洪中的惊险，后半谈人生的哲理。

前半部写实纪游，“语皆奇逸”（纪晓岚评语），曲尽险中得乐之致。起笔即状写长洪水势险恶，轻舟如梭，水手惊叫，凫雁逃散，开篇四句气势不凡，继以连珠似的七个妙喻，将长洪的湍急、轻舟的神速描绘得形象可感，酣畅淋漓。这种连用比喻的手法备受历代论者的激赏，被视为苏氏的创格，诗中运用“博喻”的典范。后半部专讲哲理却不乏味。《庄子·秋水》说，黄河之神河伯看到秋水大涨，欣然自喜，以为天下之美尽在于此；后来见到北海之大，才发觉自己的渺小，苏轼借用这个比喻讥刺以弄险为乐者的渺小。“我生”四句由生命随大自然的运化而来去，一己的荣名转瞬即逝，进而感叹世俗的争名夺利无异于醉梦。既然人生有限，宇宙无穷，人就该超脱、旷达，不为物役。“乘化”，须随自然运转变化——天下至变就是不变；“荆棘埋铜驼”，《晋书·索靖传》说索靖有远见，知道天下将乱，指着洛阳宫门的铜驼说“我一定看到你在荆棘中”，后来就以荆棘铜驼比喻世事的变化。苏轼引用“荆棘铜驼”的典故，意在说明人间巨变并不足道。劫：人世间一成一毁为一劫。只要“此心无所住”，无所停留，无所贪恋，那么，自然界变化再快也奈何我不得。

八月七日初入赣，过惶恐滩

七千里外二毛人，十八滩头一叶身。
山忆喜欢劳远梦，地名惶恐泣①孤臣。
长风送客添帆腹，积雨浮舟减石鳞。
便合②与官充水手，此生何止略知津。

【注释】

①泣：哀哭。

②合：应该。

【译文】

定州距赣江有七千里，秋风吹我二毛人；十八滩头水漫漫，伶仃漂泊一叶身。梦里翻山青春正当年，山是大散关上的“错喜欢”；老来遭贬泪洒十八

滩，滩是诡谲险恶的“惶恐滩”。长风送客把船帆鼓满，送给我的却是满怀辛酸；积雨水涨浮起了船，石头上的水鳞已不多见。平生渡过了许多险滩急流，有资格给官家当个好水手，满可以驾船摆渡江流上，岂止是略知哪儿有渡口。

【解析】

这首诗内蕴丰富，感慨深沉，真切感人。首联的“二毛人”，即毛发黑白相间之人，指老人。“十八滩”，据江西《万安县志》载：“赣州百里至岑县，又一百里至万安，其间有滩十八……滩水湍急，唯黄公为最甚。”南方人读“黄公”如“惶恐”，故曰“惶恐滩”。首联写诗人的境遇：一远——七千里外，苏轼离定州（与辽交界）任南下赴贬所，长途跋涉七千里；二险——十八滩头滩险水急。写诗人自己：一老——年近花甲的二毛人（时年五十八岁）；二孤：如飘零于十八滩头的一片落叶。诗人凄苦的心境自在其中。颔联的“喜欢”，诗人自注：“蜀道中有错喜欢铺，在大散关上。”如此以“喜欢”代替故乡山水，只是故乡山水遥不可及，惶恐滩头孤苦无助倒是身边的现实。“泣孤臣”不仅写出了心中的悲苦，也写出了仕途的险恶，暗含着对国事的忧愤。颈联写行舟，格调由凄苦转向旷达。尾联更作达观语，“合”，应该，意谓我应该为官府充当水手（“与”，为、替之意，“与官”，为官家之意），言外之意，如此的遭遇与打击于我也算不了什么。这种兀傲自信、纵逸不羁，也是诗人性格中真实的一面。

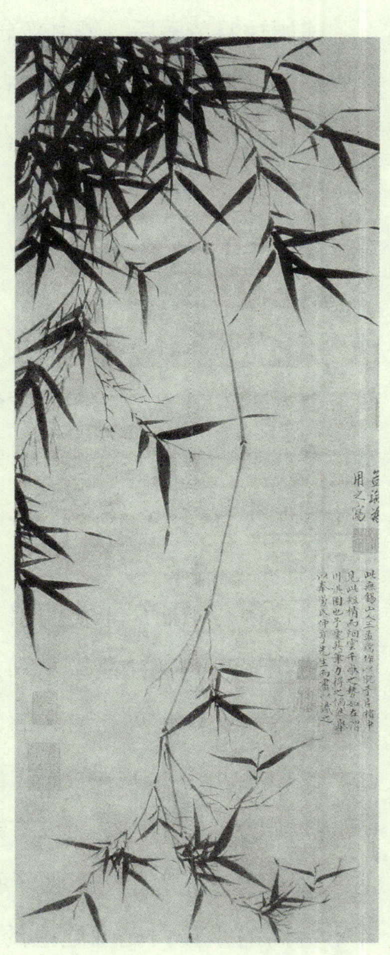

白鹤峰新居欲成，夜过西邻翟秀才家

林行婆家初闭户，翟夫子舍尚留关①。

连娟缺月黄昏后，缥缈新居紫翠间。

系闷岂无罗带水，割愁还有剑铓山。

中原北望无归日，邻火村舂自往还。

【注释】

①留关：没有上门闩。

【译文】

小酒店的林行婆家刚刚关了门，西邻的翟秀才还没有上门闩。娟秀的缺月静静悬在暮天，我那缥缈的新居朦胧在白鹤峰巅。排遣郁闷自有北窗东江水，割我愁肠不愁没有剑铓山。人在岭南北望中原，回归的时日茫茫然；伴着邻火点点，舂米声声，是我独自往来的蹒跚。

【解析】

这首诗写于谪居惠州的绍圣三四年间。这次遭贬，他不再当太守，而是派到广东惠州任建昌军司马，实为罪臣、罪人。他将全家——包括三个儿媳妇——送往宜兴湖泊区的苏宅，只带朝云和他的儿子苏过及两名女佣同行。绍圣元年（1094）十月至惠州后，先后寓居合江楼嘉祐寺，居无定所。挨到次年年尾，得知没有赦还的希望，即本诗的“中原北望无归日”，他才决心建一栋房子，以便子孙从宜兴搬来团聚，这便是本诗写到的建于并不甚高的小丘白鹤峰之上的新居，东坡名之“白鹤居”。房子盖得很称

心，分为“思无邪斋”“德有邻堂”，南端小空地还种了橘子、柚子、荔枝、杨梅等，又有本诗提到的两个好邻居。居高骋目，能看见东江两岸的乡村风光，连白水山和远处的罗浮山也尽收眼底。向来有建筑癖的苏东坡对自己的建筑很满意。

起句的林行婆，苏轼曾有文写道“年丰米贱，林婆之酒可赊”，可知是开小酒店的老太太。林语堂《苏东坡传》还写了东坡在白鹤峰下挖了一个四丈深的水井，两邻居也得到不少方便。苏东坡离开惠州后还继续送礼物给老太太。品味本诗的意境与情怀，既有新居欲成、团聚有望的喜悦，也有北归无望的失意。韩愈“水作青罗带，山如碧玉簪”，柳宗元的“海畔尖峰似剑铓，秋来处处割愁肠”，都是贬谪岭南的诗句。东坡信手拈来，用“青罗带”似的江水“系闷”，用剑铓山峰“割愁”，既用典，又鲜活，看不出用典的痕迹，像盐融化在水里，看不出盐而有盐味。这两句诗在轻松中潜着一种沉重，含有很深的感慨，恰是东坡当时的心境。

可惜，苏轼的新居落成刚两个月之久，朝廷贬他到海南岛的命令就来了。正如他青年时代诗句所言：“人生到处知何似？应似飞鸿踏雪泥。”他辛苦经营的白鹤新居又成了雪泥之上“偶然留指爪”的“爪”痕了。

被酒独行，遍至子云、威、徽、先觉四黎之舍三首（选二首）

其一

半醒半醉问[1]诸黎，竹刺藤梢步步迷。

但寻牛矢觅归路，家在牛栏西复西。

其二

总角[②]黎家三四童，口吹葱叶送迎翁。

莫作天涯万里意，溪边自有舞雩[③]风。

【注释】

①问：访问。

②总角：古代儿童发式，即在左右两旁各扎一个小髻。

③舞雩（yú）：古时以歌舞形式祭天的场所，俗称求雨台。

【译文】

其一

半醉半醒时，逐家访问了黎族的诸位兄弟。竹刺藤梢醉眼里，隐隐现现，高高低低。还没有忘记寻着牛屎回家去，过了牛栏，往西，往西。

其二

头上总角的黎家儿童，三三两两地吹着葱叶，迎我来，送我归，如儿孙，好亲切。何必惆怅天涯万里伤离别，这溪边舞雩台上的春风，给了我如归故园的感觉。

【解析】

这首诗是元符二年（1099）苏轼在儋州时所写。被酒：即带酒，刚刚喝过酒。被酒独行，半醉半醒，还访遍了四位黎族朋友，黎家儿童视诗人为亲人，吹着葱叶迎来送往，显示了苏轼清贫宁静、随缘自适，与当地人民亲密无间的生活意趣。“莫说天涯万里意，溪边自有舞雩风”表达了苏轼视海南为故园即“海南万里真吾乡”的情感。《论语》记孔子让学生言志，诸人皆言治国之志，唯曾点异其趣，云：“暮春者，春服既成，冠者五六人，童子六七人，浴乎沂，风乎舞雩，咏而归。”东坡远离官场，心态平和，投身自然，如归故乡，与村童乡老追随而乐，正合他的人生旨趣，故用此典。心宽天地宽，天地宽脚下的路就宽，古今皆然。

催试官考校戏作

八月十五夜，月色随处好。

不择茅檐与市楼，况我官居似蓬岛。

风咮堂①前野橘香，剑潭桥畔秋荷老。

八月十八潮，壮观天下无。

鲲鹏②水击三千里，组练③长驱十万夫。

红旗青盖互明灭，黑沙白浪相吞屠。

人生会合古难必，此景此行那两得！

愿君闻此添蜡烛，门外白袍④如立鹄⑤。

【注释】

①风咮堂：在杭州凤凰山下。

②鲲鹏：《庄子·逍遥游》说鲲化为鹏，从北海迁到南海，“水击三千里，抟扶摇而上者九万里”。

③组练：组甲、练袍，指武装部队。

④白袍：指未仕的士子，宋代没有官职的人依宋制穿白袍。

⑤立鹄：即鹄立，形容伸颈踮脚盼望的样子。

【译文】

八月十五夜，月色处处好。它不偏爱城里的楼台亭阁，也不嫌乡间的茅檐低小。何况我们官居杭州，境遇酷似蓬莱岛。风咮堂前的野橘，正是果熟香飘，剑潭桥边秋意深，秋荷花已老。八月十八潮，天下最壮观。许是鲲鹏耸身刚展翅，掀动起三千里的巨涛狂澜；又好像披挂出战的十万兵马，从海外长驱直入，响遏云天；潮头上霞染日照，水光闪耀，如同红旗青盖在滚滚翻卷；更有黑沙白浪相互吞没，好一场轰轰烈烈的海上鏖战！世上机缘少，人生幸会难。八月的景观、人事，两者不能两全。还得恭请各位考官，清宵阅卷添蜡烛，门外鹄立的士子，一个个正伸长脖子、踮着脚尖……

【解析】

这首诗为熙宁五年（1072）八月苏轼任监考贡举时作。贡举是封建社会朝廷开科取士的地方选拔阶段。宋制贡举的考试放榜例在中秋节日，这一年却迟延到八月十七日放榜，故有苏轼催试官考较之作。较，通校，考较即试后的阅卷、评定。然而，通读全篇，这首诗实以写中秋明月、赏钱塘江大潮为主，仅是结尾四句是催促之词，此也是诗题“戏作”之“戏”吧。

杭州的八月十五月、八月十八潮是特色独具、令人神往的，诗人的诗也写得别有神采，令人赞叹。写月色，抓住了月色的柔美、多情；写大潮则用“鲲鹏水击”“组练长驱”之喻突出其壮美、雄强。写月写潮各六句，却勾画了极鲜明生动的意象。这首诗虽名为“催试官考较”，却正面描绘了杭州的秋月与大潮，读者才有此身临其境、感同身受的美感，真该感谢东坡先生的有意跑题。

出颍口初见淮山，是日至寿州

我行日夜向江海，枫叶芦花秋兴长。
长淮忽迷天远近，青山久与船低昂。
寿州已见白石塔，短棹[①]未转黄茅冈。
波平风软望不到，故人久立烟苍茫。

【注释】

①棹（zhào）：船桨。

【译文】

人去汴京，日夜兼程，向着钱塘我一路秋风；枫叶芦花，满目秋色，给了我满怀秋的逸兴。陶然于江淮的水阔天长，分不清远近，一片空茫；船上看山，青山在久久地守候，但见它随着船儿时低时昂。出颍口，入淮水，抵寿州，远远的白石塔立在前头；黄茅冈还没有到呢，船桨未转，船儿悠悠。波平浪静风软，望不到等在那里的故人身影，也许，我和他正同时伫立遥相望，面对着烟水徜徉……

【解析】

这首诗写于宋神宗熙宁四年（1071）赴杭途中。苏轼七月离开汴京，沿蔡河舟行东南赴陈州，历颍州，出颍口，入淮水，至寿州。颍口、寿州均在今安徽境内。第一句“我行日夜向江海”实写由汴京赴杭州的去程，言外有一种贤人去国的忧愤抑郁之情。整首诗也写得蕴藉淡远，苍茫一片，微含着愁绪，这也正是当时苏轼的心境。苏轼此次出京，在于与王安石政见不合，又遭到王安石党人谢景温的诬告，苏轼不屑自辩，但求外放。其通判杭州实是政治上遭到排挤、受到诬陷的结果。颔联两句写舟行景况，颈联叙自行所见。前六句写尽诗题的前半部分“出颍口初见淮山”。末联写遥望抵达之地，预想故人在埠头伫候，照应诗题的“是日至寿州”。全诗情景交融，神完气足，光彩照人，看似平淡实则奇警，看似松散实则精练，方东树评曰“奇气一片”。

诗中最精彩的当然是颔联。“长淮忽迷天远近”，船行长淮，水天一色，苍茫一片——写水写得有特色；“青山久与船低昂”，这一句相对水来写山，句意更为神妙，不言船行水上之起伏，却化静为动，反觉青山忽低忽昂地与船与人相伴——物我相融，情状全出，真神来之笔。东坡晚年谪居时还草书这首诗，可见他偏爱这首诗。

次韵张安道读杜诗

大雅①初②微③缺④，流风困暴豪。
张⑤为词客⑥赋，变作楚臣骚。
展转更崩坏，纷纶阅俊髦⑦。
地偏蕃怪产，源失乱狂涛。
粉黛⑧迷真色，鱼虾易豢⑨牢。
谁知杜陵杰，名与谪仙高。
扫地收千轨，争标看两艘。
诗人例穷苦，天意遣奔逃。
尘暗人亡鹿，溟翻⑩帝斩鳌⑪。

艰危思李牧，述作谢王褒。

失意各千里，哀鸣闻九皋。

骑鲸遁沧海，捋虎得绨袍。

巨笔屠龙手，微官似马曹。

迂疏无事业，醉饱死游遨。

简牍[12]仪型在，儿童篆刻劳。

今谁主文字，公合抱旌旄。

开卷遥相忆，知音两不遭。

般斤[13]思郢质，鲲化陋儵[14]濠。

恨我无佳句，时蒙致白醪[15]。

殷勤理黄菊，未遣没蓬蒿。

【注释】

①大雅：《诗经》的组成部分，有大雅、小雅。《雅》为周王畿内乐调。《大雅》为西周初年作品，旧训雅为正，或指与“夷俗邪音”不同的正声。后世以反映赞颂封建王朝的重大措施或事件的诗歌为“大雅”。

②初：开始，渐渐。

③微：衰微。

④缺：缺乏。

⑤张：铺张。

⑥词客：由战国时期的门客演变而来，这里指战国荀况、汉司马相如、扬雄、班固等赋家。

⑦髦（máo）：古代幼儿下垂至眉的短头发，此谓年轻人。

⑧黛：青黑色的颜料，古代女子用以画眉。

⑨豢（huàn）：原意为饲养牲畜。

⑩溟翻：大海翻腾。

⑪帝斩鳌：鳌指巨大的龟。《列子·汤问》有从前女娲炼石补天，“断

鳌之足以立四极（四根柱子）”之语。

⑫简牍：书籍，著作。

⑬般斤：出《庄子·徐无鬼》。

⑭鲦（tiáo）：白鲦。

⑮白醪（láo）：糯米酒。此句谓方平常送酒。“蒙”有看得起的意思。

【译文】

诗经大雅渐渐地不流行了，诗歌被一种新兴的、强劲势头的、与正声不协调的（甚至是缺乏素养的）势力所困扰，于是出现了以铺张、铺陈事物为创作方法的新体诗歌——赋和一批赋家。随着时代的不断推移，诗的创作一次又一次出现了危机，以致到了崩坏的地步。诗作逐渐优劣混淆，就好像用鱼虾替换了祭祀用的牛羊。当今只有杜甫才得以与李白并驾齐驱。这两个人都是集诸家之大成，成就如并行的两条船，难分高下。可惜诗人都是穷苦的，自长安陷落后，一直过着颠沛流离的生活。唐肃宗虽然平定了战乱，但唐朝也因此失去了天下。动乱的年代，朝廷只需要李牧这样的猛将，对王褒这样的文士便不再重视。李白和杜甫政治失意，只能流落江湖，写诗抒怀，即便是偏远的地方也能听到他们的诗作。李白骑鲸海上漂游，杜甫则依傍严武生活。虽然才学卓著，却是官职低微。杜甫疏于世事，做官也不成功，不时醉酒遨游。但杜甫的诗作堪称典范，那些雕虫小技都无与伦比。如今在诗作上，张安道堪称文章旗手。看你的文章就想到杜甫，只可惜生在不同的朝代无法成为知音。你是杜诗的知音，好似石匠对郢人运斤成风。你的诗作如鲲鹏，我的文章不过是鲦鱼，不敢与你相提并论。只恨自己没什么好诗作，倒承蒙你敬以白酒。我还是栽种菊花吧，不要再作诗了。

【解析】

这首诗苏轼写于熙宁四年（1071）五月，时苏轼在汴京，官官告院。张方平（安道）时知陈州，弟苏辙为州教授。方平是苏轼兄弟最敬重的长辈。方平作的读杜诗，苏轼兄弟都有次韵。

这首诗分三段，首十四句为第一段，历叙诗歌发展源流，说明杜甫是《诗经》、楚《骚》、汉赋的继承者。第二段十四句写杜甫的遭遇，兼及李白。着重写了杜未能得所用。第三段十二句，写杜诗是后代学习的典范。儿童学，方平和苏轼皆学，并有唱和诗篇。

这首诗为五言排律，除尾联外全诗全都对仗，不同于五律的只中间四句对仗。今观这首诗对仗工稳、自然，功力非凡。这首诗为次韵，必须用原唱之韵，不同于自唱的自由用韵。这首诗次韵却如自唱，驱遣难韵，若无其事，且不乏“诗人例穷苦，天意遣奔逃”这样的名句。张方平原韵之题为“读杜诗”，次韵内容亦为读杜诗。方平以博学闻，诗亦为时所称，平生服膺杜甫，其读杜诗乃精心结撰。其诗论杜诗成就，见解深刻，叙杜甫遭遇，哀恻动人。然较之苏轼次韵，则高下判然。轼诗从历史高度、时代广度论杜甫，为方平所不及。轼诗读杜，学杜，似杜，杜诗步步为营，沉稳严谨，轼这首诗亦然。然亦有杜诗所未有者，轼诗句句直下，一气呵成。论者谓轼这首诗面目是杜，气骨是苏，信然。

初到黄州

自笑平生为口忙①，老来事业转荒唐。

长江绕郭知鱼美，好竹连山觉笋香。

逐客②不妨员外置，诗人例作水曹郎③。

只惭无补丝毫事，尚费官家压酒囊④。

【注释】

①为口忙：语意双关，既指贯穿领联的“鱼美”“笋香”，又指自己好议政事，以致惹祸贬官。

②逐客：贬官客居他方的人，这里是苏轼自指。

③水曹郎：隶属水部的郎官。水曹即水部。前代诗人如梁代的何逊、唐代的张籍都做过水曹郎，故说“例作”。

④压酒囊：抵折薪俸的酒袋。宋代官吏的薪俸常用实物抵折，酒囊为抵折物之一。

【译文】

自己都感到好笑，一生为嘴到处奔。老来所干的事，反而变得荒唐。长江环抱城郭，深知江鱼味美，茂竹漫山遍野，只觉阵阵笋香。贬逐的人，当然不妨员外安置，诗人惯例，都要做做水曹郎。惭愧的是我对政事已毫无补益，还要耗费官府俸禄，领取压酒囊。

【解析】

经过多方斡旋营救，苏轼于元丰二年（1079）十二月二十八日被释放

出狱，贬为黄州团练副使，本州安置，不得签署公事。次年二月他到达贬所，写下了这首诗。这是自我解、自我安慰的诗篇。苏轼说自己因口遇祸贬官黄州，但又因祸得饱口福，可以尽情享受此地的鱼美笋香；最后以感叹自己无事可做，反要拿官家薪俸作结。全诗强作欢笑，用戏谑之语写成，但掩盖不住他的满腹牢骚和辛酸。诗中“长江”二句形容黄州富饶美丽极为出色，是历来传诵的名句。

次韵代留别

绛蜡①烧残玉斝②飞③，离歌唱彻④万行啼⑤。

他年一舸⑥鸱夷去，应记侬家旧住西。

【注释】

①绛蜡：红蜡烛。

②斝（jiǎ）：古代酒器名，这里是说酒杯、酒盏之类。

③飞：飞舞。酒杯飞舞，说明饯别酒会的人多，相互碰杯。

④唱彻：唱遍。

⑤万行啼：那么多参加饯别酒会的人都哭了。

⑥舸（gě）：船。

【译文】

酒盏在红烛光中飞舞，流着泪唱着离别的歌。那一年西施被范蠡用船带走了，但是还是记得我家以前住在西边。

【解析】

这首诗诗题云“留别”，第一句写送别场面热烈。这个女子大约很有名气，为她送行的人很多，从酒席上酒杯交飞便可以看出来。次句说这个女子面对一张张熟悉的面孔，为他们流露出来的情绪深深感动，饱含着告别情意的歌一遍一遍地唱着，想停下来也不可能。歌终究有尽时，歌尽，继之以流不完的眼泪。歌和泪是对来送她的人的回答，但是她最属意的只有一个人。以上二句是客观抒叙，后二句转为女子第一人称，铺陈别意，切题。

后二句直接对她的意中人说，虽然在过去相当长时间的交往中，你对我爱之无微不至，卿卿我我，似乎可以永远不变，但谁知道我走了以后你会怎样呢？后二句是她对他的反复叮咛嘱咐，也是内心热切的盼望："如果你辞官不做，要归隐田园，千万要带着我一起去。"结果会怎样呢？不确定，迷茫，迷惘。等待她的可能是凄苦。

此首是爱情诗，在现在看来，所表达的情感依然是真实感人的。

慈湖夹阻风（选三首）

其一

捍索桅杆立啸空，篙师酣寝浪花中。

故应菅蒯知心腹，弱缆能争万里风。

其二

此生归路愈茫然，无数青山水拍天。

犹有小船来卖饼，喜闻墟[①]落在山前。

其五

卧看落月横千丈，起唤清风得半帆。

且并水村欹侧过，人间何处不巉岩！

【注释】

①墟落：村落。

【译文】

其一

桅杆与绳索在风中呼啸作响，船儿停泊在浪花中，船工酣睡在船上。菅蒯柔条编制的绳索顺应着人的心意，看它形似柔弱，却能胜过万里长风。

其二

这一生的落脚点，到头来让人茫然。放眼青山无数，天际云水相连。依然有人摇来小船，前来卖饼做生意，不由人一阵欢喜，看到村落在前面。

其五

卧看落月横斜，深夜无眠独醒；晨起唤来清风，鼓起半帆又启程。暂且傍着水村，倾斜着船身驶出；行进在这人世间，哪里没有巉岩险阻！

【解析】

绍圣元年（1094），苏东坡经历了黄州之后的又一次贬谪，是他东山再起、青云直上后的又一次跌入人生的低谷。由于他既支持废除新法、贬逐新党，又反对一概废除、一律贬逐，导致他不得不在旧党与新党的夹击中进退周旋。终于在宣仁太后寿终时被贬定州，不久又贬英州（今广东英德）、惠州。这三首绝句即应命赴英州乘舟泛江经安徽当涂慈湖夹阻风停舟时写的所见所感所思。阻风：因风大而停泊。三首小诗都着笔于阻风的写实，又都流露出身在宦海风波中的心态。“此生归路转茫然”“人间何处不巉岩”，有几分茫然，更多的是坦然与从容。林语堂《苏东坡传》中有关于东坡此时此地心境的描写：“他年届五十七，已看过太多荣辱起伏，不会轻易被新变局吓倒。命运要他晚年脱离政治，做一个普通人，他一向渴望如此。他一步一步前进，了无惧意，心境安详。”

这三首小诗即是印证。在自然界的风浪与人生的风波重叠在一起的时候，他还能从平凡的船工生活、风浪中还有小船卖饼、“弱缆能争万里风”、船过巉岩这些细节，作者捕捉到诗情诗趣，淡淡写来，却富有哲思哲理，似不经意，但很有味道。

澄迈驿通潮阁二首

其一

倦客愁闻归路遥，眼明飞阁俯长桥。

贪看白鹭横秋浦，不觉青林没晚潮。

其二

余生欲老海南村，帝遣巫阳招我魂。

杳杳天低鹘①没处，青山一发是中原。

【注释】

①鹘（hú）：隼，一种鸟。

【译文】

其一

听说北归的道路漫长，反把万般乡愁堆在心上；看到眼前的飞阁临长桥，这才眼睛一亮，心境一畅。凝神望着白鹭翩翩，横掠过新秋的海边，不觉间青林隐没于水面，已是晚潮初涨，涛声一片。

其二

迟暮残年，何方安身？我想终老在海南荒村。不料天帝派来巫阳，要招回我这天涯游魂。远处云天低垂的地方，飞鹘出没牵动我的目光。那细如发丝的一抹青山呵，是我的中原，我的家乡。

【解析】

元符三年（1100）六月，苏轼获命北归，路经海南澄迈通潮阁时作。这是两首七绝名篇。前首以画意胜，笔调娴雅；后首以景写情，意象雄阔，前人评这首诗“气韵两到，语带沉雄，不可及也”。

前首“倦客”指诗人以老惫之躯，谪居儋州，不时思归而心疲神瘁；“归路”之“遥”则暗示出漂泊之远，一怀愁绪由此而生。首句似平淡，却表达了身处偏远之地的诗人的落寞、孤寂。登上了通潮阁，俯视长桥，才觉心境豁朗：那长桥正是通往北归之路的津桥啊！于是诗人尽情欣赏海边薄暮时分的景色。浦：水边或河流入海处。“秋浦”之“秋”并非写作这首诗的时令，这里的“秋浦”是东坡化用了通潮阁上的一对楹联中的词语。

后首的“帝”指天帝，“巫阳”引自《梦辞·招魂》：“帝告巫阳曰：有人在下，我欲辅之；魂魄离散，汝筮予之。”此以天帝喻朝廷，以招魂喻招返。这一年正月哲宗崩逝，其弟徽宗继位，二月大赦天下，元祐诸臣纷纷内移，苏轼得以北归，巫阳招魂即指此。三、四句乃诗人归乡心切的遐想与内心的呼唤：在无影无声、鹘鸟隐没的天边，那一抹青山，似有若无，细如发丝，这就是中原啊！后两句为全诗警句，纪晓岚称为“神来之笔”。

儋耳山

突兀隘空虚，他山总不如。

君看道傍石，尽是补天余①！

【注释】

①补天余：补天不用的，意为废料。

【译文】

突兀而出，昂然耸立，有了你，长天旷野也不显得空虚。天下山岳无数，哪一座能与你匹敌？你可看到被抛弃在路边的原本是女娲炼就的补天石啊，可叹它补天无缘，反被视为一块废料！

【解析】

绍圣四年（1097）苏轼被责授琼州别驾，昌化军安置。这年四月十九日苏轼从惠州启程。这首诗即前往海南儋州贬所时作。近人高步瀛称这首诗为东坡五绝的代表作。

儋耳山位于海南儋县北部，又叫作松林山。小诗首二句极写山之高标不群、独立不倚的雄姿与气概。实为借山喻人，以山自喻。言下之意，任你再雄奇峻伟，也还是免不了屈居于天涯海角！于是引出三、四句，又自喻为弃置道旁的补天石，比喻新奇而恰切。苏轼满腹经纶，名满天下，素

怀经邦济世之志，却横遭贬谪，难得一展抱负，犹如女娲炼就的补天石竟然废弃于路旁而无缘补天。诗人不动声色的奇喻酣畅淋漓地抒发了满腹愤懑不平之气。周济夫先生赞叹这首诗“将一个千古同慨的重大命题，熔铸进短短二十个字中，思想内涵之丰，感情力度之强，难得其匹”。

都厅题壁

除日①当早归，官事乃见留。
执笔对之泣，哀此系②中囚。
小人营③糇④粮，堕网⑤不知羞。
我亦恋薄禄⑥，因循⑦失归休。
不须论贤愚，均是为食谋。
谁能暂纵遣，闵默⑧愧前修⑨。

【注释】

①除日：一年的最后一天。

②系：捆绑，拘囚。“系中囚”即在押囚犯。

③营：经营，谋取。

④糇：干粮。“糇粮”即食物。

⑤网：法网。

⑥禄：俸禄。

⑦因循：拖延。指延误了时间，未能回家休息。

⑧闵默：默默地伤念。

⑨愧前修：比起前代贤人，深感惭愧。

【译文】

今天过年，本应当早些回家，公事未完，不得不留下办案。手执朱笔，对着他们流泪，哀怜这些在押的囚犯。他们为子谋食、堕入了法网，精神麻木，并不感到羞惭。我因为贪恋微薄的俸禄，不能回家休息，延误了时间。何必分别什么贤明和愚昧，都是为了谋食，不能和家人团聚，谁能暂时放还这些囚犯？我默默地伤心流泪，感到有愧前贤。

【解析】

都厅指杭州府厅。题壁，在墙壁上题诗。熙宁五年（1072）除夕日，苏轼任杭州通判时作。目的在缓和阶级矛盾的王安石变法，由于封建官僚制度的腐败，在实际推行过程中，某些措施反而加重了人民的负担，更加剧了阶级矛盾，因违反新法而入狱的人很多。杭州仅因违反盐法而获罪的，一年就达一万七千人。苏轼一到杭州就忙于处理囚犯，甚至在除夕之夜也不能早点回家。这首诗的前四句即写除夜审讯囚犯；中间六句，他认为自己同囚犯差不多，都因谋食而不能与家人团聚；最后两句对自己不能放囚犯归家而深感惭愧。全诗语言质朴，感情真挚，表现了苏轼对无辜囚犯的深切同情。

东坡八首（选一首）

废垒无人顾，颓垣满蓬蒿。
谁能捐筋力，岁晚不偿劳？
独有孤旅人，天穷无所逃。
端来[①]拾瓦砾，岁旱土不膏。
崎岖[②]草棘中，欲刮一寸毛。
喟然[③]释[④]耒[⑤]叹：我廪[⑥]何时高！

【注释】

①端来：直来，必须来。

②崎岖：地面高低不平的样子。

③喟然：叹气的样子。

④释：放下。

⑤耒：翻土的农具。

⑥廪（lǐn）：粮仓。

【译文】

废弃的营垒，瞧都没人瞧，荒颓的墙垣，长满了野草。谁肯花力气开垦这种荒地？到了年终总是得不偿劳。只有孤苦无援，流落异乡的人，老天注定穷困，想逃也无法逃。一定得来收拾残砖破瓦，不管天旱土瘦，收成难料。在高低不平，荒草丛生的东坡，想要开出一块耕地，即使很小。我放下农具长声叹息：仓中粮食怎么才能增高？

【解析】

东坡在黄冈山下州府东面有百余步处。这首诗苏轼写于元丰四年（1081），诗前小序说，他贬官黄州两年，生活越来越贫困。老友马正卿为他请得废营地四十亩，使他得以耕种谋生。营地荒废已久，荆棘丛生，瓦砾遍地，而又遇上大旱，开垦荒地非常辛苦，累得筋疲力尽，放下农具感叹，写下了这组诗。他怜惜自己的辛勤劳作，希望来年的收获能使他忘记今天的辛苦。这里所选的是其中第一首，诗人用质朴的语言倾述了开垦东坡的艰辛。

东坡

雨洗东坡月色清，市人行尽野人行。
莫嫌荦确①坡头路，
自爱铿②然曳③杖声。

【注释】

①荦（luò）确：大而多的山石。

②铿（kēng）：拟声词，声音响亮而有节奏。

③曳（yè）：牵引。

【译文】

一阵暮雨洗过，满坡月色清莹，过路的市人匆匆去了，是我野农从容的身影。不嫌山石的错落，走熟了崎岖的山径，更喜欢拖着藜杖漫步，听它铿然作响一声声……

【解析】

苏轼谪居黄州时，弃置闲散，生活困窘。老朋友马正卿为他从郡里申请了一片荒地，苏轼躬耕其间，经营起禾稼果木，筑起居室称为“雪堂”，还亲自写了“东坡雪堂”四个大字，并自称东坡居士，可见苏轼对东坡是深为眷恋的。

这首小诗别有一种清美的意境。诗人满怀情致地叹赏东坡月色的清新，不无自赏地写了自己迥异于“市人”的“野人”的情怀，以及独步于嶙峋山石间的不嫌不弃，“铿然曳杖声”中的清旷、淡定与从容。诗人据此自号为“东坡居士”，也表达了他的“自爱”。细读《东坡》这首小诗，觉得诗里诗外有许多蕴含，能感受到他的可视与不可视的清澄世界的清莹之美，是源于自然界的，也是源自他的人格的美。小诗颇有象征意义，足可以代表东坡平生境遇的人生况味与其诗词风格的清美。

登州海市

东方云海空复空，群仙出没空明中。
荡摇浮世生万象，岂有贝阙藏珠宫①？
心知所见皆幻影，敢以耳目烦神工②？
岁寒水冷天地闭，为我起蛰③鞭鱼龙。
重楼翠阜出霜晓，异事惊倒百岁翁。
人间所得容力取，世外无物谁为雄？
率然④有请不我拒，信我人厄非天穷。
潮阳太守南迁归，喜见石廪堆祝融。

自言正直动山鬼，岂知造物哀龙钟[5]。

伸眉一笑岂易得，神之报汝亦已丰。

斜阳万里孤鸟没，但见碧海磨青铜。

新诗绮语亦安用，相与变灭随东风。

【注释】

①贝阙、珠宫：语出《楚辞·九歌·河伯》“紫贝阙兮朱宫”，是水神河伯的居所。这里指神仙住的地方。

②神工：神的力量。

③蛰：动物冬眠状态。起蛰：从冬眠中醒起。

④率然：贸然，不作深思的样子。

⑤龙钟：潦倒的样子，这里指穷愁潦倒的人。

【译文】

东方的云海无边无际，空濛浩荡，群仙时隐时现，遨游在清澈的天空上。飘浮荡漾的云气映出人间万般景象，空中难道真有什么珠贝镶成的殿堂？心中明明知道所见的海市都是幻影，怎敢为了耳目的好奇，麻烦东海龙王？天寒水冷，万物都沉睡不动，海神为我醒来鞭鱼驱龙，兴云作状。初冬清晨，空中楼台重叠，山阜苍翠，阅历多的老人也吃惊，说是怪事一桩。人世间的东西还可靠人力取得，世外什么也没有，谁在主宰称强？随便祷告一声，海神并不拒绝我，可见我的倒霉，实属人祸而非天降祸殃。潮阳太守韩愈贬官归来，路过衡阳，风扫阴云，石廪、祝融二峰全都在望。他说是自己的正直感动了山神，哪知是老天爷对潦倒者的哀伤。扬眉吐气，开口一笑，不易得到，神对你的报答已经够多，大喜过望。夕阳万里，孤鸟归林，时已傍晚，只见万顷碧海有如铜镜，无风无浪。美丽的诗篇绮丽的语言有什么用，也像海市随风变化泯灭，踪迹茫茫。

【解析】

登州，今山东蓬莱。沈括《梦溪笔谈》卷二十一《异事》说，登州海中，有时有云气，如官室、台观、城堞、人物、车马、冠盖，历历可见，叫作海市。元丰七年（1084）苏轼被命由黄州迁汝州贬所，后又根据苏轼的请求改为常州居住。元丰八年三月神宗去世后被起用，知登州，十月到任，到官五日即被召还朝，作这首诗。诗前有小序，大意是：我听说登州海市已经很久了。当地父老说："海市常常出现在春夏，现在已快到年底，不能再看到了。"我到登州任才五天就要离去，因没有见到海市深感遗憾。我到海神广德王（俗称东海龙王）庙去祷告，第二天果然出现了海市，于是写下了这首诗。全诗可分四层：前六句写未见海市之前，"心知所见皆幻影"；"岁寒"八句写祷告海神的经过，具体描绘海市幻景；"潮阳"六句以韩愈自比，写海神显灵是对自己的怜悯；最后四句写海市的消失。查慎行评论这首诗说，全诗只有"重楼翠阜出霜晓"一句实写海市，其余全是议论。这是避实就虚的写法。如果把幻景写作真景，无论怎样尽情描绘，也是笨拙的写法。

东栏梨花

梨花淡白柳深青，柳絮飞时花满城。
惆怅东栏一株雪，人生看得几清明[①]？

【注释】

①清明：清丽、皎洁。

【译文】

对比柳的深青，是梨花爽心亮目的淡白，正是柳絮纷飞时节，赏不尽满城花开。只是惆怅东栏边的这一株香雪，人生能有几回领略它的清丽、皎洁？

【解析】

清代文学家纪晓岚认为，这首诗最有情致。这首诗为熙宁九年（1076）苏轼由密州（山东高密）知州他调，抵徐州后作。是一首因梨花盛开而感叹春光易逝、人生如寄的短诗。柳絮纷飞时节，柳叶已非初春时的嫩绿，而是春夏之交的深青；梨花已盛开，说明春天已去。一、二句略含伤春之感。三、四句以“惆怅”开头，承上启下，直接抒写面对柳絮纷谢、梨花如雪，深惋韶华易逝、人生短暂。苏门四学士之一的张耒曾讲：“好诵东坡《梨花》绝句……每吟一过必击节赞叹不能已。”所以赞叹不已，必有珍爱人生之情。今人读来也会有如此共鸣，可谓千古同慨。

梵天寺见僧守诠小诗清婉可爱次韵

但闻烟①外钟，不见烟中寺。

幽人②行未已，草露湿芒屦③。

惟应④山头月，夜夜照来去。

【注释】

①烟：浓浓的晨雾。

②幽人：乐于幽静不与世交的人，苏轼心目中的高人。

③芒屦（jù）：草鞋。如茅草但大些，长四五尺，快利如锋刃，可作绳或草鞋。

④应：应该。这是苏轼的一种推测，但这种推测实际是一种肯定。应是虚写字，如果字面肯定，那就是实写。这里虚写，行文留有余地，显得

更灵活。

【译文】

在浓浓的晨雾中听见钟声，但我就是看不见寺庙。僧人守铨在林间行走，他的鞋子被晨露打湿了。只愿山头明月，夜夜照他出入山林。

【解析】

这首诗苏轼写于熙宁五年（1072）八九月间。梵天寺，在杭州城内凤凰山。吴越王钱氏建。守诠，一作志诠、惠诠。守诠原韵云："落日寒蝉鸣，独归林下寺。柴扉竟未掩，片月随行屦。时闻犬吠声，更入青萝去。"宋周紫芝《竹坡诗话》谓这首诗"幽深清远，自有一种林下风流"。

这首诗首二句写寻寺。时间是清晨。清晨的钟声更清晰，沿着寺里的钟声所指示的方向寻去，还是找不到。高人的住处真是与俗人不同，这么难找。中二句写人未见。寺总算找到了，但没有见到人，只看到他沾满露水的刚刚穿过的草鞋。他又走了。高人真是与俗人不同，不愿意和俗人打交道。末二句写高人与月为伴。写只有月亮才能在夜里他回来时见到他。幽静的环境让人喜欢。

清代评论家汪师韩以"高、洁"评这首诗，说这首诗有唐代诗人王维、韦应物的遗风。苏轼大才，无适而不可。在苏轼诗集中，此类诗比较少见，清代评论家赵翼称之为"别调"。

法惠寺横翠阁楼

朝见吴山横，暮见吴山纵。

吴山故多态，转折为君容。

幽人起朱阁①，空洞更无物。

惟有千步冈②，东西作帘额。

春来故国归无期，人言秋悲春更悲。

已泛平湖思濯锦，更看横翠忆峨眉。

雕栏能得几时好，不独凭栏人易老。

百年兴废更堪哀，悬知草莽化池台。

游人寻我旧游处，但觅吴山横处来。

【注释】

①朱阁：古代寺院经阁常常是红颜色。

②步冈：地名，即吴山。

【译文】

晨光里看吴山，一脉青葱蜿蜒；暮色里看吴山，一堆浓翠的冈峦。吴山美啊，已是多姿多彩，还要侧转身影，为你精心地打扮。幽栖高洁的人，起居山寺中。横翠阁里，朝朝暮暮装满了空静。唯有吴山，岁岁年年与你长相伴。东西逶迤展开，像一道青翠的帷帘。想起故园也是新春时光，我却杳无归期在他乡。人说秋来相思愁断肠，我这里新春思乡更悲伤。泛舟平湖能不爱它的妩媚，我却更加思念我的锦江水；登上横翠阁，满目青翠，我倒更加神往峨眉的秀美。岂止是华年如水朱颜改，青春易老人易衰，即便是雕栏玉砌，也不能永远完美地存在。至于沧海桑田，百年兴废，人世的风风雨雨更让人伤怀。悬想这眼前的楼阁池台，必有一天被一片草莽替代。后世的游人呵，你想追寻我旧游的足迹吗？请到西湖水边来，到这横翠溢彩的吴山来。

【解析】

法惠寺横翠阁，五代吴越王钱氏建于杭州吴山，今已废。这首诗苏轼写于杭州通判任上。这个时期，苏轼的绝世才华得江山之助，不仅杰作佳篇美不胜收，还进一步形成了洒脱、清华的诗风。本篇即这一时期的代表作之一。全诗写横翠阁中所见的景象，抒发思乡伤老之情和百年兴废之感，寄寓着苏轼的人生哲思。这首诗开篇就精彩动人。何满子先生赞赏首四句“极天真飞动之致”，显示了苏轼善于从动态变化中捕捉景物特征的本领。接着四句从吴山全景缩小到阁中近景，点出横翠阁，补叙苏轼登阁情事。这一段诗人的情感观照，自然引起“平湖、濯锦江、横翠阁、峨眉山”的联想，抒写了思乡之情，并由近及远、由眼前而身后地抒发人老、世事沧桑的感慨。结尾处悬想未来岁月里“游人寻我旧游处”，显示了苏轼自己可与吴山共存、名垂史册的自信、乐观与旷达。历史验证确也如此。当年的法惠寺不可追寻了，九百多年后的今天，我们不是在赏读苏轼的诗章吗？

感旧诗

床头枕驰道[①]，双阙[②]夜未央。
车毂鸣枕中，客梦安得长！
新秋入梧叶，风雨惊洞房[③]。
独行残月影，怅焉感初凉。
筮仕[④]记怀远[⑤]，谪居念黄冈[⑥]。
一往三十年[⑦]，此怀未始忘。
扣门呼阿同[⑧]，安寝已太康[⑨]。
青山映华发，归计三月粮。
我欲自汝阴[⑩]，径上潼江[⑪]章[⑫]。
想见冰盘中，石蜜[⑬]与柿霜[⑭]。
怜子遇明主[⑮]，忧患已再尝。
报国何时毕？吾心久已降[⑯]。

【注释】

①床头枕驰道：言临时居住的子由东府在车马奔驰的大道旁。

②阙：宫门望楼。

③洞房：深室。

④筮仕：初做官时占卦以卜吉凶。

⑤怀远：怀远驿。

⑥黄冈：今属湖北，元丰三年至七年间苏轼谪居于此。

⑦三十年：苏轼自嘉祐六年（1061）初仕凤翔至元祐六年（1091），整三十年。

⑧阿同：苏轼自注："子由一字同叔。"

⑨太康：甚康乐，语出《诗经·唐风·蟋蟀》。这儿指已经熟睡。

⑩汝阴：即颍州。

⑪潼江：水名，在潼川府，府治在今四川三台旧叫作东川。

⑫章：奏章。苏轼自注："予欲请东川而归。"

⑬石蜜：即冰糖。

⑭柿霜：柿饼外的白粉，此指柿饼。苏轼自注："二物皆东川所出。"

⑮明主：指高太后，当时哲宗年幼，高太后权同听政。

⑯降：指平静。

【译文】

床头紧靠着车马行驶的大道，宫门望楼对峙，天还未亮。车声隆隆，仿佛响在枕边，客游京华的人怎能长入梦乡？秋天来临，梧桐叶逐渐枯黄，卧室虽深，仍听见风雨作响。月已西沉，独自在月下徘徊，感到了初秋的凉意，令人惆怅。清楚记得怀远驿占卜做官的吉凶，不久你就贬官筠州，我也谪居黄冈。转瞬之间，已经过去三十年，风雨夜对床眠的志向从未淡忘。"阿同！"我敲门想叫醒弟弟，弟弟鼾声大作，睡得正香。青山映衬华发，将更显得苍老，我已决意还乡，备足了途中口粮。一到汝州就直接上奏朝廷，要求调到蜀中的潼江。我仿佛已看到透明的盘子，盛满了故乡的柿饼和冰糖。可怜你遇上圣明君主，总想报国，历经忧患，不断遭到中伤和诽谤。报国呵报国，何时才是尽头？我早已心灰意冷，没有这种奢望！

【解析】

元祐六年（1091）作于京城。这年二月苏轼从杭州召还任翰林学士承旨，五月至京，八月因再次遭到政敌攻击出知颍州（今安徽阜阳），这首诗苏轼写于赴颍州前。诗前有序说：嘉祐年间我与子由共同参加制科考试，住在怀远驿，当时我二十六岁，子由二十三岁。一天秋风秋雨大作，半夜时雨下得更急，我才开始产生欢聚悲离的感慨。以后在各地做官，绝大多数时间我们都不得相见。每年夏秋之交，起风下雨，草木凋敝，我就会有这种凄凉的感慨，已经有三十年了。元丰年间我贬官黄州，子由也贬官筠州，我曾作《初秋寄子由》，谈到这件事。元祐六年我从杭州召还，住在子由的东府，几个月后又出知颍州。这时我已经五十六岁了，写了这首诗来同子由告别。以上就是序文大意。由于厌倦官场斗争，苏轼在诗中集中抒发了他的归隐之志。前八句为"感旧"之因，寓居子由东府又逢秋风秋雨；"筮仕"四句为怀旧，这首诗的重点在"感"不在"旧"，故对"三十年"的情况一笔带过；后十句写现在的归隐打算，准备一到颍州就上章请求调往蜀中。全诗如叙家常，却真挚感人，前人盛赞这首诗为"至真之言，自然浑厚""淡语能移人之情"。

过岭二首

其一

暂著南冠不到头，却随北雁与归休[①]。

平生不作兔三窟[②]，今古何殊貉一丘[③]。

当日无人送临贺[④]，至今有庙祀潮州[⑤]。

剑关西望七千里，乘兴真为玉局游。

其二

七年来往[⑥]我何堪，又试曹溪[⑦]一勺甘。

梦里似曾迁海外，醉中不觉到江南[⑧]。

波生濯足鸣空涧，雾绕征衣滴翠岚⑨。

谁遣⑩山鸡忽惊起，半岩花雨落毵毵⑪。

【注释】

①“暂著”二句：南冠，《左传·成公九年》载，晋侯见钟仪，问人说：“戴南方帽子而被捆住的人是谁？”回答说：“楚国囚犯。”后因以南冠作囚犯的代称。柳宗元《六言》诗：“一生判却归休，谓著南冠到头。”苏轼反用柳宗元诗意。

②兔三窟：狡猾的兔子有三个窝，善于避祸。

③貉：形似狐狸的动物。“一丘之貉”比喻都是坏人，没有区别。

④临贺：今广西贺县。《旧唐书·杨凭传》载，杨凭贬为临贺尉，没有亲友敢送行，仅徐晦至蓝田饯别。

⑤潮州：今属广东。韩愈贬官潮州，宋代潮人为立庙，苏轼为作《潮州韩文公庙碑》。

⑥七年来往：苏轼于绍圣元年（1094）贬官惠州途经大庾岭，至元符三年（1100）北归经此，已整整七年。

⑦曹溪：禅宗六祖慧能传道处，源出广东曲江县东南，西流入溱水。

⑧“梦里”二句：江南，指江南西路。大庾岭在南雄州和南安军交界处，过岭即为南安军，而南安军属江南西路。方回说：“此联甚佳，殊不以迁谪为意也。”（《瀛奎律髓》卷四十三）汪师韩说：“视迁谪犹醉里梦中，知其胸中别有澄定者在。”（《苏轼选评笺释》卷六）

⑨岚：山林中的雾气。

⑩谁遣：谁让。这里虽是疑问句，但实际意思是指苏轼的足步声惊起了山鸡。

⑪毵毵（sān sān）：花枝细长的样子。苏轼北归时，士大夫都以为他将重新受重用，故纪晓岚认为最后两句“非写景”，有“不必相猜之意”。

【译文】

其一

暂戴囚犯的帽子，并未戴到死，冬去春来，我也随鸿雁北返。狡兔三窟，一辈子都学不会，小人当道，古今没有什么变化。杨凭贬官临贺，当时无人敢送，韩愈远谪潮阳，至今有庙祭奠。西望剑门，故乡远在七千里外，乘兴一游，真要提举成都玉局观。

其二

七年远谪，怎能忍受这样的摧残，现在又来到曹溪，品尝一勺甘泉。三年的海外生活好像醉梦一般，酒醉未醒，不知不觉又回到江南。碧波冲足，空谷中荡起清脆的声响，雾气缭绕，浸湿了远行人的衣衫。我的足步声使山鸡受惊，突然飞起，岩花从细枝上纷纷坠落，像红色的雨点。

【解析】

元符三年（1100）正月哲宗去世，徽宗继位。五月大赦，苏轼被命移居濂州（今广西合浦）。九月改舒州（今安徽安庆）团练副使，永州（今湖南零陵）安置。行至英州（今广东英德），复朝奉郎，提举成都玉局观，外州军任便居住。年底途经大庾岭，写了这两首诗。前首感叹古往今来都是直臣受害，小人当道，但历史自有公论；后首写自己不以南迁、北归为意，而小人却对自己的北归惊恐万状。

过永乐，文长老已卒

初惊鹤瘦不可识，旋觉云归[①]无处寻。

三过门间老病死，一弹指[②]顷去来今。

存亡惯见浑无泪，乡井[③]难忘尚有心。

欲向钱塘访圆泽，葛洪川畔待秋深。

【注释】

①云归：文长老已病逝。

②一弹指：佛教名词，比喻时间极短。

③乡井：家乡。苏轼与文长老同为蜀人，故云。

【译文】

上次见面我为文长老消瘦的容颜而吃惊，而他不久的离世，让我颇感意外。三国秀州见了你的生和病和死去，一弹指的时间便已是过去此生和来世了。存在和死亡我见过很多所以没有落泪，同乡的离去让我也愁心重重。想去那钱塘寻访高僧圆泽，葛洪在江畔已等到深秋之时了。

【解析】

这首诗苏轼写于熙宁七年（1074）。永乐位于秀州（今浙江嘉兴）西北十五里。文长老乃蜀僧文及，秀州报本禅院住持。

这首诗是对文长老的挽词。首二句读之有飘忽无定的感觉，正显出悼念僧人不同于悼念世俗人。苏轼似乎在悼念他，又似乎不在，因为他在到处寻找，不过没有找到。妙处就在有意无意之间。

清代评论家查慎行在他的《初白庵诗评》中说这首诗三四句是“天然绝对”，没有一点人工雕琢痕迹，正显出苏轼的学富笔灵。二句全都谈佛理，融苏轼妙悟于其中，其下句尤耐人寻味。五、六句一转工巧而入于顿挫。“浑无泪”，并非无泪，乃以泪源已竭，无可再流。因为近些年来，亲朋故旧辞世的太多了。这种无泪比有泪更为沉重。文长老虽为僧人，然亦难免有俗情。这两句重在俗情。文长老与苏轼同乡，二人乡井难忘，他的逝去，苏轼更感到沉痛，读来更令人感动。末二句引僧人与儒生的典故，十分贴切。圆泽比文长老，李源则自况。苏轼仰慕文长老高尚道行，欲续前缘于未尽，言有尽而情意无穷。

郭祥正家，醉画竹石壁上，郭作诗为谢，且遗二古铜剑

空肠得酒芒角出，肝肺槎牙①生竹石。
森然欲作不可回，吐向君家雪色壁。
平生好诗仍好画，书墙涴②壁长遭骂。
不瞋③不骂喜有余，世间谁复如君者？
一双铜剑秋水光，两首新诗争剑铓。
剑在床头诗在手，不知谁作蛟龙吼。

【注释】

①槎（chá）牙：这里是不整齐、不顺畅的意思。

②涴（wò）：被泥、油弄脏。

③瞋：发怒地睁大眼睛。

【译文】

一旦酒洒空肠，人就现出了棱角和锋芒，一肚子不合时宜压不下，就产生了画竹画石的构想。瘦石峭拔，劲竹挺立，自有凛然正气不可屈；竹石在胸憋不住，吐向你这雪白的墙壁。我的平生呵，又好赋诗，又好作画；写在墙上，涂在壁上，污染了墙壁经常遭人责骂。看你不怒不气，待人和蔼可亲，似乎世上难寻你这般心如止水的人。岂料你拥有心底的波澜，竟有如此的琴心剑胆，一双铜剑寒气如秋水，两首新诗似与宝剑争光芒。我把宝剑挂床头，我把新诗捧在手，不知这诗、这剑，谁肯一吐豪气伴我蛟龙吼？

【解析】

郭祥正是当涂人，有诗名。元丰八年（1085）七月苏轼过当涂为他绘漆屏，并记以这首诗。这是直抒胸臆的酒后自白。东坡用自己的画和诗宣泄心中块垒，写得笔墨淋漓，锋芒毕露，豪气喷薄，向世人展示了他心灵世界光彩照人的一个层面：黑白分明、襟怀坦白、耿直敢言、卓然特立。这是东坡极富个性锋芒的一首诗。开篇就不同凡响：酒洒空肠锋芒即出，胸有竹石，“森然欲作”，于是“吐向君家雪色壁”，倾吐了苏轼的满腔正气。读起来真感痛快淋漓。“肝肺槎牙”可借用苏轼的一位同时代人对他的评论“一肚子不合时宜”作解释。至于苏轼因不平则鸣、不容于世而致“常遭骂”的经历，实际上是他直言敢“骂”的负面社会反响。黄庭坚说：“东坡文章妙天下，其短处在好骂。”如果把这种“骂”理解成东坡所写的《山村》《荔枝叹》之类的政治讽喻诗，理解成本诗所言的“芒角出”“蛟龙吼”，那么，东坡的“好骂”正是他人格的光彩。诗的结尾以郭祥正所赠新诗与古铜剑作辉映，以“不知谁作蛟龙吼”的一声喝问作结，更有一种逼人的豪气，留下铿锵的余韵。

《礼记·经解》有言：“温柔敦厚，诗教也。”这种诗教观点在文艺理论上有很大影响。周振甫先生认为这种说法有其片面性。他说，《诗经》《楚辞》里的诗并不总是温柔敦厚的，相反，激浊扬清、指斥时弊、雄强豪迈、浩然正气的清新、刚健的风格，更是动人魂魄，是不可或缺的。东坡这首诗，以及《山村》《荔枝叹》等诗全都是。

虢国夫人①夜游图

佳人自鞚②玉花骢，翩如惊燕蹋飞龙。
金鞭争道宝钗落，何人先入明光宫？
宫中羯鼓催花柳，玉奴弦索花奴手。
坐中八姨真贵人，走马来看不动尘。
明眸皓齿谁复见？只有丹青余泪痕。
人间俯仰成今古，吴公台下雷塘路。
当时亦笑张丽华，不知门外韩擒虎！

【注释】

①虢（guó）国夫人：据《旧唐书·杨贵妃传》，贵妃“有姊三人，皆有才貌，(玄宗)并封国夫人之号：长曰大姨，封韩国夫人，三姨封虢国夫人，八姨封秦国夫人，并承恩泽，出入宫掖，势倾天下”。

②鞚（kòng）：这里同“控”。

【译文】

杨家三姨好不娇宠，自控皇上的玉花骢，飘若飞掠的春燕轻盈，纵马奔驰赛似游龙。豪奴争道正把金鞭扬起，管她公主落马宝钗落地，意气洋洋径入大唐宫门，鼻息干云如在杨家官邸。宫中羯鼓催花夜未央，美人起舞一片杨柳轻扬，贵妃弹琵琶声如金玉，羯鼓好手是那汝阳王。那边八姨已经艳妆入座，一身珠光宝气异彩喷芳，后来者傲然走马入场来，但见她轻尘不动素面淡妆……试问弦歌笑语如今何处闻？绝代佳人明眸皓齿在何方？落花流水弦歌杳杳人不见，只有斑斑泪痕留在丹青上。一世的繁华马嵬坡下成泥土，俯仰之间来不及伤今吊古。想当初也曾笑过隋炀帝，岂料自己又踏上了雷塘路。恰似国破家亡的隋炀帝，也曾嘲笑那陈叔宝、张丽华，却不知荒淫者都是一个去处，门外杀来了一个 韩擒虎！

【解析】

《虢国夫人夜游图》是唐代流传下来的一幅名画，唐代画家张萱所作。哲宗元祐元年（1086）苏轼在汴京任中书舍人时曾看到此画，作了这首七言古诗。这是苏轼东山再起、青云直上的时期。宋神宗元丰八年（1085）病故，十岁儿子赵煦（哲宗）继位，暂由支持守旧派的高太后垂帘听政，重新起用司马光，守旧派人物重新登台。苏轼从 1085 年 5 月到 1086 年 9 月，先后被任命为朝奉郎、登州知州、礼部郎中、起居舍人、中书舍人、翰林学士、知制诰（官阶正三品），距离宰相之位只一步之遥，可谓仕途顺遂。然而，激烈的竞争和复杂的内部倾轧又限制了苏轼的政治视野，其诗歌创作也随之低落，写得较多的是题画诗，本诗即其中之一。

据《旧唐书·杨贵妃传》，贵妃“有姊三人，皆有才貌，（玄宗）并封国夫人之号：长曰大姨，封韩国夫人，三姨封虢国夫人，八姨封秦国夫人，并承恩泽，出入宫掖，势倾天下”。诗的前四句即渲染虢国夫人的恃宠骄肆。据载唐玄宗有良马叫玉花骢。明光宫是汉时宫殿，这里借指唐宫。史载“金鞭争道”致使广平公主惊下马来，宝钗落地，确有其事。“宫中羯鼓”以下四句乃虢国夫人入宫和宫中情事。“玉奴”和“花奴”是贵妃杨玉环和汝阳王李琎的小名，分别长于弹琵琶、打羯鼓。“明眸皓齿”至结尾，苏轼的目光由画面转向画外的史实，由杨贵妃与虢国夫人后来一起死于安史之乱中的“马嵬兵变”，追溯到隋炀帝乃至南朝的陈后主（陈叔宝）及其宠妃张丽华的同样下场，从而揭示苏轼的写作意图。这首题图诗语意新警，亦讽亦慨，大笔淋漓，驰骋今古，如史论般引人深思，真不愧为杜甫《丽人行》的续篇。

和①子由渑池怀旧

人生到处知何似？应似飞鸿踏雪泥。
泥上偶然留指爪，鸿飞那复计东西。
老僧已死成新塔，坏壁无由见旧题②。
往日崎岖③还记否，路长人困蹇④驴嘶。

【注释】

①和：唱和，作答。

②“老僧已死”二句：老僧指奉闲。苏辙原诗有“旧宿僧房壁共题”句，自注说：“辙昔与子瞻应举，过宿（渑池）县中寺舍，题其老僧奉闲之壁。”新塔指奉闲之墓，僧人死后，筑一小塔存放骨灰。

③崎岖：山路不平的样子，常用来形容旅途艰难。

④蹇（jiǎn）：跛脚。

【译文】

人生所到的地方像什么？就像那鸿雁踏过的雪泥。泥上偶然留下暂时的爪痕，鸿雁飞走了，不知向东向西？老僧已死，新砌成墓塔，寺壁残破，无法看到过去的题诗。还记得前次那旅途艰难的情景吗：道路漫长，行人困乏，跛足的驴子鸣嘶。

【解析】

子由是苏轼弟弟苏辙的字。这首诗苏轼写于嘉祐六年（1061）年年底，苏轼初任凤翔府（今陕西凤翔）签判时。这年十一月苏轼兄弟在郑州西门外分别后，苏辙作《怀渑池寄子瞻兄》诗，写了这首和诗。渑池，在今河南渑池县西。嘉祐元年苏轼兄弟入京应试，途经渑池，住在一所寺院中，并在寺院壁上题诗留念。苏轼这次赴凤翔，重经渑池，当年寺中的和尚已经去世，壁上题诗也荡然无存，这首诗即为此而发。诗的前四句凌空抒慨，感叹人生像雪泥鸿爪，转瞬间已了无痕迹，起笔突兀，比喻生动；后四句切“怀旧”，其中第五、六两句承前四句，点明发出雪泥鸿爪的深沉感慨的原因；最后两句针对苏辙原诗“遥想独游佳味少，无言骓马但鸣嘶”，借回忆当年途中的苦况以告知苏辙自己今日独游的苦况。全诗沉郁悲凉，富有哲理，调子虽较低沉，但也说明了人生的短暂和艰辛。雪泥鸿爪的比喻形象贴切，历来为人所称道。

和述古冬日牡丹

其一

一朵妖红[①]翠欲流，春光回照雪霜羞。

化工[②]只欲呈[③]新巧，不放闲花得少休。

【注释】

①妖红：妖，特别的红，非同寻常的红。

②化工：自然的创造力。

③呈：表现。

【译文】

其一

由于牡丹特别红、特别鲜亮，到了春天，白色的雪霜交相掩映。雪霜感到羞愧，因为其白不能与之相称。各种花开都有一定的季节，现在牡丹提前开放，弄得其他各种花不得闲暇，也不得不跟随牡丹之后，想提前开放。

【解析】

这一组诗苏轼写于熙宁六年（1073）冬，此所录者为其一。牡丹花一般在初夏时开放，现在提前到冬天开放，这是自然界的一种个别现象，这成了苏轼作诗的好题材。就诗论诗，这是一首好诗。作者责备造物主，因为他自己把造化的规矩打乱了，造物主应该无言以对，让人读来感到清新不俗。从内涵看，这首诗却首先是一首政治讥讽诗。据《乌台诗案》："熙宁六年任杭州通判时，知州系知制诰陈襄，字述古。是年冬十月内，一僧寺开牡丹数朵，陈襄作诗四绝，轼当（尝）和云……这首诗讥讽当时执政大臣，以比化工，但欲出新意擘画，令小民不得暂闲也。”讥讽是这组诗的共同基调。如此组诗其二就说：“漏泄春光私一物，此心未信出天工。”

清代评论家纪晓岚评这首诗与其二“二首寓刺却不甚露，好在比而不赋”。所谓赋，就是铺陈、叙事。此首只是就花说花，就牡丹说牡丹，没有写新法正在施行的事，有讥讽之意，但是含蓄。我国传统诗词的诗教很注重这一点。纪氏的评论十分中肯。

红梅

怕愁贪睡独开迟，自恐冰容不入时。
故作小红桃杏色，尚余孤瘦雪霜姿。
寒心未肯随春态，酒晕无端上玉肌。
诗老不知梅格①在，更看绿叶与青枝。

【注释】

①梅格：美化品格。

【译文】

春夏里贪睡怕闲愁，总是独自开在百花之后；也知道这副冰容傲骨，不合时尚不够风流。就故意染一点儿浅红，也想桃杏一样其乐融融；只是改不了孤瘦的风姿，改不了凌雪傲霜的秉性。怀一颗不变的岁寒心，不肯追随骀荡的春风；不经意间醉酒的余晕，润红白玉般莹洁的面容。可惜那位前辈没有看重红梅的品格，仅从外表与桃李作个比较，看到的只是梅的形象与颜色。

【解析】

苏轼元丰五年（1082）作《红梅》三首，这一首最好。其三、四句被许多人认为是咏梅的绝唱，也是许多人画红梅的佳题。末尾两句，指石曼卿咏红梅诗句“认桃无绿叶，辨杏有青枝”。东坡的诗豪壮如大江东向，清朗如明月照人，孤芳如幽谷梅香。他的诗品是他的人格的艺术再现，这首《红梅》便是他节操自持、孤芳自守、不肯自辱于流俗的自我写照。全诗构思巧妙，刻画精微而不伤于纤弱，在于苏轼不屑于从“无绿叶”“有青枝”上去描写梅花，而是遗貌取神，突出其冰容玉质的内在品格。

寒食雨二首

其一

自我来黄州，已过三寒食。
年年欲惜春，春去不容惜。
今年又苦雨，两月秋萧瑟。
卧闻海棠花，泥污燕脂雪。
暗中偷负去，夜半真有力。
何殊病少年，病起头已白。

其二

春江欲入户，雨势来不已，小屋如渔舟，濛濛水云里。
空庖①煮寒菜，破灶烧湿苇，那知是寒食，但见乌衔纸。
君门深九重，坟墓在万里。也拟哭途穷，死灰吹不起。

【注释】

①空庖（páo）：空空如也的厨房。

【译文】

其一

我来黄州，送走了三个寒食。年年想把春天珍惜，未容珍惜春已归去。今年老天多雨人多病，萧瑟如秋真可叹一白里透红的海棠花瓣，泥水之中横遭摧残。谁使海棠这么快凋谢？暗中的手段真够奇绝。花落就像一个病少年，病愈后已是满头飞雪！

其二

春江水直想闯进门来，阴雨连绵还没有停意，小屋像悬浮的渔舟，飘摇在漾漾云水里。空厨无米煮着野菜，破灶无柴烧湿芦苇，若不是看见乌鸦衔纸，哪知道是寒食的日子。君门深深回归无望，连祖坟也远隔万里。也想痛哭在穷途末路，奈何溺死的灰烬吹不起！

【解析】

苏轼的这两首诗写于元丰五年（1082）寒食节。寒食，旧历清明节前一天或两天，旧俗禁火三天，故名。第一首写淫雨连绵，海棠花谢，一片萧索，苏轼谪居卧病，惜花自怜，备感凄楚。“燕脂”即胭脂，“燕脂雪”形容海棠花瓣如美人面容，白里透红。“燕脂雪”凋零之速之惨，使苏轼感受到一种令人心寒的外在力量，隐言美好事物的被摧残有时是不可抗拒的。

第二首直言居处僻陋，生活的艰难。小屋如舟，濛濛云水，空厨野菜，破灶湿苇的生活细节极切实、典型。更有令诗人痛楚的茫然无助：朝廷见弃，报国无门；乡关万里，进退失据。“死灰吹不起”，隐用西汉韩安国入狱的典故，当时狱吏虐待他，韩安国说：“死灰独不复燃乎？”狱吏回答说：“燃即溺（用尿淹死）之。”这里指自己不再有死灰复燃的希望，以免再遭迫害，表现了诗人凄然绝望的情绪。

和秦太虚梅花

西湖处士骨应槁[①]，只有此诗君压倒。
东坡先生心已灰，为爱君诗被花恼。
多情立马待黄昏，残雪消迟月出早。
江头千树春欲暗，竹外一枝斜更好。
孤山山下醉眠处，点缀裙腰纷不扫。
万里春随逐客来，十年花送佳人老。
去年花开我已病，今年对花还草草[②]。
不如风雨卷春归，收拾余香还畀[③]昊[④]。

【注释】

①槁：干枯。

②草草：忧虑状，语出《诗经·苍伯》："劳人草草。"

③畀（bì）：交付。

④昊（hào）：天。

【译文】

"梅妻鹤子"的西湖隐士，已经人去骨朽五十多年，能够与他的诗章媲美的，看来也只有你这一篇。东坡先生谪居在荒城，孤寂中已是心灰意冷，赏读你这篇咏梅华章，又撩起我的一片痴情。为了探梅我驻马而立，苦等着黄昏梅影的意境；残雪恋着寒梅迟迟不去，月儿也早早升起在山顶。只见月下江头花千树，恍惚里朦朦胧胧春欲暮；一支孤梅旁逸斜出竹林外，无意争春更加闲静幽独。忆昔杭州赏梅孤山下，醉卧花丛倒也散淡潇洒，落梅满山腰，纷纷不忍扫。而今万里春风逐人来，似要伴我幽居慰寂寥，花落花开十春秋，花开花落人已老。伤心去年花开日，花是好，人病倒；今年花开又如何，满怀愁绪如乱草。倒不如漫天风雨把这春色席卷而去，索性将梅花交付苍天，免得诗人们惜春怜梅自烦恼。

【解析】

古来咏梅名篇中，这是别具高格的一首。元代韦丰安认为这首诗足可以与宋初诗人林逋（即本诗首句的“西湖处士”）的咏梅绝唱相匹敌。东坡不乏咏梅的佳作，在于他将梅花视为自我的投影，爱得格外真挚而强烈。“苏门四学士”之一的秦观（字太虚）写了一首梅花诗，苏轼即步其韵而成此篇。时在元丰七年（1084），他已在黄州度过了四年贬谪生活。抑郁失意的不平之气萦绕心头，一旦赏梅咏梅，满怀自爱自重乃至幽怨、愤激之情便涌诸笔端不能自已。

本诗开篇即言“西湖处士”林逋，此时这位留下了“疏影横斜水清浅，暗香浮动月黄昏”的咏梅名句的诗人已去世五六十年，故曰“骨应槁”。旋即赞赏秦诗竟使自己产生探梅的愿望。“被花恼”的“恼”，撩拨之意。诗人立马黄昏、月下赏梅的凝神观照，既是对梅的“多情”，也是对自我的怜爱，是难以明言的自我感喟。诗人笔下的那一枝斜倚竹外、无意争春的孤梅正是诗人高洁个性和幽馨美质的生动写照。

诗的后半部，忆念杭州孤山赏梅，抒写十年来宦海风波的感伤。“孤山”两句展现了诗人当年公余闲暇于孤山赏梅的潇洒情致。裙腰：指长着绿草的山腰，语出白居易《杭州春望》：“谁开湖寺西南路，草绿裙腰一道斜。”“万里”句之后由回忆跌回现实，借梅抒怀，倾吐了十年来人生历程的苦涩、牢骚乃至发出“不如风雨卷春归，收拾余香还界昊”的激愤语。看似惜春怜梅，实为倾泻因探梅而引起的无限感伤。《诗人玉屑》引用范正敏评语，认为坡公这首诗“语虽平易，然颇得梅之幽独闲静之趣”，还有人认为这首诗并不比林逋的“疏影”“暗香”二句逊色。

湖上夜归

我饮不尽器①，半酣味尤长。

篮舆②湖上归，春风洒面凉。

行到孤山西，夜色已苍苍③。

清④吟杂梦寐，得句旋⑤已忘。

尚记梨花村⑥，依依闻暗香。

入城定⑦何时，宾客半在亡⑧。

睡眼忽惊矍⑨，繁灯闹河塘。

市人拍手笑，状如失林麞⑩。

始悟山野姿⑪，异趣⑫难自强⑬。

人生安为乐，吾策⑭殊未良⑮。

【注释】

①不尽器：谓喝不完一杯或一盏。

②篮舆：竹轿，用竹子做的轿子。

③苍苍：深青色。天色苍苍，已经入夜了。

④清：排除睡意努力使自己头脑清醒起来（由于处在“半酣”状态，观以下“杂梦寐”可知）。

⑤旋：一会儿。

⑥梨花村：不一定有这个村名，以这里梨花多而云。

⑦定：究竟。

⑧亡：走了。

⑨矍：惊惧，急视。

⑩麞：兽名，即獐，鹿属，似鹿而小，无角，黄黑色。

⑪山野姿：由于从山林田野中来，举止不合礼法的姿态。苏轼不止一次说自己有“野性”，自称自己是世农。

⑫异趣：意为自己与世俗礼法、富贵人的意趣格格不入。

⑬难自强：意为很难适应世俗礼法、适应富贵人的意趣“振作”起来，和他们一样。

⑭策：打算，决定，此处意为出来做官。

⑮未良：不完美，不好。

【译文】

我喝不完一杯或一盏，喝到半酣的时候更好。坐着竹子做的轿子从湖上回来，冷冷的春风拂面而来。走到孤山西边的时候，夜色就已经深了。在梦中轻轻地长吟诗句，想好的词句马上就忘记了。我还记得梨花村，有一股难忘的香味。入城的时候，客人都走了，睁开睡眼猛然发现，河塘已经华灯初上。路人拍手嬉闹着，就像快乐的小鹿。这时我突然发现，自己与世俗礼法、富贵人的意趣格格不入。人生要想快乐，就不应该做官。

【解析】

这首诗苏轼写于熙宁六年（1073）的春天，诗中“春风”句可见证时令。此诗实际上是苏轼的一篇生活速写。

开始二句，苏轼自己说饮酒的老习惯，这次饮酒也是这样。“半酣”，没有到醉的程度，然在朦朦胧胧之中。第三句说的“湖”点题，即西湖。第四句写“酒面凉”，因为酒半酣，面部发热，经春风一吹故如此。“行到”二句点夜。“清吟”二句仍然切“半酣”，诗人作着作着又睡着了，但一会儿又醒了，所以刚刚得到一句，马上就忘了。清代评论家纪晓岚说这两句是“神来”之笔。“尚记”二句说到“梨花村”，苏轼此时大约自梨花村来，其时梨花已开，暗香依依，苏轼似以为此时自身尚在梨花村，还是写“半酣”。“入城”两句，紧紧扣住“半酣”，写朦朦胧胧中的思维。“睡眼”两句，写河塘人声鼎沸，苏轼自朦胧中开始清醒过来。“市人”以下四句，实实在在是妙文，写出了杭州的老百姓与苏轼作为一个通判这样的相当高的级别（对于一州来说是如此）的官员之间的亲密无间。“失林麖”写半酣的失态，欲藏而无处藏，而此正显示出苏轼极为率真的一面。在几千年的封建社会中，官吏能如此揭示自身，实属难得。此无他，胸中坦荡，毫无芥蒂之故。末二句似乎是说后悔从仕，其实不然，苏轼如实录下此场面，正以其难忘，有记录价值，其内心正以此为乐。

海棠

东风袅袅[1]泛崇光，香雾空濛月转廊。

只恐夜深花睡去，故烧高烛照红妆。

【注释】

①袅袅：缭绕。

【译文】

东风轻柔地吹拂着海棠的光泽和馨香，香染薄雾雾空濛，引来明月月转廊。惜花惜时夜已深，直怕她沉睡梦乡。于是，点亮高脚烛，专为海棠照红妆。

【解析】

东坡谪黄州，居定惠院之东，杂花满树中独有海棠一株。东坡一到黄州便视为知己，并数次小酌花前，为之赋诗。这首绝句当是咏此海棠之作。

开头两句描绘了海棠所在的一个空濛、香艳、略显幽寂的境界，显示了海棠的魅力。“崇光”，指高处的海棠的光泽。后两句由花及人，生发奇想，表达了诗人爱花惜花之情。怕花儿睡去，是诗人爱花的痴情痴语，“故烧高烛照红妆”则是爱花之极的举动，表达了叹良辰之易逝、惜盛时之不再的深沉绵邈的情致。

壶中九华诗

清溪电转失云峰，梦里犹惊翠扫空。

五岭莫愁千嶂外，九华今在一壶中。

天池水落层层见①，玉女窗虚处处通。

念我仇池太孤绝，百金归买碧玲珑。

【注释】

①见：同“现”。

【译文】

清溪迅转，如电似风一般的快，青云白峰在波光里消失了；飞舟载不去梦里的惊叹——苍翠的山色横扫碧空。莫愁怨五岭间的荒蛮，莫惆怅千山外的冷清，梦中那灵异的九峰，就耸立在眼前的壶中。天池水清如悬起的明镜，辉映着缥缈的峰峦层层；山石婉转，玲珑剔透，是玉女明净的窗棂。萦念我的“稀代之宝”——仇池石的孤苦伶仃，我愿用百金的代价，留下这笼神奇的盆景。

【解析】

原诗题下有小序：“湖口人李正臣，蓄异石九峰，玲珑宛转，若窗棂然。余欲以百金买之与仇池石为偶，方南迁，未暇也。名之曰‘壶中九华’，且以诗纪之。”

这首诗吟咏的是“壶中九华”——一个“广袤池余”“九峰玲珑”，苏轼“欲以百金买之”的山石，属于文人清供的案头小品。本是一个狭小的题材，却铭记了诗人南迁途中的一段感情经历。这首诗苏轼写于绍圣元年（1094）。此前一年的元祐八年，苏轼在京师任礼部尚书，高太后去世，哲宗亲政，恢复新党章惇、吕惠卿官职，苏轼九月被削职出知定州（与辽交界的边境）。这年苏轼因“坐前掌制命语涉讥讪”的罪名，责知英州（今广东英德）军州事，途中三改谪令，再贬为“建昌军司马”，“惠州（惠阳）安置，不得签署公事”。苏轼独与幼子苏过奔赴惠州贬所。七月行至湖口，写这首诗。首联写清溪奔快，云山隐退，远行的人梦中还在依恋山峦的青翠，是苏轼仓皇南迁、行色匆匆的实写。用苍翠横空的想象寄托了诗人对中原山水的依恋之情。颔联微露主旨，点醒题目。查初白评“五岭”句云：“三句带南迁意不觉”，评语颇恰当。言“莫愁”，正见五岭千嶂之外之可愁；所以言“莫愁”，在于稍有慰藉——“九华今在一壶中”，聊可消减迁客寂寞之情罢了。诗人横遭贬谪，万里投荒，小小拳石竟成了唯一安慰，可以想见其心中的孤苦与隐痛。颈联的“天池水”“玉女窗”，正面描写壶中九华形象，构成了一个幽深迷濛的仙居境界。诗人的想象力在人生的困厄中依旧是活跃的。尾联的“仇池”乃诗人已有的称为“稀代之宝”的“仇池石”。“太孤绝”与前面的“千嶂外”相呼应，再一次抒写了诗人的孤愤与不平，流露了以旷达驱遣不幸

的精神。全篇有高视人间、挥洒超脱的气度，有虚无缥缈、优美神奇的意境，有玲珑宛转、层层显现的结构，是东坡名篇。

和陶拟古（选一首）

黎山有幽子，形槁神独完。
负薪入城市，笑我儒衣冠。
生不闻诗书，岂知有孔颜。
翛然①独往来，荣辱未易关。
日暮鸟兽散，家在孤云端。
问答了不通，叹息指屡弹②。
似言君贵人，草莽栖龙鸾③。
遗④我古贝布⑤，海风今岁寒。

【注释】

①翛（xiāo）然：无拘无束，自由自在的样子。

②指屡弹：叹息时弹指作声之状。

③龙鸾：龙凤，指东坡。

④遗：赠送。

⑤古贝布：《崖州志》云："古贝，高仅数尺。壳内藏三四层，壳老房开，有绵吐出，白如雪，纺织为布，曰古贝布。"

【译文】

黎乡山中有位山居黎人，形容枯瘦却有健旺精神。一朝碰见他背着柴禾进城，他倒笑我这身读书人的冠襟。想他平生不知诗书为何物，又哪里晓得孔子颜回的高论。他山里山外独往独来，从不把升沉荣辱萦绕于怀。红日西沉，鸟兽也要归宿，他的家还在那云端的山寨。试着跟他攀谈可惜语言不通，他却能弹指会意叹息声声。似在问我：你这个中原人物，如何栖息在天涯草莽的深处？感念他怕我抵不住海风的寒气，默然赠送我卖柴所换的古贝布。

【解析】

这首诗为绍圣四年（1097）苏轼写于儋州，苏轼时年六十二岁。苏轼晚年写了一百多篇和陶诗。其晚年的境遇和思想都很接近陶渊明，因而深好渊明的为人和诗作。他称言："吾于诗人，无所甚好，独好渊明之诗。"和陶诗每题在用韵和句数上都与陶诗相同，风格也相似。

为期两年零十一个月的居儋时期，苏轼居处简陋，缺衣少食，生活困窘。这种形同罪人的最下层的社会生活为他提供了接近下层人民生活的机会，使他与当地黎汉族人民结下了深厚友情。本诗记录了诗人与一个负薪（背柴）进城的黎山幽子（指住在深山的人）在街头相遇、问询的短暂的镜头。苏轼从形貌、劳作、居住、神态等方面刻画了一个纯朴善良的黎族劳动者的形象。两个人语言不通心相通。相遇时黎人"笑我儒衣冠"，问询时"叹息指屡弹"，分手时关心诗人冷暖，"遗我古贝布"（用海南棉织的布），这一"笑"、一"弹"、一"遗"令诗人难以忘怀，他们之间的彼此关心、情感交流也是令我们感动的。

和陶田舍始春怀古二首（选一首）

茅茨破不补，嗟子乃尔贫！
菜肥人愈瘦，灶闲井常勤。
我欲致薄少，解衣劝坐人：
临池作虚堂，雨急瓦声新。
客来有美载，果熟多幽欣：
丹荔破玉肤，黄柑溢芳津。
借我三亩地，结茅为子邻。
鴂舌①倘可学，化为黎母②民。

【注释】

①鴂舌：形容言语难懂。

②黎母：山名，泛指黎山。

【译文】

茅屋破漏，不补咋栖身？我的黎家兄弟这样清贫！菜蔬虽然肥嫩，人却瘦弱；无米生火，只能汲水充饥。我想尽一点儿微薄心意，还想求助于各位乡亲：在这池边为他筑起新屋，听听那雨打屋瓦的新韵。那时该有丰盛的佳品，瓜香果熟是多么欢欣：剥皮儿的荔枝晶莹白嫩，新屋里溢满黄柑的芳馨。还望借给我三亩地面，结屋做你的近邻；如能学会难懂的黎语，我也将成为黎母的子民。

【解析】

这首诗苏轼写于绍圣四年（1097）。诗前有小序，言儋人黎子云兄弟居于城郊，躬耕农圃，犹居食艰难。苏轼与昌化军使张中造访时欲集资为之做屋，遂成这首诗。全诗表达了诗人与当地黎家兄弟的亲密关系及其终老天涯之志。

首句“茅茨”指茅草屋顶。乃尔：意如此。“菜肥人愈瘦”，唯饮水食菜之故。苏轼仁民恤贫，乃有捐资助人之想。解衣：《史记·淮阴侯传》载“汉王解衣衣我，推食食我”。下面临池做屋、佳品迎客全都是苏轼想象语。结尾“结茅为子邻”，确是苏轼居城南之意，后果营建桄榔庵以居。苏轼虽放逐天涯，生计艰难，却没有自哀自怜的愁苦相，还怀有慷慨助人、“化为黎母民”的一片热心，一片真诚，令人钦敬。

江上看山

船上看山如走马，倏①忽过去数百群。

前山槎牙②忽变态，后岭杂沓③如惊奔。

仰看微径斜缭绕，上有行人高缥缈。

舟中举手欲与言，孤帆南去如飞鸟。

【注释】

①倏：极快。

②槎牙：不齐状。

③杂沓：多乱貌。

【译文】

船上看山山重重，急如奔马去匆匆，瞬间掠过的重峦叠嶂，仿佛巨大马群在奔涌；高低参差的山峰立在前，驶近时态势又在变换，后岭杂乱地拥挤着，似在仓皇逃窜。仰视山径细微，在云雾间横料缭绕，上有行人影影绰绰，缥缈在那崖畔云霄；我在船上举手示意，想要跟他打个招呼，奈何孤帆南去水滔滔，船行得飞快，就像飞鸟一样。

【解析】

宋嘉祐四年（1059）苏轼同他的弟弟苏辙随父亲苏洵离开了他们的故乡四川眉山，沿着水路东下荆州（江陵）时写了这首诗。二十四岁的苏轼就此开始了他宦海浮沉的人生历程，中国的诗海上也随之升起了李杜之后的又一颗璀璨的明珠。

两年前，苏轼兄弟联名高中同榜进士，而今回乡守母丧期满返京于江上，正是春风得意之时。这首诗抒写苏轼江上行船看山时的惊喜欣悦之情。前四句勾画了船上看到的大画面。五、六句如巨幅画卷中的特写镜头，专写山上的“微径”“微径”上的“行人”，最后以苏轼举手欲语而不能作结，留下许多余味。整首诗从江船上看山的角度抓住了审美主体与审美客体都在动态中的特点，写了群山奔涌的大景观，又突出了山径、行人的小画面，有山有路有人，又有苏轼与眼前人物的情感呼应。写得真切、自然、新鲜、流转，流露了青年诗人积极奋发的心志，也显示了诗人的才华。

历史总会有巧合，三百三十五年前，唐代大诗人李白正当二十三岁时，在蜀中度过了他的青少年时期，也是从峨眉山启程，“仗剑去国，辞亲远游”，沿平江南下到荆门的。蜀地出英才，真是人杰地灵，峨眉生辉。

荆州（选三首）

其一

游人出三峡，楚地尽平川。
北客随南贾，吴樯间蜀船。
江侵平野断，风卷白沙旋。
欲问兴亡意，重城自古坚。

其四

朱槛城东角，高王[1]此望沙。
江山非一国[2]，烽火畏三巴[3]。
战骨沦秋草，危楼倚断霞。
百年豪杰尽，扰扰见鱼虾。

其十

柳门[4]京国道，驱马及春阳。
野火烧枯草，东风动绿芒。
北行连许邓[5]，南去极衡湘[6]。
楚境横天下，怀王信弱王。

【注释】

①高王：五代时高季兴、高从诲父子叫作南平王，割据荆南，于荆州城南建望沙楼。这首诗即关于高氏父子的咏史一诗。

②非一国：指高季兴先仕于后梁，任荆南节度使，后受封于后唐，为

南平王；高从诲嗣位，又先后称臣于南汉、闽、蜀。

③三巴：巴郡、巴东、巴西，指蜀，当时蜀、荆是敌国，“畏三巴”，即荆畏蜀之意。

④柳门：荆州城门之一。

⑤许邓：分别指许昌、邓州。

⑥衡湘：指衡山、湘江。

【译文】

其一

出了三峡顿觉天高地宽，楚地千里沃野，一马平川。北方的游客与南方的商贾聚会，东吴与西蜀的船只一起扬帆。大江流碧劈开南北两岸，江滩上风卷白沙在盘旋。要问造访荆州的兴亡感，自古以来古城就如铁石一般。

其四

荆州朱红城门的东头，高氏父子曾建起望沙楼。可惜江山如画数易其主，烽火燃起竟然畏惧三巴如鼠。多少白骨埋在荒草丛中，高高楼头倚着断霞残红。五代群雄已尽随大江逝去，扰扰攘攘不过是鱼虾之辈。

其十

出了柳门便是京国大道，驱马春游趁着新春朝阳。远处野火燎原烧枯草，东风吹绿了田野新芽儿。北行连通许昌、邓州，南去可达衡山、湘江。楚地广阔足可以纵横天下，可怜的怀王真是个弱王！

【解析】

嘉祐四年（公元1059）冬，苏轼父子三人抵荆州，从而结束了水程。大约有一个短期的居留，然后陆行北上汴京（今开封）。《荆州》一组十首，现选三首。

第一首写苏轼出三峡后见到的新天地、新景观。先总写楚地的平远，再分写江上、江岸风光，结以兴亡之感。有远景，有近观；有人事，有野趣，一幅生动的江上风物图。第二首从望沙楼写起，大有观览今古、指点江山之气概。中间四句显然是对高氏父子的否定、蔑视，故结尾称之为“鱼虾”之辈。第三首先写荆州春游的观感。第五、六两句是下句“楚境横天下”的具体说明。拥有如此之地利，怀王（即楚怀王）竟因疏屈原、宠郑袖而被骗于张仪，受制于秦国，故有结尾之叹。

出于诗人手笔的三首诗，反映了苏轼开阔的视野、宏博的学识、敏锐的思维以及经世济民、“奋厉有当世志”的远大抱负。苏轼平生创作诗歌二千七百余首，取材之意多有创新。黄庭坚有“公如大国楚，吞五湖三江”之句，形容苏诗含纳之广，这一组诗就显示了他思想的深广，远大的抱负，超人的才气。

祭常山回小猎

青盖[①]前头点皂旗[②]，黄茅岗下出长围[③]。
弄风骄马跑空立，趁兔苍鹰掠地飞。
回望白云生翠巘[④]，归来红叶满征衣。
圣明若用西凉簿[⑤]，白羽犹能效一挥。

【注释】

①青盖：有青色布盖的车子，州长官乘用。

②皂旗：卫队的黑旗。

③出长围：“长”，不仅指长度，也指宽度，是说围出个大围场。

④巘（yǎn）：大山上的小山。

⑤西凉簿：指晋谢艾。

【译文】

青盖车开路在前头，卫士的皂旗迎风抖，黄茅岗下习射会猎，围出个猎场显身手。策马追猎驰骤疾，腾跃凌空踏风雷。仓皇狡兔逃何处，展翅苍鹰掠地飞。猎罢回首意犹酣，白云簇簇生翠峦。青山赠我红枫叶，片片如火满征衫。我愿做当今的西凉簿，一心为圣朝除边患。羽扇在手出征去，看我效命疆场捷报传。

【解析】

这首诗苏轼写于熙宁八年（公元 1075）密州（今山东诸城）知州任上。知州，相当于今市长，通判则是副市长。苏轼 1071 年 11 月至 1074 年 8 月任杭州通判近三年后，于 1074 年年末至 1076 年年底任密州知州两年。这首诗笔力雄健，句意流走，对仗工稳，一气呵成。“立”“趁”“掠”“满”等动词，与“青”“皂”“黄”“翠”等形容词，都用得准确、贴切，将人物和景物形象写得气势飞动，形神俱活，可与唐代王维的五律名篇《观猎》媲美。诗题指的是诗人到郡城南的常山祈雨，回来路上与同僚在常山东南的黄茅岗会猎。这首诗便是此时豪兴勃发，挥毫写就的。诗人同时还写了《江城子·密州出猎》词，已选入本书，可同时阅读。

这是一首豪情激越的七律。苏轼生活的北宋时代，边患不时发生，这首诗便抒写了苏轼立功疆场的渴望。前两句破题，兼写军容矫健和打猎场面的热烈。三、四句“骄马”的纵横驰骋，“苍鹰”的掠地追捕，写得形象飞动、神完意足。五、六句用“白云生翠巘”“红叶满征衣”烘托诗人雄姿英发的自我形象，继而以从容破敌的西凉簿谢艾自喻，表达了诗人效命疆场的报国激情。《晋书·张重华传》载：重华据西凉，用主簿谢艾为将军，进军临河，谢艾书生冠服，大败敌军。

寄蔡子华

故人送我东来时，手栽荔子待我归。
荔子已丹吾发白，犹作江南未归客。
江南春尽水如天，肠断西湖春水船。
想见青衣江畔路，白鱼紫笋不论钱[①]。
霜髯三老[②]如霜桧，旧交零落今谁辈[③]？
莫从唐举[④]问封侯，但遣麻姑[⑤]更爬背。

【注释】

①“想见”二句：写故乡物产富饶。青衣江：大渡河支流，在乐山草鞋渡与大渡河汇合。

②三老：指蔡子华、杨君素、王庆源三位故乡老友。蔡子华向苏轼求诗，苏轼写了这首诗，并要蔡转杨、王二人看，故诗中提到他们。

③谁辈：谁做伴？辈：同辈，可做伴的人。

④唐举：战国时看相的人。秦国丞相蔡泽早年曾请唐举看相，唐举仔细看后笑着说：“我听说圣人不看相，大概就是你这样的人吧？”

⑤麻姑：传说中的仙女，手指像鸟爪。东汉人蔡经说，背痒时用麻姑的手搔背，一定很好。

【译文】

老朋友送我沿江东下，外出做官，亲手种下荔枝，等我早日回还。荔枝已结出红色果子，我也头发斑白，仍未回到故乡，客居在遥远的江南。

暮春的江南，湖水漫漫，水天相连，荡舟西湖，思乡的哀愁令人肠断。回想起物产富饶的青衣江畔，白鱼紫笋随手可得，根本不花钱。三位白胡子老人好像耐霜的桧树，过去的亲朋所剩无几，谁跟你们做伴？我不会问看相人，能不能做高官，只希望有麻姑搔背，做个闲散的活神仙。

【解析】

元祐年间，苏轼在朝廷既继续反对新党，又反对旧党全面废除新政，结果遭到新旧两党的夹击。他说他在两年之中四遭口语；如果追随众人，又感到内愧本心，对不起君主；如果继续知无不言，则仇怨交攻，不死即废。他于是接连上章，请求出任地方官（见《乞郡札子》）。元祐四年（1089）他被命知杭州，这首诗即苏轼写于元祐五年杭州任上。蔡褒字子华，眉山青神（今四川青神）人，是苏轼的旧友和同乡。由于政治上不顺意，这段时间苏轼的作品表现出浓厚的思乡情绪，这首诗就是证明。前四句写朋友盼他早日归乡而自己却不能归去；中间四句写身在杭州西湖却心在故乡；最后四句感叹旧交零落，表示自己无意求升迁，只希望过闲适生活。全诗笔调婉转，风格清新，充满了对故乡、旧友的深切怀念和对仕途的厌倦。

祭冼夫人

和陶拟古九首之五

冯冼古烈妇，翁媪[①]国[②]于兹[③]。

策勋梁武后，开府隋文时。

三世更险易，一心无磷缁[④]。

锦伞[⑤]平积乱，犀渠[⑥]破余疑[⑦]。

庙貌空复存，碑版漫无辞。

我欲作铭志，慰此父老思。

遗民不可问，偻句[⑧]莫余欺。

犦牲菌鸡卜，我当一访之。

铜鼓壶卢笙，歌此送迎诗。

【注释】

①翁媪（ǎo）：妇人的统称，指冯、冼夫妇。

②国：被封。

③兹：指岭南地区（包括海南）。

④磷缁（zī）：黑色。语出《论语·阳货》："不曰坚乎？磨而不磷。不曰白乎？涅而不缁。"谓坚硬的东西不因磨砺而变薄，洁白的东西不因浸染而变黑，比喻经得起考验。

⑤锦伞：华美而有彩色的伞。

⑥犀渠：犀牛皮做的甲衣。《北史·列女传》记冼夫人平乱出征时，

"亲披甲，乘介马，张锦伞"。

⑦疑：古官名，这里指叛乱首领。

⑧偻（lǚ）句：地名，产龟，这里借称占卜的龟甲。

【译文】

冼夫人是建功立业的女中英杰，夫妇二人受封于琼崖与南粤。梁武帝之后平定叛乱功载史册，隋文帝时开建府署统领属下部落。历经梁、陈、隋三世连续的动乱，磨不薄染不黑洁白如玉忠心不变。张着锦伞平叛去乱巾帼显英豪，披坚跨马攻破叛乱余部奏凯旋。到如今冼庙犹存可惜空空如也，石碑虽在只是碑文已经漫灭。我想重写一篇铭文缅怀先贤，也好慰藉儋耳父老的一片思念。苦于找不到往代遗民可供问询，但愿庙里的占卜词不要把我蒙骗。用领牛祭奠和卜卦的时辰到了，如此庄重的祭拜我当整装造访。伴着铜鼓声声壶卢笙已经奏响，且把这迎神送神的祭诗放声歌唱！

【解析】

东坡诗选中较少见到这首诗。但岭南、海南民众对出之东坡手笔的这首热情礼赞冼夫人的诗却感到十分亲切。东坡与儋耳父老祭祀冼夫人之时，距冼夫人所在的南朝、隋初已有五百多年之遥，距今又是九百多年。而今，海南地区祭祀冼夫人的乡风民俗不减当年，可见冼夫人的历史功绩对后人影响之深远。

周济夫先生的《苏轼谪琼诗选注》对这首诗作了详细解说，这里据以简说如下。冼夫人，高凉郡（今广东阳江西）人，南朝、隋初岭南少数民族女首领。据《北史·列女传》载：冼夫人未嫁时，就能抚循部众，威扬诸越，海南儋耳归属者千余洞。梁武帝初年（535），高凉太首冯宝聘以为妻，故首句称为"冯冼古烈妇"。其时高州刺史李迁仕反，夫人起兵击之，大捷。陈朝永定二年（558）广州刺史欧阳纥反，夫人发兵抵抗，被封为高凉郡太夫人。陈朝灭亡，隋文帝（杨坚）开皇时（589），封冼夫人为宋康

郡夫人。不久，王仲宣反，冼夫人进兵到南海，岭南悉定，封谯国夫人，受临振县（属海南崖州）汤沐邑1500户。烈妇，建功立业的女性。

这首诗前八句盛赞冼夫人自青年至老年的五十多年间，历经梁、陈、隋三世动乱年代的平叛去乱的功绩。策勋，将功勋记载入册。下文转入对冼夫人的追念与祭拜。后半部表述了诗人对冼夫人的尊崇和“欲作铭志”、以慰父老的热忱。对于祭拜活动，诗人如此关切、重视，与当地父老乡亲已经感同身受地情相连、心相通了。

这首诗写于绍圣四年（1097），东坡贬逐儋州不久。在政治失意、“阖门面壁”“忧患不已”的日子里，虽困窘穷愁，但不曾被孤独、苦闷所压倒，不为逆境所吓倒，很快将身心融入当地的汉黎民众生活与乡风民俗中。这首诗热情歌颂了冼夫人维护国家统一、五十年忠心不变的功绩与品格，寄托了东坡安邦济世的平生志向与壮志未酬的感慨，也表现了诗人与儋州民风相融相契、随缘自适的生活景况。

倦夜

倦枕厌长夜，小窗终未明。
孤村一犬吠，残月几人行。
衰鬓久已白，旅怀空自清。
荒园有络纬①，虚织竟何成！

【注释】

①络纬：虫名，俗称“络丝娘”，因它鸣叫之时正当络丝季节，故名。

【译文】

我厌倦了这枕席，更厌恨了这长夜；我眼望着小窗盼天明，盼望天明但天迟迟不明。寂孤村里，犬吠一声格外静；天边残月下，今宵几人赶路程？我已年老人衰，鬓发白如霜雪；谪居天涯的心境，空怀着玉洁冰清。可怜荒园络丝娘，辛苦织着自己的梦；荒园荒，梦又空，织来织去竟何成！

【解析】

这首诗写于元符二年（1099），诗人在天涯孤村的长夜无眠时。孤村荒园，小窗残月，犬吠虫鸣，居然是诗人晚年的悲惨现实！对于早年就“奋厉有当世志”、才学又卓然不凡的苏轼来说，清宵无眠，抚今追昔，能不自哀自怜，“倦枕厌长夜”的“厌”“倦”是很自然的，颈联“衰鬓久已白，旅怀空自清”的“衰”“空”导致的失意与落寞则是这种愁绪的根由。尾联便直接惋叹平生的夙志未酬，空无所成。有大志，有操守，有才气，却备历险难，一世坎坷，老守天涯，这是最令苏轼痛惜的人生之大憾。诗人的“倦枕厌长夜”是深怀着隐痛而不便直言的。这首诗写得沉痛、幽愤，读之令人扼腕。

吉祥寺赏牡丹

人老簪①花不自羞②，花应羞上老人头。

醉归扶路人应笑，十里珠帘半上钩。

【注释】

①簪（zān）花：插花。

②羞：不好意思。《苏轼诗集》卷十六有《坐上赋戴花得天字》。戴花，插花一类的活动。

【译文】

老人头上戴花也不害羞，倒是插在老人头上的花儿有几分害羞。喝得酩酊大醉，一路上东倒西歪，十里长街的珠帘一半都挑起来了，争相看着醉归的自己。

【解析】

《苏轼文集》卷十《牡丹记叙》："熙宁五年三月二十三日，余从太守沈公（立）观花于吉祥寺僧守磷之圃（园）。圃中花千本，其品以百数。酒酣乐作，州人大集，金盘彩篮以献于坐者，五十有三人。饮酒乐甚，素不饮者皆醉。自舆台皂隶（地位低微的人，如仆人等）皆插花以从，观者数万人。"苏轼并作诗记此。吉祥寺，据《成淳临安志》，寺乃宋初建，寺甚大，多牡丹。

官民一起赏花同乐，是一件盛事，虽可用多一点篇幅铺叙，然而苏轼只凝炼于此七言绝句之中。苏轼着重写两个细节，一是簪花。虽说当时礼俗士大夫集会时可以簪花，但老人簪着花成群结队走在街市上，终觉有些不好意思。为了突出这种心态，苏轼掀起一道小小的波澜，说花不愿上老人的头。而事实是，不管花愿意与否，还是上了老人的头，添了不少情趣。说明包括苏轼在内的官吏最终还是乐于在百姓面前亮相的。花活了，人更活。这种亮相进一步缩小了官民距离，很有意义。

另一个细节即卷帘。十里街市上的老百姓把帘卷上，走出门来观看这支浩荡的插花队伍的经过，只需要点出这一点，当时盛况就好像在眼前。于是，官民同乐的主题也就圆满地表现出来了。这里还要提一点，就是苏轼为什么在珠帘上钩时用"半"字？这是因为作诗需要留有余地，给读者以想象空间，说全上钩，这就太实了，不活。诗贵活。

汲江煎茶

活水还须活火烹，自临钓石取深清。

大瓢贮月归春瓮[①]，小杓分江入夜瓶。

茶雨已翻煎处脚，松风忽作泻时声。

枯肠未易禁三碗，坐听荒城长短更。

【注释】

①瓮（wèng）：古代的容器，类似现在的瓦罐。

【译文】

煎茶离不开清江水，水清还须旺火烹；深夜里亲临钓石上，为的是取回的江水深又清。舀在大瓢里的月亮，随着江水归入我的水瓮；担月归来，再用小勺，把江水引进瓶中。听煎茶水声细如雨，看火烧茶脚自沸腾；倒茶的微响更悦耳，畅然泻出松风声。可惜我肠胃空空，想饮茶却不能尽兴；长夜枯坐荒城里，听长长短短的更鼓声。

【解析】

写月夜"汲江"—烹茶—品茶，品尝了茶趣，也品尝了孤寂与落寞。这是元符三年（1100）写于儋州的一首七律。这首诗的风格有两个显著特点：一是细腻，二是鲜活。写生活细事，却写出了诗意美感。宋代著名诗人杨万里称这首诗"句句皆奇"。

开头四句写"汲江"。"活水"，即江水；"活火"，旺火。两"活"相配，茶事所贵，是品茗行家的经验之谈。"自临钓石取深清"，其"深清”“钓石”、诗人“自临”皆质朴、细致又引人想象。“大瓢贮月归春瓮，小勺分江入夜瓶”是天下名联。王水照先生评曰：“说白了，不过是指两个动作，即用大瓢把江水舀入瓮中，再用小勺把江水注入瓶内。但‘贮月’‘分江’的天真想象，‘春瓮’‘夜瓶’的构词色彩，把水清月白、春意夜绪的无限情趣，渲染得既清逸又饱满，使之顿成名联。”周济夫先生也激赏：“本为很平常的两个动作，一经诗人点化，便觉诗意盎然了。”“诗意盎然”在于诗人自然而又鲜活地创造了既可感受又不乏想象余地的一个富有美趣的意象。随后两句写“煎茶”，“茶脚”即茶叶，“泻”即倒茶。煎茶的细雨声、倒茶的“松风”响，又创造了“雨”和“风”的视觉、听觉形象。把生活中的细事写得如此生动引人，有趣有味，是诗人的超人处。结尾品茗——如此佳茗却喝不了三碗，乃穷愁困顿所致，整篇安闲恬适的氛围中又平添了几丝悲凉萧疏。

九百多年前的儋州月夜，诗人把江中的明月舀进了春瓮；九百多年后的今天，这一片明月分别泊进了多少后人的心湖！

六月二十七日望湖楼醉书（选二首）

其一

黑云翻墨未遮山，白雨跳珠乱入船。

卷地风来忽吹散，望湖楼下水如天。

其二

放生鱼鳖逐人来，无主荷花处处开。

水枕[①]能令山俯仰，风船解与月徘徊。

【注释】

①水枕：船上的枕席。

【译文】

其一

黑云滚滚如浓墨翻卷，依然遮不住远处青山。白雨晶亮如跳珠万点，乱纷纷打进湖上的小船。转眼间清风卷地而来，将黑云白雨一齐驱散，望湖楼下依然是一天如水，水如天一。

其二

放生的鱼鳖和游人混熟了，人到水边它就追逐过来；野生的荷花更是自由自在，东一簇，西一簇，到处开。在浮动的水枕上看山，它时而昂扬时而俯下来；在风儿吹动的船上赏月，船和月儿两情依依共徘徊。

【解析】

杭州望湖楼，五代时钱王所建。这组诗原五首，选二首。熙宁五年

（1072）苏轼写于杭州。山水清秀，诗也清秀。两首小诗颇有诗趣。鱼鳖与人相亲，荷花随处绽放；山与水相依，船共月徘徊；山、水、船、月乃至水中鱼、湖上花全都有灵性，似在慰藉诗人落寞的情怀。宋真宗时，西湖辟为"放生池"，禁捕鱼鳖，替皇帝祈福。第二首湖上遇雨，于景观情趣中寓有一种哲思，更显得隽永有味：尽管黑云翻墨，白雨入船，一时间气势汹汹，不可一世，到头来还是山水依旧——"望湖楼下水如天"。小诗反映了诗人的旷达。

六月二十日夜渡海

参横斗转①欲三更，苦雨终风②也解晴。
云散月明谁点缀，天容海色本澄清。
空余鲁叟③乘桴意，粗识轩辕奏乐声。
九死南荒吾不恨，兹④游奇绝冠平生。

【注释】

①参横斗转：参、斗，两星名，二十八宿中的两宿。横、转，指星座位置的移动。

②终风：终日之风。

③鲁叟：指孔子。

④兹：这。

【译文】

大海的上空星移斗转，海上行船已近更深夜半；连日的风雨似解人意，雨霁风息，晴和一片。晴空朗朗的（夜晚）云散月明，有什么能把它遮蔽，青天碧海的容颜，本来就这样清澄明净。我既北归，就不必怀有孔子意欲乘舟海上的感叹；今夜的海涛声声伴我，听起来真如黄帝奏乐一般。这海南之行纵然九死一生，我也没有什么恨怨这种人世间奇绝的经历，最值得我回味、赞叹！

【解析】

元符三年（1100）正月，哲宗死，徽宗（赵佶）继位。五月，苏轼被赦北归，六月渡海作这首诗，这首诗可视为诗人对海南之行的总结。

前四句用以景拟情、景情相融、自然天成的比体，描述了谪居生涯行将结束时的兴奋心情。颔联“云散月明”二句自有深意。《书·谢重传》：“日夜明净，道子因戏重曰：卿居心不净，乃复强欲滓秽太清邪？”“云散月明谁点缀”的“点缀”，这里有遮蔽、玷污意，故解译如是。意谓政敌的横行，如蔽月浮云，终会消散；自己一生清白，正如这天容海色，一片澄明。“空余”两句连用两典。《论语·公冶长》载，孔子曾说：“道（王道）不行，乘桴（筏）浮于海。”诗人借以抒怀。尾联为全诗抒情重心，化用屈原《离骚》“亦余心之所善兮，虽九死其犹未悔”意，将谪居海南视为平生最奇妙的游历。后半首抒写绝处逢生的喜悦，对人生哲理的深刻领悟。通观全篇，突现出一位气节坚贞、品格高洁、胸怀阔大、性格超旷的志士兼诗人形象。这首诗大笔挥洒，景色壮丽，蕴含深邃，可谓东坡七律压卷之作。

六年正月二十日复出东门，仍用前韵

乱山环合水侵门，身在淮南尽处村。
五亩渐成终老计，九重新扫旧巢痕。
岂惟见惯沙鸥[1]熟，已觉来多钓石温。
长与东风约今日，暗香先返玉梅魂。

【注释】

①沙鸥：一种水鸟。

【译文】

四围乱山环绕，前有江水临门，筑屋南堂临皋下，在这淮南的荒村。东坡上垦出五亩田园，何妨在黄州终老安身，朝廷已废了史馆，我又成了个罪臣。人与沙鸥厮守在江滨，朝暮相处，相依相亲，多少回垂钓江石上，钓石上留下我的体温。心与东风早有约定，岂能忘怀今日的情分；但愿梅花二度开，浮动的暗香是梅的魂。

【解析】

元丰六年（1083）正月二十日，苏轼依旧依时“复出东门”寻春，仍用前韵。这首诗记述了他谪居黄州的劳作与闲散，表达了希望朝廷再予启用的期冀。

首联是诗人黄州住处实写。颔联的“五亩”指老友马正卿代为申请的东坡田，时年苏轼四十八岁，除东坡田外，又新葺临皋南堂，黄州终老的打算已经很久了，何况“九重新扫旧巢痕”。“九重”指朝廷，是朝廷废止史馆，苏轼曾做过史官，意味着朝廷没有自己的位置了，“新扫旧巢痕”指此。于是引出颈联江上垂钓、沙鸥相亲的闲散情致。然而终老黄州又终非所愿，诗人的内心是矛盾的。末联以“东风”喻圣上，以“玉梅”自喻，明显地表达了希望朝廷再予起用的期盼。

李思训《长江绝岛图》

山苍苍，水茫茫，大孤①小孤②江中央③。
崖崩路绝猿鸟去④，惟有乔木⑤搀天⑥长。
客舟何处来，棹歌⑦中流声抑扬。
沙平风软望不到⑧，孤山久与船低昂⑨。
峨峨两烟鬟，晓镜开新妆⑩。
舟中贾客⑪莫漫狂⑫，小姑前年嫁彭郎⑬。

【注释】

①大孤：大孤山，在江西九江鄱阳湖中。

②小孤：小孤山，在江西彭泽县古城西北九十里处的长江中。两山遥遥相对。

③中央：中间。

④“崖崩”一句：形容山路险绝，猿猴飞鸟都无法在此生活，不得不离去。

⑤乔木：高大的树木。

⑥搀天：即参天，直插云霄。

⑦棹（zhào）歌：划船人的歌声。

⑧沙平：沙岸平直。风软：风力微弱。望不到：指客舟可以望见却久

久不能到岸。沙岸平直则流水舒缓，风力微弱则船行缓慢，这二者是因，“望不到”是果。

⑨低昂：一起一落，形容山与船在水波中荡漾。

⑩“峨峨”两句：烟雾缭绕、耸立江心的大小孤山，正像早晨对着镜子重新梳妆打扮的美女头上的一对发髻。鬟（huán）：美女头上的一对发髻。

⑪贾客：商人。

⑫漫狂：随随便便，即轻狂，不受礼法约束。

⑬“小姑”一句：据欧阳修《归田录》卷二载，民间把小孤山传为小姑山，把彭浪矶（在小孤山对岸）传为彭郎矶，并说“彭郎者，小姑婿也”。苏轼随手拈来这一民间传说，并以假作真，戏诫“舟中贾客”，显得非常风趣幽默。

【译文】

山色苍翠，江水茫茫无际，大小孤山矗立在长江中央。崖壁崩塌，山路断绝，不见猿鸟踪迹，只有高大的树木直刺云天，生长兴旺。从哪里飘来一只客船？划船人的歌声在江中时而低沉，时而高亢。沙滩平直，风力微弱，船儿迟迟不能到岸，孤山与客船久久地随波起落荡漾。清晨烟雾缭绕，耸立江心的大小孤山，正像刚梳妆好的美人发髻映在镜中一样。船上的商人啊，莫要轻狂放荡，小姑早有伴侣，前年已嫁给彭郎。

【解析】

李思训是唐代著名画家，善画山水树石，是中国山水画北派的开山祖师。《长江绝岛图》是他的名作（现已失传），画的是长江中的大、小孤山。元丰元年（1078）冬，苏轼知徐州时看到这幅名画，写下这首题画诗。诗的前四句写画中绝岛，中间四句写画中客舟，末四句为合写，利用民间传说，以戏语结尾，妙趣横生。全诗以画面为线索，一气呵成，但又不拘泥于画面，能充分发挥想象力，如棹歌抑扬，结尾的戏语，都含有苏轼的想象和发挥。

荔枝叹

十里一置[①]飞尘灰，五里一堠[②]兵火催。
颠坑仆谷[③]相枕藉，知是荔枝龙眼[④]来。
飞车跨山鹘[⑤]横海，风枝露叶如新采。
宫中美人[⑥]一破颜，惊尘溅血流千载。
永元[⑦]荔枝来交州[⑧]，天宝[⑨]岁贡取之涪[⑩]。
至今欲食林甫[⑪]肉，无人举觞[⑫]酹伯游[⑬]。
我愿天公怜赤子[⑭]，莫生尤物[⑮]为疮痏[⑯]。
雨顺风调百谷登[⑰]，民不饥寒为上瑞[⑱]。
君不见武夷溪[⑲]边粟粒芽，前丁后蔡[⑳]相笼加[㉑]。
争新买宠出新意，今年斗品[㉒]充官茶[㉓]。
吾君所乏岂此物？致养口体何陋邪！
洛阳相君忠孝家，可怜亦进姚黄花。

【注释】

①置：驿站。

②堠（hòu）：路旁里程堡。唐代以五里为单堠，十里为双堠。

③颠坑仆谷：倒在坑谷里。枕藉：尸体纵横叠压。

④龙眼：俗称桂圆。

⑤鹘：鹰类飞禽。

⑥宫中美人：指杨贵妃。

⑦永元：汉和帝年号（89—105）。

⑧交州：汉武帝时所建十三州之一，当时叫交趾，辖境相当于现在的两广南部和越南北部。

⑨天宝：唐玄宗年号（742—756）。岁贡：地方政府或附属国每年向朝廷进贡。

⑩涪：今属重庆。涪陵有妃子园，据说专为杨贵妃种植荔枝。

⑪林甫：李林甫，唐玄宗时的宰相，阿谀承奉，专门迎合玄宗。

⑫觞：酒器。酹：洒酒在地以示纪念。

⑬伯游：汉和帝时的临武长唐羌（字伯游）。

⑭赤子：老百姓。

⑮尤物：珍贵的东西。

⑯疮痏（wěi）：疮伤瘢痕，借指祸害。

⑰登：丰登，丰收。

⑱瑞：吉祥。上瑞：最大的吉祥，极好的征兆。

⑲武夷溪：在福建崇安西南，武夷山绵亘百里，武夷溪缭绕山间，此地盛产茶叶。粟粒芽：初春芽茶。

⑳前丁后蔡：丁指丁谓（966—1037），字谓之，苏州长州（今江苏苏州）人，官至同中书门下平章事。蔡指蔡襄（1012—1067），字君谟，仙游（今属福建）人，官知制诰，后以龙图阁学士出知福州、泉州、杭州，精通茶事，著有《茶录》。

㉑笼加：笼装进贡，先后相继。

㉒斗品：斗茶，指参加品评比赛的茶叶。

㉓充官茶：作进贡的茶叶。这个自注是带讥刺的，"监司乞进斗茶"，责任还在监司；朝廷公然"许之"，责任就在哲宗了。

【译文】

十里设置一个驿站，五里一堠，沿途设满驿站，车马传送，急如兵火，飞尘满天。倒毙坑谷，尸骨重叠，不知死人多少，皇妃知道，这是在送荔枝和龙眼。车子翻山越岭，像鹘鸟掠过海面，荔枝到京，枝叶含露，好似刚采摘下来，为了赢得宫中的美人开颜一笑，不惜尘土飞扬，鲜血喷溅千百年。汉和帝的荔枝来自岭南交趾，唐玄宗的荔枝取自涪陵妃子园。至今人们还痛恨助君为恶的李林甫，直言敢谏的唐羌，却无人举杯祭奠。我希望老天爷怜悯平民百姓，不要出产珍贵物品，它是人民的祸患。风调雨顺，百谷丰登，最大的吉祥是人民不饥不寒。你没看见吗，武夷溪边的初春芽茶，丁谓、蔡襄相继制成了笼装的大小龙团。为了邀宠，想出了各种新鲜玩意儿，今年又把评比的茶叶当作官茶进献。我们君主所缺的难道是这些东西吗？专门在口体上花功夫，多么鄙陋卑贱！洛阳留守钱惟演出身忠孝之家，而今也把名贵的牡丹进献，真是可怜。

【解析】

元祐七年（公元1092）二月苏轼由颍州改知扬州，八月被召还朝。次年九月高太后去世，哲宗亲政，时局大变，苏轼被命知定州（今河北定县）。绍圣元年（公元1094）以讥刺先朝（神宗朝）的罪名贬官惠州（今属广东）。苏轼以言得罪，但他并未因此而沉默，就在谪居惠州的第二年，他又写下了千古传诵的名篇《荔枝叹》。前十六句揭露汉唐官僚争献荔枝、龙眼的丑态，希望老天爷不要出产那些成为老百姓祸害的“尤物”。后八句指名道姓地揭露本朝官僚的“争新买宠”，对在位的哲宗也暗含讽刺。全诗纵叹古今，对民间疾苦寄予了深切同情，对不顾人民死活的统治者深表愤慨。诗题本为《荔枝叹》，但诗人从荔枝说到茶，说到牡丹，可见他真是百感交集，胸中积满了愤懑，一发而不可收拾。

开先漱玉亭

高岩下赤日，深谷来悲风。
擘①开青玉峡，飞出两白龙。
乱沫散霜雪，古潭摇清空。
余流滑无声，快泻双石硔。
我来不忍去，月出飞桥东。
荡荡白银阙，沉沉水精宫。
愿随琴高②生，脚踏赤鲩公③。
手持白芙蕖，跳下清泠④中。

【注释】

①擘（bò）：用手分开。

②琴高：传说古代的一位水仙，曾骑红鲤鱼游戏人间。

③赤鲩公：即红鲤鱼。

④泠（líng）：清凉。

【译文】

高高山岩上，沉沉夕阳红，幽深的峡谷响着阵阵悲风。许是哪位神灵劈开这青玉峡，山谷里便轰然腾出两条白龙。泡沫激溅散成霜雪濛濛，古潭翻涌把天光云影摇动。激湍之后流水轻滑无语，但见它急匆匆泻出双石碘。置身漱玉亭我不忍离去，岩上桥东已是山月临空。溶溶月色里皑皑银世界，宛如幽静的海底水晶宫。我愿跟随水中仙人琴高，骑着金鲤鱼度我逍遥人生。去吧，带上圣洁的白玉莲，遨游于清冷的仙境。

【解析】

这首诗与《题西林壁》同时，乃苏轼赴汝州途经庐山时作。开先寺，南唐中主李璟所建。诗的前半部句句写实，句句胜景：高岩——深谷，飞瀑——古潭，流水——石硔（hóng，山沟），素月——飞桥，并有赤日、悲风的映衬，“白龙”“霜雪”的妙喻，以及后半部仙人、仙境的烘托，有形有声有色，有态势有动感，如梦幻如仙境，描绘了庐山开先寺漱玉亭从傍晚到月出的幽奇瑰丽景色，抒写了苏轼对出世成仙的向往，显示了诗人敏锐的观察力、丰富的想象力与传神的艺术表现力。纪晓岚在《纪评苏诗》中称赏这首诗“写瀑布奇势迭出，曲尽其妙”“不必定有深意，直是气象不同”。

陌①上花

游九仙山，闻里中儿歌《陌上花》，父老云：吴越王妃每岁春必归临安，王以书遗妃曰：“陌上花开，可缓缓归矣。”吴人用其语为歌，含思宛转，听之凄然，而其词鄙野②，为易之③云。

其一

陌上花开蝴蝶飞，江山犹是昔人非④。

遗民几度垂垂老，游女⑤长歌缓缓归。

其二

陌上山花无数开，路人争看翠[⑥]軿[⑦]来。

若为留得堂堂[⑧]去，且更从教[⑨]缓缓回。

其三

生前富贵草头露[⑩]，身后风流陌上花。

已作迟迟君去鲁，犹教缓缓妾还家。

【注释】

①陌（mò）：田间小路。

②鄙野：粗糙，不雅。

③易之：谓变换其词（保留其调）。

④昔人非：苏轼作这首诗时，距离太平兴国三年已近一百年，当时之人自无在者。

⑤游女：出游陌上的女子。

⑥翠：青绿色。

⑦軿（píng）：车幔，代指贵族妇女所乘有帏幔的车子。

⑧堂堂：公然，决然；堂堂正正。

⑨从教：听任，任凭。

⑩草头露：草头的露水，一会儿就干掉，比喻生前富贵不长久。

【译文】

其一

田间小路鲜花盛开，蝴蝶飞舞，山河依旧，但物是人非。越王钱俶的遗民和遗民的子孙一年一年这样过去，由少年到慢慢变老，出游的女子在忘情地放声唱歌。

其二

田间小路开了很多鲜花，贵族妇女所乘有帏幔的车子驶来，游人纷纷驻足观看。怎么样能够堂堂正正地把那辆有帏幔的车子留下来，不让它去，任凭车缓缓离开。

其三

生前的富贵就像草头的露水，一会儿就干掉，身后大家没有忘记她，为她唱《陌上花》。恋恋不舍地离开，引得妻子依依不舍。

【解析】

这首诗苏轼写于熙宁六年（1073）八月。苏轼这时因公务在临安短时间逗留，作此三诗。

此《陌上花》三诗，是对民歌歌词的改编。苏轼在诗引中说明了来由。原来，这《陌上花》当吴越王和他的妃子在世的时候，是为赞颂吴越王和他的妃子之间的爱情；他们死后，则是怀念他们，百年不衰。由此可以想见，吴越王有德于民，其妃有惠于民，这是很令人感动的。诗引里援引了吴越王给他妃子的信中两句“陌上花开，可缓缓归矣”。这封信是此三诗的基调，值得反反复复吟咏、体会。从信中可以知道吴越王和妃子做过约定，每逢陌上花开就回来，现在陌上花又开了，提醒她一下。说“缓缓归”而不说“即归”，充分表现了吴越王对妃子的尊重，同时也包含了他的殷切希望，表现了他们之间爱情的深厚；还表现了妃子对临安的一片深情，

她实在有点恋恋不舍。难怪清初文学家王士禛说“二语艳称千古”（《渔洋诗话》）。文字的妙用，发挥得淋漓尽致。吴越王的信传自父老，经过了苏轼的加工，才能这样感动人。

我国的民歌多采用兴的手法，“陌上花开蝴蝶飞”就是如此，从大好的自然景物引入。用“垂垂”“堂堂”、特别是“缓缓”等叠字，节奏舒缓从容，把郁结在心中的深厚情意慢慢表达出来。从“游女长歌”来看，年轻女子一边走一边唱，当有舞相伴，十分优美。苏轼的学生晁补之这时也在杭州，也和了八首。王士禛说苏轼和晁补之诗都是绝唱，纪晓岚说这组诗第一首“含思宛转”。

郿坞①

衣中甲厚行何惧，坞里金多退足凭。
毕竟英雄谁得似，脐脂自照不须灯！

【注释】

①郿（méi）坞：今陕西眉县北。

【译文】

仗着衣服里裹着一层厚甲，横行天下怕什么！坞里藏着金银十万，成败进退足可以安身。虽说毙命长安，肥尸示众，天下人谁能这般英雄——肚脐儿当灯芯儿，自燃自照不用灯！

【解析】

这是一首以东汉末年董卓为本事的咏史诗。郿坞，今陕西眉县北。东汉末年，董卓曾在这里经营他的巢穴。苏轼于嘉祐七年（1062）往眉县处理狱囚，行经郿坞作这首诗。小诗以嘲讽的笔调勾勒了董卓骄横暴虐的一生，以及终于落得暴尸街市的可耻下场。据传，东汉初平三年（192），董卓筑坞于郿，内藏黄金二三万斤，银八万斤，并有大量谷物织品与金银钱币，备以退居养老。但好梦难成，董卓死后被陈尸于长安示众。他体肥，守尸的士兵在其尸体的肚脐眼儿中装上灯芯后点燃，连烧数日。本诗嬉笑怒骂，疾恶如仇，鞭挞有力。这对当时疯狂聚敛民财的官僚贵族无疑是个严正的警告。

梅花二首

其一

春来幽谷水潺潺，的皪[1]梅花草棘间。

一夜东风吹石裂，半随飞雪度关山。

其二

何人把酒慰深幽，开自无聊落更愁。

幸有清溪三百曲，不辞相送到黄州。

【注释】

①的皪（lì）：指花色鲜亮。

【译文】

其一

春到幽寂的山谷，溪涧自语潺潺，寒梅花色鲜亮，开在荒草荆棘间。夜来东风无情，吹得石裂花残，落梅半随飞雪去，缕缕香飘度关山。

其二

深谷幽芳与孤寂厮守，何曾有人把盏问候？花开——开得无意趣，花落——落得愁更愁。幸有清溪不弃不离，千回百转伴我自奔流，殷殷相送不辞远，一路梅香到黄州。

【解析】

两首诗写于元丰三年（1080）正月，“乌台诗案”出狱后贬迁黄州路上，苏轼过麻城县（今湖北麻城市）春风岭时。其时，春风岭上遍野的梅花正在盛开，在初春的寒风里摇曳，半数飘落山溪中。两首小诗都是苏轼以梅花的幽独、高洁与飘零自况，借梅花抒怀之作。两首小诗的立意也大体相似：梅花境遇的幽僻—被摧折而飘零—虽飘零而犹芳。

第一首别有新意地勾勒了梅花的生存环境：不止置身于荒山幽谷里、野草荆棘中，更有东风“吹石裂”，梅花的飘落自是不可幸免的了。把梅花的生存环境写得如此荒僻、险恶，把梅花的遭遇写得如此惨烈，正是苏轼人生经历的自况。花落了也要随洁白晶莹的“飞雪”而去，全都是苏轼虽遭贬而高洁品格不变的自喻。第二首的“深幽”借指梅花。这首诗人与花结合得更为密切。诗人慰幽花，落花伴谪人，从中露出清高自许之意，失意愁苦之感。

欧阳少师令赋所蓄石屏

何人遗①公石屏风，上有水墨希微踪。

不画长林与巨植，独画峨嵋山西雪岭上万岁不老之孤松。

崖崩涧绝可望不可到，孤烟落日相溟濛。

含风偃蹇得真态，刻画始信天有工。

我恐毕宏韦偃死葬虢②山下，骨可朽烂心难穷。

神机巧思无所发，化为烟霏沦石中。

古来画师非俗士，摹写物象略与诗人同。

愿公作诗慰不遇，无使二子含愤泣幽宫。

【注释】

①遗：赠送。

②虢（guó）：地名，在今河南省。

【译文】

是谁赠送你石屏风，这般神奇，令人惊异，上面分明是淡笔水墨稀微的图迹！不画山长水阔，不画林莽无际，单画一株万岁不老的孤松倚苍天，在那高耸的雪岭上，在那巍峨的峨眉西。可惜崖崩涧绝只能观望，却不能到画境中亲自游历。只见落日朦胧着孤烟，孤烟袅袅缱绻着落日那老松临风屈身而卧，逼真的意态确是奇妙无比，始信鬼斧神工并非虚言，这奇迹乃是天地的灵气。听说那唐朝的毕宏、韦偃，丹青生涯中最擅长画松；虢山有幸，怀抱着他们幽美的灵魂。我担心他们骨殖可以朽烂，难以穷尽的

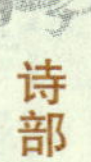

是他们的艺术生命，那神异的奇思妙想无处展现，定然是死有余痛，满怀苦衷，不曾想这两位丹青圣手，把他们奇幻的意向化为烟霏，永久地沉淀在这块石屏中。古来的画师心清意远，必然超脱了世俗的平庸，他们摹写物象，表情达意，大体上与诗人赋诗相同。但愿欧公挥笔题诗，慰藉他们怀才不遇的平生，免得他们在九泉之下，含愤而泣，幽怨无穷。

【解析】

苏轼在凤翔任职三年之后，奉命回京做官。在京期间正值历史上著名的王安石变法时期，苏轼因与王安石政见不合，于朝政时有龃龉，请求外调被任为杭州通判。这首诗即熙宁四年（1071）苏轼三十六岁赴杭途中经过欧阳修休居的临汝时所作。欧阳少师即欧阳修，他致仕（告老）时为太子少师。这首诗是苏轼观赏了欧阳修收藏的石屏后的应命之作。欧公的石屏风可观可爱，天然之物自有无限风光；苏轼的石屏诗意象丰美，神来之笔自有无限灵性。开篇一句，引出苏轼惊叹：石屏上有淡笔水墨画的图迹！之后正面描写石屏上的天然画面。在峨眉雪岭、危崖深涧、孤烟落日的背景中突出了“万岁不老之孤松”的孤高、超然与从容，隐然以树写人，喻指石屏的主人，曲折地表达了苏轼对欧公年高德劭的钦佩。诗思至此似也不凡，但苏轼又异军突起，妙笔生花，引出了唐代著名画家毕宏、韦偃的故事。两画家都长于画松，杜甫曾赞美他们“天下几人画古松，毕宏已老韦偃少”。苏轼悬想二位丹青圣手生命有限而才思未尽，怀才不遇而致幽怨难平，遂将艺术构想“化为烟霏”复现在欧公的石屏画面上！苏轼结尾一段就此恳请欧公为之赋诗安抚。

七绝二首

八月十五日看潮

吴儿生长狎涛渊，冒利轻生不自怜。

东海若知明主意，应教斥卤变桑田。

山村

老翁七十自腰镰，惭愧春山笋蕨甜。

岂是闻韶解忘味，迩[①]来三月食无盐！

【注释】

①迩（ěr）：近。

【译文】

八月十五日看潮

吴越的儿郎呵，潮头上踏浪，不惧深渊，无非是为了水中获利，怎么可以如此轻生弄险。东海的海神呵，你该解悟明主禁止弄潮的心愿，把这海边的盐碱之地，一并变为肥腴的桑田！

山村

七十岁的老翁腰里还别着一把镰，说起来真是愧对春山——采山尝遍了笋蕨甜。倒不是听那韶乐，忘了肉味想尝尝鲜，是因为足有三个月了——吃不到盐！

【解析】

元丰二年（1079）七月，苏轼以“衔怨怀怒”“包藏祸心”的罪名被捕

入狱，罪证便是苏轼的一束诗文。这便是历史上的“乌台诗案”。原来苏轼请求补外以来，有时在诗文中流露一点牢骚，有时对新法表示了不同意见，有时针砭新法流弊，其目的无非是“缘诗人之义，托事以讽”。这两首诗即被当时言官何正臣之流视为罪证之一部分。两首小诗写于熙宁六年（1073）杭州通判任上。

第一首写于中秋节钱塘观潮时。“前二句言弄潮之人贪官中利物，致其间有溺死者”（据“乌台诗案”）。苏轼自注：“是时新有旨禁弄潮。”后二句说朝廷好兴水利，可惜海水无知。斥卤，产盐之地，指海。

第二首是“山村”五首的一首，指斥朝廷的盐法太苛峻。“闻韶”“忘味”，《论语·述而》说，孔子听了优美的韶乐后，三个月吃肉忘了滋味。

琴诗

若言琴上有琴声，放在匣[①]中何不鸣？
若言声在指头上，何不于君指上听？

【注释】

①匣：盒子。

【译文】

若说琴声响自琴弦上，琴在匣中咋没有琴声？若说琴声来自手指上，为什么不在你的手指上听？

【解析】

这也是一首理趣诗。《楞严经》有“虽有妙音，若无妙指，终不能发”等语，苏轼这首诗用两句反诘，寓答于问，妙趣天成，显然受禅理的启迪。

本诗有问无答。苏轼先提出两个具体问题："琴上有琴声，匣中何不鸣？""声在指头上，何不指上听？"导出了一个似乎浅近、其实很有概括性的问题：美妙的琴声究竟是怎么产生的？推而广之，歌、舞、诗、画、书法乃至人类所有创造性的活动及其产品是怎么产生的？提出问题比解决问题还重要。这首理趣诗的魅力就在于问而不答，引人深思。苏轼的这一类理趣诗，尽管诗的形象不够鲜明和饱满，诗味不浓，但还是赢得人们的喜爱，就在于它的哲理性，在于苏轼提出了一般人心会而不易说出的东西，有理有趣有启发性。

苏轼提出的问题，至今还是富有思考价值的美学与哲学方面的命题。浅者见浅，深者见深。苏轼的意思不仅在于强调人们从事任何活动只有主客观条件的统一和谐才能取得满意的效果，似乎更强调人的思想、感情、技能的水平。这对于今人的审美观、世界观无疑是很有启发性的。陈迩冬先生认为这首诗写出了哲理，有禅偈的机锋，似儿歌的天籁。

迁居之夕，闻邻舍儿诵书，欣然而作

幽居乱蛙黾①，生理半人禽。
跫然②已可喜，况闻弦诵音③。
儿声自圆美，谁家两青衿④？
且欣集齐咻⑤，未敢笑越吟。
九龄起韶石，姜子家日南。
吾道无南北，安知不生今。
海阔尚挂斗，天高欲横参，
荆榛短墙缺，灯火破屋深。
引书与相和，置酒仍独斟，
可以侑⑥我醉，琅然⑦如玉琴。

【注释】

①黾：蛙的一种。

②跫（qióng）然：脚步声。

③弦诵音：读书声。古人有以丝弦助诵读者，故云。

④青衿（jīn）：学子穿的衣服，指邻舍儿。

⑤齐咻：读书声。

⑥侑：劝酒。

⑦琅然：声音清亮，多指读书声。

【译文】

野居荒村听群蛙乱唱，人禽杂处，好不凄凉。听见脚步声也觉得亲切，何况读书声近在耳旁。稚气的童声这样圆润，两个青衿学子是谁家儿童?读书声这样令我欢欣，又怎能笑他们浓重的乡音。韶石、日南都是岭南热土，哺育出了张九龄、姜公辅；为学之道不在于居处南北，海南怎么可能出不了杰出人物?辽阔的海上北斗高悬，高远的夜空参星横出；透过荆榛短墙的缺口，犹见灯光荧荧在茅屋。拿起书本与他们齐诵唱和，喜得我举起杯来自斟自酌；诵读声声令我陶醉，兴致勃勃，如听清圆的琴韵优美的歌。

【解析】

这首诗为元符元年（1098）苏轼写于儋州。此前已有《游城东学舍作》一诗，记录了当地郡学的学舍简陋、教师忍饥、学生四散的窘况，表达了对教育事业的深切关注。

这首诗写他营建桄榔庵于城郊的迁居之夕，听两小儿诵书时的欣喜之情，并以同出于岭南的唐代张九龄、姜公辅为例，表达了为学之道不分南北，海南同样会化育出杰出人物的期望与信念，显示了一个文化巨人重视教化、重视人才、“有教无类”、人皆可以成才的识见、胸襟与责任感。居儋三年，苏轼授徒讲学，传布文化，开发民智，为开发海南文化作出了杰出贡献。在他离琼三年后，他的学生姜唐佐（琼山人）成为海南第一个举人；他离琼后第九年，儋州人符确文率先成为海南的第一个进士。之后的宋、明两代，海南中进士者 74 人，中举人 607 人，海南遂有“海滨邹鲁”之誉，这与苏轼谪琼期间开发海南文化教育事业的贡献是分不开的。《琼台记事录》载：“宋苏文忠公之谪儋耳，讲学明道，教化日兴。琼州人文之盛，实自公启之。”

入峡

自昔怀[①]幽赏[②]，今兹[③]得纵探[④]。
长江连楚蜀，万派泻东南[⑤]。
合水来如电，黔波绿似蓝。
余流细不数，远势竞相参。
入峡初无路，连山忽似龛。
萦纡收浩渺，蹙缩作渊潭。
风过如呼吸，云生似吐含。
坠崖鸣窣窣[⑥]，垂蔓绿毵毵[⑦]。
冷翠多崖竹，孤生有石楠。
飞泉飘乱雪，怪石走惊骖[⑧]。
绝涧知深浅，樵童忽两三。
人烟偶逢郭，沙岸可乘篮。
野戍荒州县，邦君古子男。
放衙鸣晚鼓，留客荐霜柑。
闻道黄精草，丛生绿玉篸[⑨]。
尽应充食饮，不见有彭聃。
气候冬犹暖，星河夜半涵。
遗民悲昶衍，旧俗接鱼蚕。
板屋漫无瓦，岩居窄似庵。

伐薪常冒崄，得米不盈甔。

叹息生何陋，劬劳不自惭。

叶舟轻远溯，大浪固尝谙。

矍铄⑩空相视，呕哑莫与谈。

蛮荒安可住，幽邃信难媅。

独爱孤栖鹘，高超百尺岚。

横飞应自得，远飏似无贪。

振翮游霄汉，无心顾雀鹌⑪。

尘劳世方病，局促我何堪。

尽解林泉好，多为富贵酣。

试看飞鸟乐，高遁⑫此心甘。

【注释】

①怀：想。

②幽赏：到幽静的地方去玩，欣赏那里的美景。

③今兹：现在。

④纵探：随意寻探幽美风景的地方。

⑤万派：谓长江支流众多；派，水系，支流。泻东南：长江向东南方向流去。

⑥窣（sū）窣：形容声音细小。

⑦毵（sān）毵：枝条细长的样子。

⑧骖（cān）：一车所驾的三匹马；驾车时辕马两旁的马。此谓马。此句意谓峡中各种各样奇形怪状的石头好像受了惊吓的马在奔跑。

⑨簪（zān）：即簪，簪子，古代用来插定发髻或固冠的长针形首饰。此句意为黄精草就像绿色的玉簪，在峡中一丛一丛地生长。

⑩矍铄（jué shuò）：健康的有精神的老者。

⑪ 鹌（ān）：同鹌。鹑类鸟。一说即鹌鹑。

⑫ 高遁：高高飞起，离开尘世。遁，离。

【译文】

我喜欢三峡风光已经很早了，直到今天，我才有机会纵深探访。长江连接着蜀楚广大土地，简直是一泻千里，归入茫茫的东海。沿途支流像闪电般奔来，黔之来水如同乐天笔下《忆江南》。数不清的溪流，都汇集到大江中。舟进夔门突然觉得眼前无路，连绵的群山就像一座座神龛。江水一会儿弯曲一会儿浩渺，一会儿紧缩一会儿放开。风急迫如呼吸一起一伏，云生成在天空一舒一展。悬崖峭壁处窣窣声起，吹动着细长翠绿的藤蔓。我最喜欢的竹也长在冷峻的崖缝里，还有长着红果孤生的石楠。啊！抬头望，飞泉似狂舞的乱雪，低眉处，怪石如奔驰的惊骖。忽然看见有三三两两砍柴的小童，他们最知道山涧的深浅。偶尔也看到有人烟的城郭，河滩还有人坐着滑竿。荒废的哨所记载着曾经的历史，首领的爵位不高，只是子男。下班的衙门敲起了晚鼓，好客的山民拿出了霜打后的橘柑。路旁有吃了能长寿的黄精草，还有一丛丛好看的绿玉簪。尽管有这些草药食用，还是不见有老翁出现。冬天这里暖和，溪潭里夜空星河的倒影清晰可见。山人怀念以前的国君，传承着从前的生活习惯。用木板建成的房屋没有瓦，岩洞像破庙有穷人栖眠。砍柴常有危险，换来的粮食装不满罐。生活贫困不叹息，辛苦劳累不悲观。轻舟熟路去远航，不惧恶水斗险滩。老者们豪爽勇健，人操方言交谈。蛮荒之地不适合人居住，住在这里会感到诸多不便。独爱悬崖上孤栖的山鹰，本领高强能飞越高高的山巅。盘旋横飞悠然自得，展翅远飏无所贪恋。扇双翼搏击长空，无心思为裹腹顾及明天。回看人间世俗劳苦，真让我不堪忍耐！莫为荣华富贵奔忙吧，我情愿与林泉为伴。你看看山鹰多么快乐，出世隐居我心甘情愿。

【解析】

这首诗苏轼写于嘉祐四年（1059）江行赴荆州途中。

诗为五言长篇排律，共六十句。通篇对仗，每两句一对，共三十对。

此为一难。苏轼所押者为“谈”韵。据南宋刊《钜宋广韵》，“谈”韵与“覃”韵同用。二者合为二百八十四字，不少是不常用的冷僻字，为险韵、窄韵。此为二难。

苏轼时为二十四岁。他迎难而上，这首诗实为刻意锻炼之作，对仗工稳，险韵、窄韵运用自如；而又语言警峭，气局开朗：实为成功之作。清代评论家汪师韩《苏诗选评笺释》、纪晓岚评苏诗均盛赞之。

从这首诗看来，苏轼已经具备了作为一个大诗人所应具有的非凡学力与才力。特选这首诗，以见苏诗发展痕迹。首二句写入峡之由。“长江”六句总叙，峡在长江中。“入峡”十二句写峡中的景物。“绝涧”十二句写峡中所见人物活动。“气候”八句写居峡老百姓的简陋生活。“叹息”八句写入峡付出了艰苦劳动。“独爱”六句写孤鹘高超自得之乐。末尾六句，用我的“局促”与孤鹘飞扬相对照，知高超之乐，亦知高遁林泉之甘。章法严谨，层次分明。自末六句略知，苏轼此时乘舟经荆州入京师，实非本愿。

书韩干《牧马图》

南山①之下，汧②渭之间，想见开元天宝年。
八坊分屯隘秦川，四十万匹如云烟。
骓③駓④骃⑤骆⑥骊⑦骝⑧騵⑨，白鱼赤兔⑩骍皇鶬⑪。
龙颅⑫凤颈狞且妍，奇姿逸德隐驽顽。
碧眼胡儿手足鲜，岁时剪刷供帝闲。
柘袍临池侍三千，红妆照日光流渊。
楼下玉螭吐清寒，往来蹙踏生飞湍。
众工⑬舐⑭笔和朱铅⑮，先生曹霸弟子韩。
厩马多肉尻脽圆，肉中画骨夸尤难。
金羁玉勒绣罗鞍，鞭箠⑯刻烙⑰伤天全，不如此图近自然。
平沙细草荒芊绵，惊鸿脱兔争后先。
王良挟策飞上天，何必俯首服短辕⑱。

【注释】

①南山：指秦岭山。

②汧（qiān）：水名，源出甘肃省东南，至陕西宝鸡市流入渭水。

③骓（zhuī）：白色苍白相杂的马。

④駓：毛色黄白相杂的马。

⑤骃（yīn）：浅黑间白的杂色马。

⑥骆：黑鬣（颈领上的毛）的白马。

⑦骊：纯黑色的马。

⑧骝：黑鬣的红马。

⑨骠（yuán）：白腹的骝马。

⑩白鱼：两目似鱼目的马。赤兔：红色马。

⑪骍（xīn）：红黄色的马。皇：毛色黄白相杂的马。

⑫龙颅：脑盖，头颅骨。

⑬众工：众画工。

⑭舐：以舌取食或舔物。这里是说用手舔笔。

⑮朱铅：指绘画的颜料。

⑯箠（chuí）：马鞭。鞭箠：用马鞭子鞭打。

⑰烙（luò）：灼，烧。

⑱辕：车前驾牲畜的直木。

【译文】

南山之下，汧水渭水之间，我可以想象出开元天宝那些年。朝廷设立八坊来养马，连秦川这样的广阔的地方都觉得太狭隘，四十万匹骏马在奔驰，就像阵阵云烟。马的毛色各不相同，各种毛色应有尽有；头似龙，颈似凤，有狞恶有俊妍。奇姿逸态，令人叹为观止，也有些劣性马，跳踉嘶叫，混杂其间。绿眼睛的胡人以善养马出名，每年剪毛刷马，精心挑选，供给天子的御马监。天子去看马，左右侍从美女三千，红妆在日光的照耀下分外光鲜。楼下的玉螭口中吐出不绝的寒水，马群在水波中奔跑溅起水花似箭。画工们把笔舐满了颜料临摹，曹霸和弟子韩干的画技压倒群贤。内厩的马多肉臀部肥圆，能在画肉时画出骨相，真是难上加难。马匹戴着黄金羁白玉勒，马鞍子是罗绫绣成，它们遭到鞭打火烙已伤天全，怎比得韩干画上的马，神骏天然。你看，一望无际的平沙上，细草蒙蒙似绵，马儿轻逸快捷，争先恐后。这些马真该让王良挟着鞭子赶上青天，为什么要俯首拉车，留在人间？

【解析】

熙宁十年（1077）春，苏轼经济南到了汴京开封。三月初三日，他的朋友王诜（晋卿）送唐韩干画马十二匹，共六轴，求苏轼为跋，苏轼于是作这首诗。

据《名画记》，韩干是唐玄宗天宝中供奉（在皇帝左右供职），玄宗命他专画外国与中国的名马。这首诗就以此为大背景展开，展示唐之声威。“南山”三句言开元、天宝间牧马场之广，大局面，跳跃而出。“八坊”二句言牧马之多。“骓駓”二句言品种之多。“龙颅”二句言姿态之奇、之异。“碧眼”二句言外来牧人；其时“外国名马，重译累至”（《名画记》）。以上大背景都是事实，苏轼以此作为韩干出面之铺衬。“柘袍”二句言皇帝亲临观画师作画，为第二层铺衬。“众工”句为第三层铺衬，完成声势。之后，“先生”句韩干方出面。其人作画造诣之高可以想见。以下即写韩干作画造诣。“厩马”二句赞美能于“肉中画骨”，得多肉之马之精神。“金羁”三句赞扬韩干之马得天全，表现出它们活泼的天性。“平沙”二句赞扬韩干笔下众马轻逸快捷，奔驰于广阔草原上。画至于此，可谓神品（《名画记》即谓韩干马居神品）。“厩马”二句后方着题，清代评论家纪晓岚谓为“章法奇绝”（纪评《苏文忠公诗》卷十五）。末二句表面上是赞美韩干如王良，补足上面之意，实则“以骐骥自比”，讥讽执政大臣无能尽我之才（《乌台诗案》），题外出奇。

这首诗为七言古诗，即柏梁体，清代评论家予以高度评价，或谓“骨干气象”可与杜甫等（《唐宋诗醇》），或谓“浑雄道妙”胜李白。

守岁

欲知垂尽岁，有似赴壑蛇。
修鳞半已没，去意谁能遮。
况欲系其尾，虽勤知奈何！
儿童强不睡，相守夜欢哗。
晨鸡且勿唱，更鼓畏添挝①。
坐久灯烬②落，起看北斗斜。
明年岂无年，心事恐蹉跎。
努力尽今夕，少年犹可夸。

【注释】

①挝（zhuā）：敲、打，指敲更鼓。

②灯烬：灯花。

【译文】

即将过去的岁尾年末，像一条没入沟壑的蛇，修长的躯体隐没大半，匆匆的去意遮不住、拦不得。你想留住岁尾的时刻，任你再勤勉也没有什么结果，守岁的儿童硬是不肯睡去，他们守着欢笑、盼着明朝。我却不愿听那晨鸡唱晓，更怕这更鼓一声声地敲。深宵久坐看灯花燃尽，起身望望北斗还有多高。并不是明年再没有新春，是害怕一年年虚掷光阴。今宵守岁还须格外尽心，美好的青春正属于我们。

【解析】

嘉祐六年（1061）的岁末，苏轼二十六岁在陕西凤翔任判官时，写了组诗《岁晚》三首，此其三。《守岁》描写的是除夕通宵不眠、辞旧迎新的风俗。这首诗先以长蛇赴壑之喻，发韶华易逝、青春难再的感叹，继以儿童守岁、彻夜不眠的嬉戏，反衬苏轼珍惜分秒之情的凝重。结尾以昂扬的笔调自警自励，表述了青年诗人惜时奋进、建功立业的渴望。岁月如流，千古同慨。读这首诗的今人今日距当年诗人守岁的年夜业已九百多个春秋了，然而读起来还是这样的亲切有味，令人警醒。

书双竹湛师房

其二

暮鼓晨钟自击撞，闭门孤枕对残釭①。

白灰旋拨通红火，卧听萧萧②雨打窗。

【注释】

①釭：灯。“釭”原作“缸”。

②萧萧：雨声；亦可理解为寂静的环境的表现。

【译文】

其二

报时的钟鼓自在那里击撞，闭门独卧对着将熄的灯光。白灰一拨又亮起通红之火，躺床上静听冷雨打着寒窗。

【解析】

这首诗苏轼写于熙宁六年（1073）冬。这首诗其一为：“我本西湖一钓舟，意嫌高屋冷飕飕。羡师此室才方丈，一炷清香尽日留。”这首诗可以理解为应僧湛师之请而作，亦可理解为夜宿湛师房，而后题诗（宋释惠洪《冷斋夜话》卷三即谓此二诗为“宿余杭寺赠僧”作）。今作后者解读。这首诗突出一个“清”字，表现的是一种清景。和尚暮鼓晨钟，日复一日，习以为常，与其他人无关，显得清，心境清，环境清。一个人关起门来，一个人倚靠着枕头，面对着欲熄灭而尚未熄灭的残灯，显得清，心境清，环境清。现在是冬天，屋内有炉火，拨开白色的灰，里面还有一团通红的火块，说明火炉已经燃烧了很久了，夜已经很深了，就更加觉清冷。于是，躺了下来，雨萧萧地下着（也许是现在下，也许早已下），更清。全篇语句清新通脱，准确地表现了这种难得的清景，也表现了苏轼十分超脱、宁静的情怀，值得细细咀嚼。钱锺书在他的《宋诗选注》中选了这首诗，其用意或者也在这里。

十二月二十八日，蒙恩责授检校水部员外郎黄州团练副使

其二

平生文字为吾累，此去声名不厌低。

塞上纵归他日马，城东不斗少年鸡。

休官彭泽贫无酒，隐几维摩病有妻。

堪笑[1]睢阳老从事，为余投檄向江西。

【注释】

①堪笑：令人苦笑。

【译文】

其二

平生吟诗弄文有何益，诗文把我弄到这步田地！既然罪状在于名声高，今后的名声该是越低越好。塞翁失马，安知祸福，日后的前途依然吉凶难卜，尽管直道而行多风险，我也不学那斗鸡之徒。辞官的陶渊明虽说潇洒，我若辞官又何处喝酒，学一学维摩以法喜为妻，少一点痴迷与贪求。令人苦笑的是我的胞弟，乞请朝廷用其官职为我赎罪，而今我倒是蒙恩出狱了，他已被贬到遥远的江西。

【解析】

苏轼在狱中关了四个月零十二天获释。经皇帝亲自裁定，被贬到汉口附近的黄州，并指令“限往”该区，不得擅自离去，也无权签署公文，实为软禁。李定、舒亶之流大失所望。苏轼出狱那天晚上，又忍不住成癖的诗兴写了两首诗，此其二。

苏轼的“文字”与“声名”皆构成了“乌台诗案”的罪状。文字之“累”指被御史们列为罪状主要材料的《苏子瞻学士钱塘集》三卷；关于苏轼“声名”，当时纠弹他的何正臣说：“轼所为文字，传于人者甚众。”舒亶说他“传播中外，自以为能”，这首诗第二句即指此。“不斗少年鸡”，指唐玄宗好斗鸡，封长安城中斗鸡少年贾昌为“五百小儿长”，苏轼这里表示不以斗鸡取媚邀宠。“彭泽”之比，是说因为家贫，不敢像陶渊明那样弃官归乡；佛经中记载维摩诘以法喜（见法生喜）为妻，苏轼意指自己将与佛法终老。“睢阳老从事”，指弟弟苏辙，时任著作郎、签书应天府判官，应天府在秦时为睢阳县。苏轼得罪，苏辙向朝廷进奏，要求以自己的官爵为苏轼赎罪，因此被贬为江西筠州监酒。

言为心声，诗如其人。苏轼获释后的这首诗，不仅看不到出狱后的低眉顺眼、感恩戴德、自省自责之意，而且耿直依旧，傲骨不改。“此去声名不厌低”“城东不斗少年鸡”“塞上纵归”“彭泽”“无酒”是他对“乌台诗案”不软不硬、依然故我的表示与回答。这也是他不见容于当朝、屈辱被贬的一个根由。据说他写完这首诗，丢下笔杆说了一句“我真是无可救药”，可见，他很清楚自己的秉性。

宿九仙山

风流王谢古仙真，一去空山五百春。

玉室金堂①余汉士②，桃花流水失秦人③。

困眠一榻香凝帐，梦绕千岩冷逼身。

夜半老僧呼客④起，云峰缺处涌冰轮⑤。

【注释】

①玉室金堂：比喻华美的道观。出《晋书·许迈传》。传谓迈为丹阳人，入临安西山，有在那里住下来的打算；他给友人王羲之之书云："自山阴（今浙江绍兴）南至临安，多有金堂玉室，仙人芝草，左元放之徒汉末诸得道者皆在焉。"

②余汉士：谓无量院内尚竖立着左元放等得道之士的塑像。左元放为汉末人，以他为代表，故叫作汉士。

③秦人：出陶潜《桃花源记》。记渭武陵人得桃花源，遇居民"自云先世避秦时乱，率妻子邑人，来此绝境"，故云秦人。此谓左元放、许迈等得道之士。

④客：苏轼自谓。

⑤冰轮：月亮。

【译文】

风度翩翩的王、谢可称得上古仙式的游山人，一旦离开人间名山空闻一晃就是五百春。华美道观留有汉时得道者的塑像，桃源仙境里可惜不闻秦人的音讯。夜晚困惫一下子倒在香气缭绕的帐边熟睡，恍惚中梦游高山峻岭感到寒气逼人。夜半梦中突然被无量院的老僧唤醒，只见云峰缺口涌出清冷如冰的圆月一轮。

【解析】

这首诗苏轼写于熙宁六年（1073）。苏轼自注："九仙谓左元放、许迈、王、谢之流。"《苏轼诗集》引宋人注，九仙山在临安县西十二里，山有一个无量院，是东晋葛洪、许迈炼丹之地。苏轼所住的地方就是无量院。

开头二句叙述九仙本身，而以王、谢为代表。王、谢为出色的政治家，政事之暇，游赏九仙山这样的胜迹，其风度远高出世人，为当时和后世所景慕。称作仙人，乃由于此。然王、谢去后，再无高人至此，苏轼不禁惋惜山的寂寥和冷清。第三、四句叙寻访九仙遗迹。其结果除去几尊九仙塑像以外，别无它物，不免有失落之感。这两句就九仙本身及九仙山风物点化，对仗工稳，语句优美，自然高妙。按照这个思路，作者似乎应该着眼于赞颂九仙，进而步他们的后尘入九仙山学道，但他没有那样做。后四句，苏轼放下九仙。在苏轼的心目中，九仙并没有特殊重要的位置。苏轼直抒胸臆，满怀深情地写出自己在九仙山的住宿生活，并热情颂赞九仙山的自然奇观。一种不羁之气跃然纸上，令一般作家不可企及。清爱新觉罗弘历（乾隆帝）在《唐宋诗醇》中说此四句"磊砢妥帖"，清代评论家方东树《昭昧詹言》说此四句"兀傲奇横"，大约是这个意思。

轼在颍州，与赵德麟同治西湖，未成，改扬州，三月十六日湖成德麟有诗见怀，次其韵

太山秋毫两无穷，巨细本出相形中。
大千起灭一尘里，未觉杭颍谁雌雄。
我在钱塘拓湖渌[①]，大堤士女争昌丰。
六桥横绝天汉上，北山始与南屏通。
忽惊二十五万丈，老葑[②]席卷苍云空。
朅[③]来颍尾弄秋色，一水萦带昭灵宫[④]。
坐思吴越不可到，借君月斧[⑤]修朣胧[⑥]。
二十四桥亦何有，换此十顷玻璃风。
雷塘水干禾黍满，宝钗耕出余鸾龙。
明年诗客来吊古，伴我霜夜号秋虫。

【注释】

①渌（lù）：水清。

②葑（fēng）：指菰的根。

③朅（qiè）：语助词。

④昭灵宫：州祀张路斯之庙，相传张有灵异，自称为龙。

⑤月斧：引自《酉阳杂俎》有关修月者以斧修月的传说。

⑥朣（tóng）胧：月亮刚出时不太明亮的样子。

【译文】

不必将泰山与秋毫相比，大小序列本是“物量无穷”。何须称巨道细，巨细高低只在于彼此相较的范围中。佛家有言：三千大千世界也不过起灭于微尘一粒，杭、颍二湖更是微乎其微，更不必论个雌雄，比个高低。忆昔杭州西湖滋蔓着菰葑除葑清淤始有湖清如镜，筑起的大堤引来游赏的女士，仪容丰茂，湖上添了新风景；堤上架桥，仿佛六道比肩彩虹，又好像横过银河的一道长龙。湖北湖南的北山与南屏，悬隔千古终于一朝相通；覆盖二十五万丈的湖面老葑，想当初遮天蔽日，淤塞湮壅，终于像漫天苍云席卷而去，西湖才露出了清丽的面容。去年我们同在颍水赏秋，颍州治湖你我志同道合。颍水如带萦绕着昭灵宫，浚湖治水但愿神龙有灵。我如今身在扬州心在西湖，你我只能会晤于梦中。颍州西湖宛如朦朦的月亮，须借你手中的月斧去其朣胧。人说二十四桥是扬州名胜，其实二十四桥又何足恋哉——遗憾颍州西湖大功告成，我却赏不了十顷水碧风清。扬州的水利废弛令人忧虑，优美的雷塘竟然水涸稼生，耕田翻出前朝宫妃的遗物，山河依旧只残存钗上的鸾龙。如果你明年来扬州吊古，正好可以陪我一起伤今，学苦吟的秋虫。

【解析】

诗题已将本诗背景大体说清。苏轼于哲宗元祐六年（1091）调知颍州（安徽阜阳），时年五十六岁，当时赵德麟（名令畤）为州判。二人决定浚治颍州西湖。未及竣工，苏轼于次年调知扬州。苏轼知扬州时，湖功告成，赵写诗寄怀苏轼，苏轼次韵写下这首诗奉答。

全诗内容分四层：关于颍州西湖与杭州西湖比较的议论，苏轼浚治杭州西湖的追叙，正面写出颍州治湖之意与去湖之感，对扬州水利废弛的忧虑。全篇空间跨度大，包括杭、颍、扬三州，但不离水利，一线贯穿。

开头取道家《庄子·齐物论》与佛家《法华经》佛家思想，以一个富有哲理的大议论凭空喝起，突兀有势，为全篇增神，纪晓岚评之为“入手奇伟”。第二层追叙苏轼杭州治湖业绩，清淤、除葑、筑堤、架桥，女士的游乐之情、苏轼的欣喜之态呼之欲出。杭州西湖的湮塞，在于菰葑滋蔓，侵蚀湖面达二十五万余丈。苏轼主持并亲自指挥将葑田泥土起出，用它在湖中筑成南北十多里的长堤，杭人名之“苏公堤”（今叫作苏堤），并于堤上架六桥，遍植花柳，终于湖清似镜，长堤如画，面貌一新，可见苏轼之政绩。西湖改造工程体现了苏轼体恤爱民的仁政之志，勤政善政之才，也体现了一个伟大文学家的诗人情怀。“女士争昌丰”由《诗经》化出：“子之丰兮”“子之昌兮”，“昌丰”是形容仪容的丰茂。第三层按时间顺序记事抒怀，转接有势，跌宕多姿。随后以扬州雷塘水利废弛的忧患作结。可惜苏轼在扬州任职不久便调转他任，不然雷塘水利许有复兴的可能。本诗有议论、有纪实，充分体现了宋人以议论为诗、以才学为诗、以文为诗和“宋诗妙境在实处”的特点。

石鼓歌

冬十二月岁辛丑，我初从政①见鲁叟。
旧闻石鼓今见之，文字郁律②蛟蛇走。
细观初以指画肚③，欲读嗟如箝④在口。
韩公好古生已迟，我今况又百年后。
强寻偏旁推点画，时得一二遗八九。
我车既攻马亦同，其鱼维鱮贯之柳。
古器纵横犹识鼎，众星错落仅名斗。
模糊半已隐⑤瘢胝⑥，诘曲⑦犹能辨跟⑧肘⑨。

娟娟[10]缺月[11]隐云雾，濯濯嘉禾秀稂莠[12]。
漂流百战偶然存，独立千载谁与友。
上追轩颉相唯诺，下揖冰斯同鷇彀[13]。
忆昔周宣歌《鸿雁》，当时籀史变蝌蚪。
厌乱人方思圣贤，中兴天为生耆耇[14]。
东征徐虏阚虓虎，北伏犬戎随指嗾。
象胥杂沓贡狼鹿，方召联翩赐圭卣。
遂因鼓鼙思将帅，岂为考击烦蒙瞍。
何人作颂比《嵩高》，万古斯文齐岣嵝[15]。
勋劳至大不矜伐，文武未远犹忠厚。
欲寻年岁无甲乙，岂有名字记谁某。
自从周衰更七国，竟使秦人有九有。
埽除诗书诵法律，投弃俎豆[16]陈鞭杻[17]。
当年何人佐祖龙，上蔡公子牵黄狗。
登山刻石颂功烈，后者无继前无偶。
皆云皇帝巡四国，烹灭强暴救黔首。
六经既已委灰尘，此鼓亦当遭击剖。
传闻九鼎沦泗上[18]，欲使万夫沉水取。
暴君纵欲穷人力，神物义不污秦垢。
是时石鼓何处避，无乃天工令鬼守。
兴亡百变物自闲，富贵一朝名不朽。
细思物理坐叹息，人生安得如汝[19]寿[20]。

【注释】

①初从政：开始做官。鲁叟：指孔子。孔子是春秋时鲁国人；叟是老年人通称，孔子活了七十三岁，自可以叟相称。这里是说谒孔庙，拜孔子像。

②郁律：炊烟上升的样子。

③以指画肚：古人故事。如晋钟繇传后汉蔡邕的笔法，精思十余年，寝息时则画其被，被为之穿。见陈思《书苑精华》。唐虞世南学书法，有于被下以指画肚故事，见张怀瓘《书断》。此句谓字难认。

④箝：箝子夹住。此谓难读。

⑤隐：隐藏，引申为覆盖、遮盖。长时间风吹雨打，淤积在泥沙之中，以致如此。

⑥胝（zhī）：老茧。

⑦诘曲：曲折。犹能：还能，含庆幸之意。

⑧跟：脚后跟。

⑨肘：臂肘。比喻残存的笔画。

⑩娟娟：美好的样子。

⑪缺月：月牙儿。

⑫稂（láng）莠（yǒu）：两种危害的杂草。此句之意为清秀旺盛的禾苗长在稂、莠中间。比喻石鼓文字中一些字的笔画清晰，但在遭风雨剥蚀已久的瘢痕中间，很难分辨清楚。

⑬彀（gòu）：待哺食的雏鸟。

⑭耆耇（qí gǒu）：老年人，这里指籀史和下面提到的方叔、召虎等人。周宣王重用籀史、方叔、召虎，国力转弱为强。

⑮岣嵝（gǒu lǒu）：史有岣嵝碑，又叫作“禹碑”，在衡山上。凡七十七字，字形怪异难辨，后人附会为夏禹治水纪功的石刻。

⑯俎豆：俎乃放肉的几。豆，盛干肉一类食物的器皿。俎豆都是古代宴客、朝聘、祭祀用的礼器。“投弃俎豆”，谓秦废弃礼，不用礼器。

⑰杻（chǒu）：和鞭一样，都是刑具。

⑱九鼎：古代传说，夏禹铸九鼎，象征九州，标志统一天下之权，夏、商、周三代奉为传国之宝。沦泗上：秦进攻东周，取九鼎移置都城咸阳，

有一鼎飞入泗水。以上俱见《史记·秦本纪》唐张守节《正义》。

⑲汝：石鼓。

⑳寿：寿命。石鼓的寿命，凡二千年，人怎么能比？不由得感叹。

【译文】

嘉祐六年寒冬的十二月，我刚上任便去孔庙拜鲁叟。旧时听说的石鼓今天见到了，鼓文雄奇有力如蛟似蛇走。细看石鼓文字模糊好像指画肚，想读出声来又是那么难上口。好古的韩退之慨叹自己生得迟，何况我又在韩公百年后。强去寻找石鼓文的偏旁推敲点画，只认得一二还剩下八九。终于认出了“我车既攻马亦同”，又辨认出“其鱼维鱮贯之柳”。好像在纵横成堆的古玩器中识得古鼎，又像那错落的众星辰中辨出了北斗。多半模糊得像疮痕和手掌老茧，形体不全尚能辨认出足跟与臂肘。那么像娟娟的月牙隐入云雾，又真像好苗秃秃埋进深草里。石鼓四处漂流历经百战还偶然幸存，不知它独立千载与谁作朋友。上可与轩辕、颉帝古文奇字抗礼，下可把李阳冰和李斯的小篆哺育。追忆昔日的鸿雁是歌周宣王名篇，当年太史籀用大篆来改变古文蝌蚪。人心厌恶厉王、夷王之乱思圣贤，周室中兴天生了辅佐周王众耆者。他们东征徐虏象勇猛的强虎咆哮，北伐降伏犬戎多象轻易地驱使走狗。周穆王征战犬戎得四狼四鹿而归，连连赐方叔、召虎以玉器斗酒。每因军中击响大小鼓而思将帅功绩，岂能敲击军鼓而烦劳瞎眼的矇瞍。何人曾作《嵩高》歌颂周王功业，写此文的作者名声应如衡山岣嵝。勋功极大而又不矜夸居功占为己有，手下的文臣武将又那么老实忠厚。周王留下的石鼓文寻不到年岁甲乙，哪里还有名字记载着谁或某。自从周王衰退更叠七国相继灭亡，竟然使一统的秦国积有九有之师。秦朝扫除诗书崇尚暴虐的法律。放弃了祭祀祖先的器具用上鞭杻。当年是何人辅佐暴君秦始皇帝？上蔡公子李斯牵着害民的黄狗。登山刻石想记下自己功勋著烈，真个是后无继人前也不能成偶。都说秦皇巡视被他占领的四个国家，烹灭了强暴说是他解救了黔首。连《六经》也化作了灰尘，真担心石鼓文也在当年遭到击剖。传说九鼎之一沉沦在泗水河里，想让万民沉入水底去摸取。暴君即使用尽了众多的人力，神物也不会染上秦国的污垢。当时真不知石鼓到何处去避厄运，无奈何天工令神鬼把石鼓把守。人世兴亡多变而石鼓依然自闲，那些大富大贵们不朽也只有一朝。细细思量万物事理而坐着叹息，人生怎么才能与石鼓那样长寿？

【解析】

苏轼于嘉祐六年（公元 1061）十二月到达凤翔府任。凤翔有八处著名景观，苏轼写有《凤翔八观》组诗。首先是石鼓文，他刚一到任，就来到凤翔府的孔子庙，观石鼓文并作诗。

这首诗分五段。第一段四句，点出见到石鼓文的时间和地点。第二段十八句，写所见石鼓文的情状。苏轼历叙辨认过程，先叙难认、难读，次叙经仔细推寻，认出六句二十四字（全文四百多字），再叙其余部分残缺难于辨认。以其辨认之难，益见其古奥，而以今日能见到为幸，并以其在我国文字发展史上的贡献作结。层次分明，步步深入。运用多种比喻，状不易晓之物，如在目前。第三段十六句，追叙石鼓原委。经近人考证，认为石鼓是战国秦时记载国君游猎的刻石，而唐、宋人以“我车既攻，我马既同”与《诗·小雅·车攻》的起句相同，以为是周宣王时物，苏轼即持此看法，以此立论。周宣王是中兴之主，此段即首叙宣王功绩，点明宣王制鼓乃为思将帅而非自颂。次叙石鼓文即为记叙、歌颂宣王而作；然石鼓文苏轼不自矜伐，足见其高。第四段十八句首揭秦暴政，次刺秦始皇刻石纪己功，以此为衬，说明石鼓“勋大不伐”，义不受秦污，从而赞颂其高洁，而这正是此段主旨。末四句为末段，写由于石鼓独存而引发的思考，探讨“物理”，其中最突出的是朝代兴亡的道理。苏轼没有展开说，也不必展开，他把想象和推断留给了读者。

这首诗结构严谨，气逸笔健，波澜迭起，篇末余味无穷。运用多种比喻，状难状之物，如在目前。全篇于整饬之中求变化，开合雄阔处，浑然不觉其迹。

韩愈《石鼓歌》着重叙述个人与石鼓的关系，笔墨酣畅。苏诗则重在客观叙述。二诗并称。清代评论家汪师韩谓苏之研练过韩，纪晓岚亦谓苏“精悍之气”，殆驾韩而上之。

韩诗三十三韵，用“歌”韵，有二百八十六字可用。苏诗三十韵，用“厚”韵，唯一百三十多字可用，足见苏之诗功更高。

食荔枝

罗浮山下四时春，卢橘杨梅次第新。

日啖[①]荔枝三百[②]颗，不辞[③]长作岭南人。

【注释】

①啖：细细品味。

②三百：极言其多。

③不辞：不推辞。

【译文】

罗浮山下暖，四季都是春天。新春的卢橘熟了，杨梅熟了，荔枝熟了，由你依次尝个新鲜。细细品味荔枝果，一颗一颗又一颗……竟然吃了好多。问我可愿长作岭南人，呵呵，岂能推辞——实在是求之不得。

【解析】

这首小诗苏轼写于绍圣三年（公元1096）四月，是贬谪岭南后写的一首清淡、浅近又脍炙人口的传世之作。荔枝，南方珍果，味绝美，与龙眼齐名，是进贡朝廷的贡品。惠州与罗浮山紧邻，故有开头语。惠州地处北回归线上，方圆数百里，四季如春，盛产许多中外驰名的佳果，加上岭南民风淳朴，当地的官吏和百姓都没把他当罪人，正如他在《十月二日初到惠州》一诗中写的，“父老相携迎此翁”，真是山好水好人也好，还能吃上皇上享用的佳果，倦于漂泊的东坡确有就此“长作岭南人”的想法。他在惠州写给王巩的信中说：“……某既绝此弃绝世故，身心俱安。小儿亦超然物外。非此父不生此子，呵呵……明年筑室作惠州人矣。”“不辞长作岭南人”并非口头应酬语。后两句既是实写又不乏真情。短短的小诗，写了秀美的山水，鲜美的佳果，醇美的乡情，加上清美的诗风诗情，大约就是这首小诗千百年来脍炙人口的缘由吧。

泗州[①]僧伽[②]塔

我昔南行舟系汴[③]，逆风三日沙吹面。
舟人共劝祷灵塔，香火未收旗脚转[④]。
回头顷刻失长桥[⑤]，却到龟山[⑥]未朝饭。
至人[⑦]无心何厚薄，我自怀私欣所便[⑧]。
耕田欲雨刈[⑨]欲晴，去得顺风来者怨。
若使人人祷辄遂[⑩]，造物应须日千变。
今我身世两悠悠[⑪]，去无所逐来无恋。
得行固愿留不恶，每到有求神亦倦。
退之旧云三百尺，澄观所营今已换。
不嫌俗士[⑫]污丹梯[⑬]，一看云山绕淮甸[⑭]。

【注释】

①泗州：今江苏盱眙东北。

②僧伽（qié）：唐高僧，西域何国人，俗姓何。龙朔初入中原，卒葬泗州，建塔供养，即僧伽塔。

③汴：汴河，在徐州合泗水东流入淮。

④旗脚转：指改变了风向。

⑤长桥：在泗州城东。

⑥龟山：在泗州东北的洪泽湖中。传大禹治水获无支祁，镇于此。

⑦至人：道德修养达到最高境界的人。这里指僧伽。

⑧便：便利。

⑨刈（yì）：收割。

⑩遂（suì）：如愿，顺意。

⑪ 悠悠：遥远莫测。

⑫ 俗士：出家人目中的普通人，是苏轼自指。

⑬ 丹梯：指塔中的梯子。

⑭ 淮甸：指淮河一带地区。甸，城外名郊，郊外名甸。

【译文】

前些年，我乘船南下，停泊在汴水边，逆风刮了三天，黄沙阵阵扑面。船上的艄公都劝我去向僧伽寺祈祷一下，果然，一炷香还未烧尽，旗子已哗哗向南舒卷。船顺风走得快如飞箭，转眼间将长桥甩开去，失去了踪影。到龟山的时候，还不到吃早饭的时间。高尚的人从来都不会厚此薄彼，我呢，满足了自己的私心，为得到顺风到达目的地而欢欣。种田的人要下雨，收割的人要晴天，乘船的人要顺风，来的人又对逆风抱怨。如要让人人祈祷都如愿，老天岂不是一天要万化千变？我如今自身与世俗两不相关，去没有什么追求，来也没什么留恋。能走得快些固然很好，走不了也无所谓不便。每次到这里都去求神，神一定也感到厌倦。往昔韩愈诗所说拔地三百尺的高塔，如今见到的已不是澄观苦心经营所建。僧伽塔啊，你若不嫌我带来的俗尘玷污了你的丹梯，请让我登上你，饱览群山环绕下的淮河两边。

【解析】

这首诗的前六句是对往事的回忆，五年前（公元1066年），苏轼护父丧归蜀，由于饱受逆风之苦，于是船上众人劝诗人在僧伽塔祷风于神，没想到香还没燃完，风向变改变了，逆风变成了顺风。一时之间，顺风而下，船速迅速提高，“回头顷刻失长桥，却到龟山未朝饭”极言船速之快。

然而诗人并不因为神灵有助于自己而相信神灵，尽管他私心感谢神灵给他提供了方便。诗人马上想到号称“无心”的神灵为什么厚待他而薄待别人的问题。因为处在不同环境中的人对神的要求并不相同。耕田的祈雨，收获的祈晴，来往于江上的人对风向也各有所求。如果人人求神辄验，那么，神岂不要一日乃至一刻千变？因而，“灵”出于偶然，“无神”倒是必然的。诗人抓住了这种突然袭来的想法加以发挥，平淡而又诙谐地揭示了一个极简单却又常被人忽视的道理。

“今我身世两悠悠，去无所逐来无恋。得行固愿留不恶，每到有求神亦倦”，写诗人当时的心情。诗人认为自己已远离世俗，对去留行止已不放在心上，因而也用不着去求神，给它增添麻烦了。在这里，诗人表现了自己不系于物的自由心境。结尾四句写登塔观看风景。前二句写塔已非旧观。后二句写登塔观览。这首诗表面上看起来是反佛的，但禅学精神却深入其中，因为禅学的真谛在于求得精神上的解脱，这首诗正是表现了佛家“真谛”。

题宝鸡县斯飞阁

西南归路远萧条，倚槛魂飞不可招。
野阔牛羊同雁鹜①，天长草树接云霄。
昏昏水气浮山麓②，泛泛春风弄麦苗。
谁使爱官轻去国，此身无计老渔樵。

【注释】

①鹜（wù）：野鸭。

②麓（lù）：山脚。

【译文】

通向西南的还乡路，是这样遥远而落寞；人在阁上倚栏远眺，招不回归乡如飞的魂魄。野原辽阔茫茫一片，远处牛羊小如野鸭，天宇深广视野无限，草木寂然与云霄相连。朦朦胧胧的雾气升起，像条条绸带浮动在山脚；拂拂的春风吹起一派温馨，轻轻抚弄着田野的麦苗。谁让我这般留恋官场，竟然轻易地远离了家乡。临风自叹此身已非吾有，像渔父樵夫般隐逸只能是梦想。

【解析】

这是嘉祐七年（1062）苏东坡在凤翔任上的一篇纪游之作。斯飞阁，在今陕西宝鸡西南。苏轼的诗歌中，最多也最为人们喜爱的是这一类通过描绘日常生活经历和自然景物来抒发人生情怀的作品。本诗写苏轼离乡别友，春日登阁眺望归路时的所见、所思、所感。有西北野旷天低的苍茫，有春风绿野的生趣，有乡思陡增的情怀，有欲归不得、欲罢不能的内心矛盾。这种内心矛盾贯穿了苏轼四十多年坎坷仕途的始终。本诗颔联、颈联极生动真切。年轻的诗人十分善于捕捉景物特征，读来有身临其境之感。

题西林壁

横看成岭侧成峰，远近高低各不同。

不识庐山真面目，只缘[1]身在此山中。

【注释】

①缘：因为。

【译文】

横向看是连绵的山岭，侧面看是巍峨的山峰。远远近近，高高低低，各不相同，令人迷茫。为什么看不清庐山的真面目？只因为你要统观庐山，却又置身于庐山之中。

【解析】

元丰七年（1084），宋神宗皇帝亲自下手诏，将苏轼改官检校水部员外郎汝州团练副使，这是苏轼将被重新起用的政治信号。赴汝州途中，东坡游历了庐山，写下了这首为人熟知的理趣诗。“不识庐山真面目”一语，成为熟典广为流布，可见其影响之深远。西林寺又叫作乾明寺，位于庐山七岭之西。这首小诗所以具有强大的艺术生命力，在于苏轼生动形象、令人信服地道出了一个平凡的哲理：只有客观、全面、多角度地去看事物，才能认识其真面目。

苏轼总结创作经验，有“寄妙理于豪放之外”语，刘熙载《艺概》也说“苏轼长于趣”。文学史上把苏轼的这类诗名之为“理趣诗”。借物取譬，语含机锋，理在其中，意趣横生，是东坡理趣诗的特点。

次荆公韵四绝

骑驴渺渺入荒陂①，想见先生未病时。

劝我试求三亩宅，从公已觉十年迟。

【注释】

①陂：山坡。

【译文】

骑在驴背上寻诗觅句，志清意远投入荒山乡野，想象得出你身体康健时的超然的境界。感念你劝我退隐金陵，买田卜居，别无他求；可惜没能早些追随相从，回首间误了十载春秋。

【解析】

这首小诗值得一读。对于了解苏轼与王安石之间的关系，了解他们的人品、气量、政治风度都很有意义。

苏轼是反对新法的中坚分子，苏轼兄弟多次上书反对王安石的政治主张，但他们的政治风格都很高，都没有把对方视为仇敌。在苏轼身陷“乌台诗案”、舒亶之流欲置之死地时，退职的王安石说：“岂有圣世而杀才士者乎？”乌台诗案”方以此“一言而决”：从轻发落，贬逐黄州，幸免一死。苏轼虽官运不达，但诗才名满天下，两人渴慕已久。元丰七年（1084）八月，苏轼赴汝州，途经金陵，拜访了早已罢相退居金陵、比自己年长十五岁的王安石。二人诵诗说佛，连日晤谈，唱和颇多。这首诗温婉恳切，以晚辈身份表示对王安石身体状况的关心，并以追陪相从的心愿表达了对王安石的敬慕。

王安石被封为荆国公，故诗题为荆公。王安石不仅是“中国十一世纪的改革家”（列宁语），也是中国文学史上著名的诗人和散文家。罢相退隐金陵期间，经常骑驴率几个小童在钟山一带赏读丘壑，寻诗觅句。苏轼来访时王安石在病中，故有前两句“骑驴”“未病时”之说。前两句含有盼望王安石病愈之意。第三句是说：王安石劝苏轼在金陵买田卜邻，可以相从林下，可见二人友谊之真实。“十年迟”，指王安石隐居的十年，从熙宁七年（1074）到元丰七年。末句明确地表达了没能早些追随相从的遗憾。

吴中田妇叹

今年粳稻①熟苦迟，庶②见霜风来几时。
霜风来时雨如泻，杷③头出菌镰生衣。
眼枯泪尽雨不尽，忍见黄穗卧青泥。
茅苫一月陇上宿，天晴获稻随车归。
汗流肩赪④载入市，价贱乞⑤与⑥如糠粞⑦。
卖牛纳税拆屋炊，虑浅不及明年饥。
官今要钱不要米，西北万里招羌⑧儿。
龚黄满朝人更苦，不如却作河伯妇。

【注释】

①粳（jīng）稻：吃起来不黏的稻。吃起来黏的叫糯稻。

②庶：庶几，表示推测或希望之词。

③杷（pá）：通“钯”，农具，有齿，用以耙梳、聚拢。

④肩赪（chēng）：赪，红色。指不堪重担，肩被压得红肿了。

⑤乞：请求。

⑥与：卖给。

⑦粞（xī）：碎米。此句意为米价低贱，和糠、碎米一样，还得请求买主买。

⑧羌（qiāng）：我国古代西部民族之一。此乃泛指西部少数民族。熙宁五年，朝廷为了抗击西夏，王安石接受王韶的建议，对西北沿边少数民族武装进行招抚，组成正兵三万。史书称之为“蕃兵”。组织这支队伍花去不少钱粮（“蕃官”更给以很优厚的待遇）。参《宋史·兵志》。“万里”，言其远，非实指。

【译文】

今年稻谷熟得有点迟，还指望不久能有凉爽的秋风吹来。谁知秋风起来时，还夹着劈头瓢泼的大雨。风雨不歇地下潮湿，杷头镰刀都长出霉衣。眼睁睁看着黄金金稻穗泡在泥地里，心里好比刀在割阵阵的疼。眼睛哭干泪哭尽，老天爷还是下雨不肯停。个把月来搭个茅棚棚田埂上睡，天转晴赶紧收谷用车儿运回。满身汗肩头压得通通红，买谷人还价就和买糠、碎米一个样！没办法只好卖牛去交税，没烧的只有折屋来煮吃的。目光短救眼前急还不知行不行，哪里想得到明年还会不会有饥荒。官家眼下要的是钱不是米，说是要用钱亲近那西北边的羌人。都说满朝里都是姓龚姓黄的好官吏，到头来我们百姓反倒更遭罪。无路可走活不下去受不了这个苦，想来想去不如跳河一死做个河神妇。

【解析】

熙宁五年（1072）冬初，苏轼因公务到了湖州，结识了贾收。收字耘老，湖州乌程人。他极佩服苏轼，有《怀苏集》，又作过怀苏亭。这首诗苏轼写于湖州，诗题下自注："和贾收韵。"

这首诗分两段。上段八句写秋天久雨带来的灾害。"杷头"一句写出雨之久，平常景物变成了表现力极强的奇句。"黄穗卧青泥"，写雨害之深。农民"眼枯泪尽"又有何用，然又不得不于无可奈何之中，搭棚陇上，采取一点挽救的措施，尽点心意，读来令人心酸。非深入农村、了解民情者不能道。

下段八句写钱荒为灾过于雨灾。纳税要钱，而稻贱不值钱；税还得交，边防费用还得出。钱从何来？卖牛。"虑浅"一句极沉痛。农夫非不知无牛田不能耕，无屋何处庇风雨，然除此以外，别无他法。朝廷当官的是善良农夫最后的寄托，然而他们表里不一，信不过。农夫的活路完全堵死了，最后一条路就是去死。笔墨凝练而深刻。末句点"妇"，知道以上云云，乃是吴中田妇的感叹之声，安排巧妙。

这首诗是苏轼表现民生疾苦的名篇。苏轼体恤民情，这首诗实为不满新法而发。虽然后来他被迫承认了认识上有片面之处，但新法由于执行的偏差带来很多严重的问题也是事实。苏轼形之笔墨，给当政者参考，是有意义的。

吴江岸

晓色兼秋色，蝉声杂鸟声。

壮怀销铄①尽，回首②尚心惊。

【注释】

①销铄（shuò）：熔化、消失。

②回首：回头看。

【译文】

秋天景色荒凉，拂晓天色朦胧，鸟儿叽叽喳喳，蝉子凄咽长鸣。当年的豪情壮志，早已完全消失，回顾一生经历，还令人胆战心惊。

【解析】

吴江岸在吴江和太湖之间，东为吴江，西为太湖（见单锷《吴中水利书》)。元丰二年（1079）四月苏轼由徐州改知湖州（今浙江湖州），他在《湖州谢上表》中说，神宗知道他愚笨而不能顺应时势，难以追随“新进”之人；“察其老不生事”，即了解他老成而不惹是生非，或许能治理平民百姓。“新进”“生事”等语，刺痛了投机新法的人，他们以讥刺新法的罪名不断弹劾苏轼。苏轼到任不到一百天，就于七月二十八日被捕入京受审。这首诗即作于途经吴江岸时。前两句写秋天清晨吴江两岸的荒凉景色；后两句抒怀，抒发了壮志不酬、前程莫测的悲凉心情。全诗苍凉简劲，蕴含丰富，用语直露，而又耐读。

望海楼晚景

其一

海上涛头一线来，楼前指顾①雪成堆。

从今潮上君②须上，更看银山③二十回。

其二

横风吹雨入楼斜，壮观应须好句夸。

雨过潮平江海碧，电光时掣④紫金蛇。

其三

青山断处⑤塔层层，隔岸人家唤欲应。

江上秋风晚来急，为传钟鼓到西兴。

【注释】

①指顾：一会儿。

②君：指苏轼友人。

③银山：汹涌奔来、卷起巨浪如雪堆的潮头。

④掣（chè）：牵动，引动。

⑤青山断处：不相连而相近的青山之间的中间地带。

【译文】

其一

海上波涛初来时像一条白线，转眼在望海楼前就变成雪堆一样了。如今潮水翻涌向上你也要再上层楼，再来观看白浪形成的银山，看它二十回也不嫌多。

其二

一阵雨过后，向楼外一望，天色暗下来了，钱塘江和与之相连的大海，碧玉似的。远处几个地方乌云不时一闪一闪地发出电光，在天空中划过，就像时隐时现的紫金蛇，要腾跃起飞。

其三

青山断开的地方有层层的塔，隔条江水想要回应对岸人家的呼唤。傍晚，江上的秋风吹得很急切，为的是把钟鼓的声音传到西兴。

【解析】

熙宁五年（1072）八月，苏轼入试院监试。在试院中，登望海楼赋此组诗，其五首，录其三。望海楼，在西湖南凤凰山腰，能观钱塘江潮。

诗其一首句镕铸前人《海潮赋》语，使之更加形象、生动，富表现力，易为读者所理解，可谓“出新”。次句写出海潮之变化迅速。末二句叙与友人观潮兴致甚高，苏轼与友人书，言此时心情“快适”。

其二首句“横风吹雨”的壮观景象，以转眼雨过潮平，未得展开。“雨过”一句写潮平，心情亦平。清代评论家王文诰谓此句“确是逐日闲坐楼上看潮人语”。末句当时已传诵。熙宁六年，苏轼的前辈苏颂见到了这首诗，有“楼上金蛇惊妙句”之语。

其三写眺望隔岸西兴。末二句写秋风吹钟鼓声入西兴。弦外之音，悠悠不绝。苏轼神驰西兴，与西兴人共听此钟鼓之声，而西兴人亦与苏轼同观此钱塘江潮，可以引起联想者很多。

吾谪海南，子由雷州；被命即行，了不相知，至梧乃闻尚在藤也，旦夕当追及，作此诗示之

九疑连绵属衡湘，苍梧独在天一方。

孤城吹角烟树里，落月未落江苍茫。

幽人拊[①]枕坐叹息，我行忽至舜所藏[②]。

江边父老能说子，白须红颊如君长。

莫嫌琼雷隔云海，圣恩尚许遥相望。

平生学道真实意，岂与穷达俱存亡。

天其以我为箕子[③]，要使此意留要荒。

他年谁作舆地志，海南万里真吾乡。

【注释】

①拊：拍，击。

②藏：葬的讳称。

③箕子：商代贵族，周武王将箕子封于朝鲜，箕子将华夏文明传播到那里，开启民智。

【译文】

九嶷山啊逶迤绵长，毗连着衡山与湘江；边远的梧州城啊，独自坐落在天涯一方。烟树潆漾绕孤城，画角声声格外凄凉；落月未落浸在西江上，江水流不尽夜色苍茫。贬谪的罪臣长夜无眠，拊枕长叹，多少感伤；恍如

梦乡，我来到何方？传说的舜帝就在这里埋葬！江边的父老告诉我：说是见你经过这里，白胡须，红脸颊，身材也像我这样。莫嫌雷州远离琼州，隔着一片云海苍茫，要由衷感念皇恩浩荡——恩准我们可以隔海相望。但愿你我谨守平生的学养，我们潜心修身的为人之道，不能仕途如意才得以发扬，更不能遭遇困厄就弃置一旁。老天授意我像箕子那样，传播华夏文明于南荒僻壤。我要把这种人生的信条坚守在远离京都的地方。多少年之后若有人重修海南的地理志，请写上我的一句话：远离中原的海南是东坡的家乡。

【解析】

这首诗写于宋绍圣四年（1097）四月，苏轼远贬海南的途中梧州。绍圣元年，朝廷的所谓新党以苏轼起草制诰“讥讽先朝”的罪名，撤掉他端明殿学士、翰林侍读学士的官衔，贬知英州（今广东英德）。接着一月之内连续三次降官，最后贬为建昌军司马惠州安置。三年后即绍圣四年又贬为琼州别驾昌化军（今海南儋州）安置，其弟苏辙同时被贬到雷州（今广东海康）。这首诗即在南下途中写给苏辙的。

这是一篇写实抒怀的七言古诗。首句的九嶷山，也叫苍梧山。苍梧，今广西梧州，传古舜帝葬于此。四句“江苍茫”的“江”即流经梧州的西江。前八句写苏轼行至梧州有关山、水、人、事的见闻与感伤。后八句直抒胸臆，表述了流放天涯、失意而不失志的心向。幽人：指被流放的逐臣，苏轼自指。苏轼这里以箕子自比，也要尽力于蛮荒之地的开化文明。身在困厄之中的诗人融会在这首诗里的情感是复杂的：一方面抒写了孤独、惆怅、愤懑的情绪，“圣恩尚许遥相望”又明显地语含讥刺，这是他性格中耿直不曲的一面；同时以不因穷达而改变立身为人之道，勉励苏辙也用以自勉；还以“海南万里真吾乡”的积极入世的精神，展示了性格中豁达乐观的一面。苏轼的诗词美、人格美都是清朗照人的。

王复秀才所居双桧

其二

凛然①相对敢相欺②，直干凌空③未要奇④。

根到九泉⑤无曲处，世间唯有蛰龙⑥知。

【注释】

①凛然：不可侵犯的样子。

②敢相欺：谁敢相欺。

③凌空：迫近天空，言其高。

④未要奇：不要奇；守其本分，不以高自居。

⑤九泉：地下深处。

⑥蛰龙：伏藏在地下的龙。

【译文】

其二

两棵桧树相对挺立有着不可侵犯的气势，令人敬畏。桧的树干很直，高耸入云也不是为了标新立异炫耀自己，使人肃然起敬。桧不仅树干是直的，就是在地下的根也是直的，那是看不见的，只有地下的蛰龙才知道。

【解析】

这首诗苏轼写于熙宁五年（1072）冬。王复，钱塘人。精于医术，目的是济世活人，筑室在杭州候潮门外。除这首诗外，苏轼还为他作了《种德亭》诗；苏轼说以“种德”名王复的亭子，因为他所种的是德。秀才是

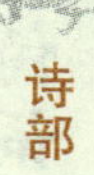

说才能优秀的人，宋代对未参加过科举考试的人的美称。桧，桧柏，俗称子孙柏，干直立，长丈余。这首诗谓桧“直干凌空”，言其外；根也直，言其内。赞扬王复是一个高尚的人，表里如一。这首诗后两句曾经引起过很大的风波。苏轼在黄州，宋神宗几次要用他，宰相王珪说苏轼有“此心唯有蛰龙知”的诗句，是对陛下不敬，因为陛下飞龙在天，他反而把地下的蛰龙引作知己。神宗说从古以来称龙的很多，如荀氏八龙（东汉时），孔明卧龙，难道是人君吗？苏轼的诗虽然得到神宗的正确理解，但也没有用他。以上所云，出自王巩《闻见近录》。王巩与苏轼的关系在师友之间。此外宋代尚有多种书记载此事，内容略有不同。

新城道中

东风知我欲山行，吹断檐间积雨声。
岭上晴云披絮帽，树头初日挂铜钲[①]。
野桃含笑竹篱短，溪柳自摇沙水清。
西崦[②]人家应最乐，煮芹烧笋饷春耕。

【注释】

①钲（zhēng）：古代铜制的一种乐器，铃、铎之属。

②西崦（yān）：西山。

【译文】

仿佛东风知道我清晨进山要启程，连夜吹断檐间雨，清净了耳边积雨声。晴云洁白如丝帽，罩在远处的山顶；朝日升起在树枝头，宛如圆圆的铜钲。山中矮矮的竹篱边，野桃花开如笑脸相迎；溪边的柳丝飘着春风，柳影轻摇，沙水清清。更喜西山农家乐融融，怡然自得如桃源仙境，忙着煮芹，忙着烧笋，备午饭，饷春耕……

【解析】

这首诗是苏轼在杭州通判任上出巡所领各属县时，写于新城道中。新城在杭州西南（今浙江富阳市新登镇）。山道早行，初日迎人，竹篱桃花，溪柳摇风，景色清新素雅，苏轼为之倾心相与；山乡之美，西崦之乐，流露了苏轼厌恶俗务、热爱自然的情趣。元人方回认为“起句十四字妙”，妙在诗人以拟人手法写了东风知心，吹断雨声，开篇就给人一种轻松感。本诗笔调的轻松活泼，画面的清新秀丽，山乡的昂扬生机，给人一种清心亮目、怡人情怀的美感。其中“野桃含笑”两句备受前人激赏，用白描手法描绘了江南山乡春天秀丽迷人的风光，景物意象快活自在又素朴自然，浅易中尤见诗人运笔流丽，诗思超妙，浑然天成。

戏子由

宛丘先生①长如丘②，宛丘学舍小如舟。
常时低头诵经史，忽然欠伸屋打头。
斜风吹帷雨注面，先生不愧旁人羞。
任从饱死笑方朔③，肯为雨立求秦优④。
眼前勃蹊何足道，处置六凿须天游⑤。
读书万卷不读律，致君尧舜知无术⑥。
劝农冠盖⑦闹如云，送老齑盐甘似蜜。
门前万事不挂眼，头虽长低气不屈。

余杭[8]别驾[9]无功劳，画堂五丈容旂旄。

重楼跨空雨声远，屋多人少风骚骚。

平生所惭今不耻，坐对疲氓更鞭箠。

道逢阳虎[10]呼与言，心知其非口诺唯[11]。

居高忘下真何益，气节消缩今无几。

文章小技安足程，先生别驾旧齐名。

如今衰老俱无用，付与时人分重轻。

【注释】

①宛丘先生：陈州，古称宛丘。苏辙当时任陈州宛丘先生。

②丘：孔丘。据《史记·孔子世家》载，孔子长九尺六寸，天家都称他为长人。苏辙个子也较高，这里以“长如丘”相戏。

③方朔：东方朔，汉武帝时为太中大夫，以滑稽闻名。句中的“饱死”指“饱欲死”之人，即矮子。

④秦优：秦国艺人，也很矮小。

⑤“眼前勃蹊”二句：勃蹊：指家庭中的争吵。六凿：指喜怒哀乐爱恶六情。天游：心游天外，不为人世情欲所扰。意思是说，前屋室虽小，家人争处，但不值一提，只要心游天外，就可不为六情所扰。

⑥“读书万卷”二句：杜甫《奉赠韦左丞丈二十二韵》：“读书破万卷，下笔如有神。……致君尧舜上，再使风俗淳。”苏轼反虑其意，说苏辙虽读书万卷，但由于不读今天提倡的法律，终于无法使当今皇帝成为尧舜一样的圣君。致：使……到达（成为）。

⑦劝农冠盖：劝农使的冠服车盖，代指劝农使。这句是写苏辙自甘淡泊生活。

⑧余杭：即杭州。

⑨别驾：官名，汉代辅助刺史的官吏。苏轼当时任杭州通判，协助知州的官吏，故苏轼自称余杭别驾。

⑩阳虎：即阳货，春秋后期季孙氏家臣，专擅鲁国国政。他想见孔子，孔子不愿见。

⑪诺唯：即唯唯诺诺，表示恭顺。

【译文】

宛丘先生，身高像孔丘，宛丘学舍，低狭如小舟。平时低着头诵读经书史籍，忽然打呵欠，伸懒腰，就被房顶碰着头。风卷起窗帘，雨点打在脸上，你虽不以为意，旁人为你愧羞。任凭胀得要死的矮子讥笑你的贫困吧，你岂肯像秦国的雨中卫士，向优旃求救？眼前房子矮小，家人吵吵嚷嚷不值得一谈，要摆脱六情干扰，须向宇宙神游。你读书万卷而不读当今的法令，想辅助君主，终于没有本领。劝农使闹闹嚷嚷，像乱拥的乌云，你却靠蕺菜盐巴打发日子，直甘贫困，门前万事你都不放在眼里，头虽长低却不肯屈服于人。我这位杭州通判没有任何功绩，高大雄丽的州府可插五丈大旗，重重楼阁横空，雨声都听不清楚，屋多人少，只觉得凉风习习。高坐华堂，轮番鞭打疲惫的百姓，平生惭愧的事，今天却不以为耻。路上碰见阳虎式的人同我说话，明知他一派胡言，还只好点头称是。身居高位而志气低下，还有什么用处，一生衡量的气节，如今已所剩无几。文章不过是雕虫小技，哪里值得效法，你我过去枉自以文章并称。如今都衰老了，成了无用的人，只好让人们去掂轻量重，随意品评。

【解析】

这首诗即作于苏轼出任杭州通判的这年年底，一年多以前，他的弟弟苏辙也因与王安石意见不合，出任陈州（今河南淮阳）州学教授。这首诗的前十六句刻画苏辙虽然处境艰难，但心胸坦荡，气节轩昂，“头虽长低气不屈”；中间十句写自己虽然生活优裕，画堂高坐，但却“居高志下”“气节消缩”；最后四句合写他们的共同之处，都以文章驰名，却无用武之地。诗虽题为“戏”，但内容却很严肃，富有政治色彩，不仅有对苏辙的亲切安慰和高度赞扬以及苏轼的自我解嘲和深沉感慨，而且还对王安石变法的某些措施进行了辛辣的讽刺。这首诗以对比鲜明为突出特征，如“画堂五丈容旂旐”与“宛丘学舍小如舟”，“重楼跨空雨声远”与“斜风吹帷雨注面”，面”，“坐对疲氓更鞭箠”与“门前万事不挂眼”，“居高志下真何益”与“头虽长低气不屈”等等，都是以相反的事突出他们共同的不得志之情。

雪后书北台壁二首

其一

黄昏犹作雨纤纤①，夜静无风势转严②。
但觉衾裯③如泼水，不知庭院已堆盐④。
五更晓色⑤来书幌⑥，半夜寒声⑦落画檐⑧。
试扫北台看马耳⑨，未随埋没有双尖。

其二

城头初日始翻鸦，陌上晴泥已没车。
冻合玉楼寒起粟，光摇银海眩生花⑩。
遗蝗入地应千尺⑪，宿麦⑫连云有几家。
老病自嗟诗力退，空吟冰柱忆刘叉⑬。

【注释】

①纤纤：形容细雨，毛毛雨。

②严：寒气凛冽。

③衾裯：衾：被子。裯：单被。衾裯连用，泛指被褥。

④堆盐：喻雪。据《世说新语·言语》载，谢安曾问“白雪纷纷何所

似？”侄子谢朗说：“撒盐空中差（大略）可拟。”

⑤晓色：拂晓的天色，这里暗指雪色。

⑥书幌：书窗的布帘。

⑦寒声：寒雪融化的滴水声。

⑧画檐：彩绘过的屋檐。

⑨马耳：山名，“山高百丈，上有二石并举”（《水经注》卷二十六）。下句“双尖”即指马耳山上的“二石”。

⑩“冻合”二句：这两句解释历来分歧很大。据苏轼门人赵令畤《侯鲭录》（卷一）载，王安石认为这是用道家典故。“玉楼”指双肩，“冻合玉楼”即两肩冻得缩在一起。起粟：起鸡皮疙瘩。银海：指眼。“光摇银海”，意思是雪光晃眼，弄得两眼昏花。

⑪“遗蝗”一句：遗留下的蝗子为雪所深埋，来年的蝗灾将减轻。

⑫宿麦：麦子秋冬下种，第二年夏初才成熟，故称宿麦。

⑬刘叉：唐代元和年间的诗人，作有《冰柱》等咏雪诗篇。这二句感叹自己不能作出像刘叉那样的咏雪好诗。

【译文】

其一

黄昏的时候，还是细雨纤纤。到静静的夜晚，没有风声，但寒气弥漫。只觉得被褥像泼了水一样寒冷，不知道庭院中似盐的雪已经堆满。刚打五更，天本未明，却晓色映窗，半夜屋檐上的声音，原来是雪水潺潺。登上北台，扫去积雪，遥望马耳山，没有被雪埋没的，只有那好似马耳的一对山尖。

其二

城墙上刚刚朝阳升起，鸦鹊飞翔，雪泥满路已车来马往，行进艰难。两肩紧缩，冻得起鸡皮疙瘩，雪光闪耀，弄得两眼昏花。随雪融化，蝗子将埋得很深很深，冬麦翻年，苗如云涌，有多少丰收人家！年老多病，作诗的本领已大不如前，枉自吟诵《冰柱》，想起那擅长咏雪的刘叉。

【解析】

熙宁七年（1074）苏轼由杭州通判改任密州（今山东诸城）知州，十一月到任，这两首诗即作于到任后不久。北台在密州城北，苏轼后来把它改建为超然台。这是大雪后写在北台墙壁上的两首诗。前首写夜雪，从黄昏时的细雨写到第二天早晨登北台赏雪，写出了下雪的全过程。后首写第二天雪晴后的景象，抒发了他对雪兆丰年的欣喜之情。这是苏轼著名的咏雪诗，王安石曾和这首诗，澧州通判吕文之曾和至百篇，可见人们对这两首诗的赏识。后人有评价说："观此雪诗，亦冠绝古今矣，虽王荆公（安石）亦心服，屡和不已，终不能压倒。"

雪后到乾明寺，遂宿

门外山光马亦惊，阶前屐齿①我先行。
风花误入长春苑，云月长临不夜城。
未许牛羊伤至洁，且看鸦鹊弄新晴。
更须携被留僧榻，待听摧檐泻竹声。

【注释】

①屐齿：脚印。

【译文】

面对漫山皆白的雪景，马出门外马也惊。谁在阶前留脚印？——雪后赏雪我先行。大雪飘落在乾明寺，仿佛梨花盛开在严冬，天上有云，云端有月，映出个银亮的不夜城。不要让牛羊踏雪来，岂能践踏这至洁的晶莹；且看林中的鸦雀们，如何登雪枝、戏新晴。索性抱来被子，在寺里下榻陪着老僧——雪后天晴，晴雪消融，还能听到摧檐泻竹之声。

【解析】

元丰四年（1081）冬，黄州大雪。苏轼在《书雪》中说："今年黄州，大雪盈尺。"这首诗即当时的咏雪之作。

首联写"雪后到乾明寺"，起笔不凡。苏轼化用了温庭筠"白马夜频惊，三更灞陵雪"的诗句，给人以强烈印象。"陛前屐齿我先行"显示了苏轼对雪景的酷爱。颔联写寺中雪景。"风花"即雪花，"长春苑""不夜城"皆指乾明寺。颈联写诗人对雪景的热爱，莫让牛羊踏破洁白雪衾，想象雪晴之后鸦鹊弄雪的景致。尾联扣题"遂宿"：为欣赏融雪的乐境而留宿寺中。这首咏雪诗抒发了苏轼对雪景的至净至洁的挚爱之情。作为一个历经浊世风波的志行高洁者，这正是诗人的心灵与外在雪景的和谐，是其人格理想的反映。

朱光潜在其《谈美》一书中指出："诗是心感于物的结果，有见于物为意象，有感于心为情趣。非此意象不能生此情趣，有此意象就必生此情趣。诗的境界是一个情景交融的境界。这交融并不是偶然的，天生自在的，它必须经过思想或心灵的综合。"天地间不乏寒梅、白雪、皓月、海棠等美好景物，为什么东坡的咏雪、咏梅、咏月、咏海棠如此清美感人？正是源于诗人怀着对天地间至圣至洁美好意象的挚爱，经过了这样的一个拥有美好人格的诗人的心灵的综合，才产生了如此深切而悠长的千年不衰的美感。

洗儿喜作

人皆养子望聪明，我被聪明误一生。

惟愿孩儿愚且鲁①，无灾无难到公卿②。

【注释】

①鲁：笨拙、拙钝。

②公卿：原指三公九卿。三公指司马、司徒、司空。九卿，中央政府的九个最高官职，秦汉以奉常、郎中令、卫尉、太仆、廷尉、典客、宗正、治粟内使、少府为九卿。后来泛指朝廷中的大官为公卿。

【译文】

人们养育儿子，都希望他聪明，我却被聪明所误，一生不得安宁。只希望我的儿子愚蠢拙钝，无灾无难，青云直上，步步高升。

【解析】

在婴儿出生后的第三天或满月时，会集亲友为婴儿洗澡，叫洗儿。元丰六年（1083）九月二十七日苏轼的第四个儿子苏遯（小名斡儿）诞生，洗儿时苏轼写了这首诗。寥寥四句，满腔悲愤，揭露了封建官僚制度的黑暗。像他这样的“聪明”人，一生为“聪明”所误，穷愁潦倒，坎坷不平，甚至差点被杀头，而那些庸庸碌碌的愚鲁之辈，反而无灾无难，青云直上。《宋史·苏轼传》说他的“嬉笑怒骂之词，皆可书而诵之”，这首《洗儿戏作》就堪称代表作。

西太一见王荆公旧诗，偶次其韵二首

其一

秋早川原净丽，雨余风日清酣。
从此归耕剑外[①]，何人送我池南[②]？

其二

但有尊[③]中若下[④]，何须墓上征西[⑤]！
闻道乌衣巷口，而今烟草凄迷[⑥]。

【注释】

①剑外：即剑门关以南，指苏轼的故乡西蜀。杜甫《闻官军收河南河北》诗，有“剑外忽传收蓟北”句，剑外也指蜀中。

②池南：一说安徽池阳之南，一说陕西池阳之南。疑非专名，似指西太一宫的池子之南。旧注引王建《宫词》“池南池北草绿，殿前殿后红花”，即作普通名词对待。

③尊：同“樽”。

④若下：吴兴若下村，以产酒闻名，这里代指酒。

⑤墓上征西：曹操作《让县自明本志令》，说他的志向是在他死后能在他的墓上写道：“汉故征西将军曹侯之墓。”苏轼反用这个典故，说只要有酒喝，何必做什么征西将军。

⑥“闻道”二句：进一步申述“何须墓上征西”的理由：即使做到宰相，人一死，马上就衰落了。乌衣巷：在金陵秦淮河南，东晋大臣王导、

谢安居住的地方，这里借指王安石在金陵的府宅。刘禹锡《乌衣巷》："朱雀桥边野草花，乌衣巷口夕阳斜。旧时王谢堂前燕，飞入寻常百姓家。"苏轼这两句诗即用其大意。

【译文】

其一

秋天早晨的原野明净美丽，雨后秋风清爽，阳光妩媚。今后我辞官离京，返蜀耕田，有谁在池南为我送行举杯？

其二

只要杯中有若下村的美酒，何必在墓碑上题写"征西将军"！听说现在的王荆公府宅，已经荒草茂密，少有行人。

【解析】

西太一，宫名，在京城西南八角镇，天圣六年（1028）建（见《东京梦华录》卷二）。王荆公指荆国公王安石。王安石旧诗指《题西太一宫壁》。元丰八年（1085）苏轼自登州被召还京任起居舍人，元祐元年（1086）三月迁中书舍人，七月奉命祭西太一宫，见王安石的题壁诗。当时王安石刚刚去世，苏轼于是写下了这两首怀念友人、感叹世态炎凉的诗。前首感叹自已归耕时，王安石不可能再送行；后首感慨王安石一去世，门庭就突然冷落，因此何必追求功名富贵。苏轼同王安石的政治主张始终是对立的，但对对方的"胜处，未尝不相倾慕"。（蔡绦《西清诗话》卷中）。苏轼从黄州迁汝州，途经金陵（今江苏南京），王安石亲自到江边迎接他，并一起游览钟山；读到苏轼的"峰多巧障日，江远欲浮天"（《同王胜之游蒋山》），盛赞道："老夫平生作诗无此二句。"王安石曾劝苏轼买田金陵，以便朝夕相见，苏轼也有这种打算，并对王安石能急流勇退十分景仰："劝我试求三亩宅，从公已觉十年迟"（《次荆公韵》）。知道苏、王的为人和他们的私交，会有助于理解这两首怀念王安石的诗篇。

咏怪石

家有粗险石，植[1]之疏竹轩。
人皆喜寻玩，吾独思弃捐。
以其无所用，晓夕空崭然[2]。
砧[3]础[4]则甲[5]斮[6]，砥[7]砚乃枯顽。
于缴[8]不可碆[9]，以碑不可镌[10]。
凡此六用无一取，令人争[11]免长物[12]观。
谁知兹石本灵怪，忽从梦中至吾前。
初来若奇鬼，肩股何孱颜[13]。
渐闻碚礌[14]声，久乃辨其言。
云我石之精，愤子辱我欲一宣[15]。
天地之生我，族类广且蕃[16]。
子向所称用者六，星罗雹布盈溪山。
伤残破碎为世役，虽有小用乌足贤。
如我之徒亦甚寡，往往挂名经史间。
居海岱者充禹贡，雅与铅松相差肩[17]。
处魏榆者白昼语，意欲警惧骄君悛[18]。
或在骊山拒强秦，万牛汗喘力莫牵[19]。
或从扬州感卢老，代我问答多雄篇[20]。
子今我得岂无益，震霆凛霜我不迁。

雕不加文磨不莹，子盍节概如我坚。

以是赠子岂不伟，何必责[21]我区区[22]焉。

吾闻石言愧且谢[23]，丑状欻去不可攀。

骇然[24]觉坐想其语，勉书此诗席之端。

【注释】

①植：树立。

②崭（zhǎn）然：突兀的样子。

③砧：捣衣石。

④础（chǔ）：柱子下面的石墩。

⑤甲：冯应榴《苏诗合注》疑为“毕”字之误。毕：完全。

⑥斮：砍，斩，这里是断的意思。

⑦砥：磨刀石。

⑧缴：系在箭上的生丝绳。

⑨砮：射鸟用的石制箭头。

⑩镌（juān）：凿，刻。

⑪争：通“怎”。

⑫长物：多余的东西。

⑬孱颜：形容岩壁的险峭，这里是形容怪石瘦骨嶙峋的样子。

⑭ [illegible]礌：象声词，投石头的声音。

⑮宣：宣泄，发泄。

⑯蕃：繁盛，繁衍。

⑰“居海岱者”二句：海岱：指东边大海、泰山之间一带地方。禹贡：夏禹区分九州，根据土地所有决定贡赋。稚：难致、高尚。差肩：并肩、并列。据《尚书，禹贡》载，海岱属青州，贡物有“铅松怪石”。

⑱“处魏榆者”二句：魏榆：地名，春秋时属晋国。悛：悔改。据《左传·昭公八年》载，晋国魏榆有石头说话，晋侯问师旷，师旷说：民有怨

恨，不会说话的东西就会说话。现在宫室奢侈，民力凋尽，故石头说话。

⑲“或在骊山”二句：据《长安志》载，临潼县东十里有狠石，形似龟。修秦始皇墓，采此石，不能动。

⑳“或从扬州”二句：卢老指唐代诗人卢仝，他客居扬州萧氏宅，作《萧宅二三子赠答诗》，有《客赠石》《石让竹》《石请客》《石答竹》等篇。

㉑责：责求。

㉒区区：渺小，此指普通石头的“六用”。

㉓谢：告罪，道歉。

㉔骇然：惊恐的样子。

【译文】

我家有一块粗糙的怪石，它被立在疏竹轩的前面。人人都喜欢玩赏它，我偏偏想把它扔得老远，因为它没有什么用处，枉自棱角突兀，天天从早到晚。做捣衣石或石墩吧，会完全断裂；做磨刀石或砚台吧，又那么粗劣不堪。系在箭绳上，它又不能做箭头；用来作碑石，它又经不住刻刊。总之这六种用场一样也摊不上，怎能不使人当多余的东西看？谁知这块石头是灵怪所变，梦中忽然来到我的身前。刚来时好像神奇的鬼魅，从上到下，瘦骨嶙峋，多么难看！逐渐听到硿礲的声音，听了很久才辨出它的语言：“我是石头中的精英，气愤你对我的侮辱，才想发抒一番。大自然产生出我们这些石头，种类很多而且还不断繁衍。你先前称道那六种用场的石头，星罗棋布，充满了溪谷和山峦。为人世役使被弄得伤残破碎，虽是有点小用途，哪里就够称美质良材！像我这样的石头很少很少，每每载于经书史籍，长久流传。东海泰山间的怪石可充贡赋，高雅地与铅松一起并列上献。魏榆的怪石会白天说话，是要警告骄奢的君主迷途知返。骊山的怪石敢抗拒强暴的秦皇，众多牛汗流气喘，也无力把它搬迁。扬州的怪石为卢仝所感动，代诗人对话，留下很多雄健诗篇。你现在得到我，难道真没有用？响雷轰顶，寒霜刺骨，我都不变。精雕细磨改变不了我的面目，何不学学我的节概，坚如石磐？以这种品格赠你，难道不伟大？何必以区区小技，对我责备求全？”我听了怪石的话深感惭愧，不断道歉，丑状忽去，倒觉得它高不可攀。我从梦中惊起，坐想它的谈话，为了自勉，把这首诗写在座前。

【解析】

苏轼一生酷好奇石，写有不少吟石诗文，如弹子涡石、齐安江石、仇池石、壶中九华石，沈香石、醉道士石、雪花石等。这首《咏怪石》，只不过是苏轼大量吟石诗中最早的一首。诗分三层，前十二句为第一层，他觉得他家疏竹轩前的怪石为多余之物，没有用处；中间二十八句为第二层，写怪石向苏轼托梦，为自己辩解，实际是苏轼借怪石之口，热烈歌颂怪石的高贵品质；最后四句为第三层，写苏轼听了怪石的自辩，觉得怪石不但不丑，而且它的“节概”高不可攀，故书于席端，作为自己的座右铭。明明是苏轼景仰怪石“节概”，但他偏偏先说自己瞧不起怪石，然后再写怪石托梦自辩，自己闻言折服，这样就曲折多波，比直接歌领怪石“节概”更富有戏剧性和吸引力。全诗纵论古今，富于幻想，表明从青年时代起，苏轼的诗就具有豪放不羁的浪漫主义精神。

饮湖上初晴后雨

水光潋滟①晴方好②，山色空蒙③雨亦奇。

欲把西湖④比西子⑤，淡妆浓抹总相宜⑥。

【注释】

①潋滟（liàn yàn）：水面波光闪动的样子。

②方好：正是显得很美。

③空蒙：细雨迷茫的样子。

④湖：即杭州西湖。

⑤西子：西施，春秋时期越国有名的美女，原名施夷光，或叫作先施，居古代四大美女（西施、王昭君、貂蝉、杨玉环）之首。家住浣纱溪村（在今浙江诸暨市）西，所以称为西施。

⑥相宜：也显得十分美丽。

【译文】

在灿烂的阳光照耀下，西湖水微波粼粼，波光艳丽，看起来很美；雨天时，在雨幕的笼罩下，西湖周围的群山迷迷茫茫，若有若无，也显得非常奇妙。若把西湖比作古美女西施，淡妆浓抹都是那么适宜。

【解析】

湖指杭州西湖，汉代叫明圣湖，唐以后叫西湖。湖中有孤山，环湖有南高峰、北高峰、玉皇山等，湖光山色相映，风景十分绮丽。苏轼在通判杭州期间写下了很多歌颂西湖的诗篇，这是其中最有名的一首，写于熙宁

四年（1071）。全诗先写“晴”，次写“雨”，最后两句合起来概括，而用新奇的妙语赞美西湖无时不美的迷人景色。王文诰在《苏诗编注集成总案》中说：“此是名篇，可谓前无古人，后无来者。”

游金山寺

我家江①水初发源，宦游②直送江入海。
闻道潮头一丈高，天寒尚有沙痕在。
中泠③南畔石盘陀④，古来出没随涛波。
试登绝顶⑤望乡国⑥，江南江北青山多。
羁愁⑦畏晚寻归楫⑧，山僧⑨苦留看落日。
微风万顷⑩靴文⑪细，断霞⑫半空鱼尾赤⑬。
是时⑭江月初生魄⑮，二更⑯月落天深黑。
江心似有炬火⑰明，飞焰照山栖鸟⑱惊。
怅然⑲卧心莫识⑳归，非鬼非人竟何物。
江山如此不归山，江神见怪惊我顽。
我谢㉑江神岂得已㉒，有田不归如江水㉓。

【注释】

①江：长江。苏轼的家乡眉山在岷江边上，岷江是长江的支流，古人误认为是长江上游，故此说他家是长江的发源地。

②宦游：外出做官，苏轼入京候官是沿岷江、长江出蜀的，这次赴杭州又来到近海的镇江，故有此句。汪师韩说：“起二句将万里程、半生事一笔道尽。”

③中泠：泉名，在金山西北，泉水甘美，用以冲茶，被认为天下第一。

④畔：旁边。盘陀：巨石不平的样子。

⑤绝顶：极顶，指金山最高处。

⑥乡国：家乡。

⑦羁愁：旅游在外的人的忧愁。

⑧楫：划船的工具，这里代指船。

⑨山僧：指金山寺长老宝觉、圆通。

⑩万顷：形容长江江面辽阔。

⑪靴文：鞋上的纹路，比喻江面的波纹。

⑫断霞：此指成片的晚霞。

⑬鱼尾赤：像鱼尾一样的红。

⑭是时：这时。

⑮魄：月初出时四周的微光。

⑯更：旧时夜间计时单位，一夜分为五更，每更约两小时。二更约为晚上十点左右。苏轼是十一月三日游金山寺的，为月初，月落得很早。

⑰炬火：这里指山林水泽在月黑之时常有野火闪现，有月而不可见。

⑱栖乌：晚上歇息在巢里的乌鸦。

⑲怅然：心情迷惘的样子。

⑳心莫识：不认识那些炬火、飞焰究竟是什么东西，故有下句所写的疑惑。

㉑谢：告罪，道歉。

㉒岂得已：哪得已，即不得已。

㉓如江水：古人常指水发誓，取明白如水的意思。

【译文】

我家住在长江发源的地方，我外出做官，直送江水到海边。听说潮水来时，潮浪高达一丈，寒冷的冬天还能看见沙痕斑斑。中泠泉南边巨大的江石高低错落，自古以来就随着江涛时隐时现。登上金山的最高顶遥望故

乡，长江南北众多青山遮住了视线。旅愁缠绕又担心天晚，忙寻归船，山僧苦苦挽留，要我欣赏落日的景观。微风吹挑辽阔的江面，江波细如靴纹，像鱼尾一样的片片晚霞，染红了半边天。这时江月初升，刚刚泛起微弱的光环，才打二更，月已西沉，到处漆黑一团。在大江中心，好像燃起了明亮的火炬，火光闪耀山头，把栖息的鸟儿惊散，心中弄不清楚，只好迷惘地去睡觉，不是鬼也不像是人，究竟是什么光？江山这样壮观，却不归卧山林，江神都感到奇怪，认为我太愚顽，我向江神告罪，并指着江水发誓：没法呵，有田可耕，哪会不归卧林泉！

【解析】

金山寺在今江苏镇江金山上。苏轼在仕途上一直很不顺利，宋英宗治平元年（(1065）他罢凤翔府签判任，还朝判登闻鼓院；第二年父亲病逝，返蜀守丧三年；熙宁二年（1069）回到京城，王安石变法已经开始。苏轼同王安石的政治主张历来不同，遭到了王安石同党的嫉恨。他们诬蔑苏轼扶父丧返蜀时贩运私盐，苏轼未作任何辩解，只求出任地方官以回避新党。熙宁四年（1071）四月苏轼被命为杭州通判，七月出京，十一月途经镇江，游金山寺，作这首诗。由于仕途失意，因此，在这首诗中他抒发了对做官的厌倦，对故乡的怀念，对归隐江湖的向往。这首诗依次写了来自故乡的长江在白天（前八句）、黄昏（“羁愁”四句），月夜和月落后（“是时”六句）的不同景色，并由此产生了奇妙的幻想，觉得江山如此多娇，而自己却不归卧江湖，江神都在责怪自己了。全诗结构严谨，首尾呼应，想象丰富，笔力矫健，是苏轼七言古诗的代表作。

有美堂暴雨

游人脚底一声雷，满座顽云拨不开。

天外黑风吹海立，浙东飞雨过江来。

十分潋滟金樽凸，千杖敲铿羯鼓[①]催。

唤起谪仙[②]泉洒面，倒倾鲛室[③]泻琼瑰[④]。

【注释】

①羯（jié）鼓：一种西域乐器。以羯鼓之急促形容雨点之骤密，颇有声威。

②谪仙：指李白。唐贺知章称李白为“谪仙人”。

③鲛（jiāo）室：《求异记》中说南海之中有鲛人室。

④琼瑰：美玉，美石，这里指好文好诗。

【译文】

脚下踏出一声惊雷，满座浓云冥顽如铁，推不动，拨不开。不觉间天低云黑，更有黑风来自天外，吹出个奔腾倒立的海；浙东飞雨如银河泻地，由远而近闯过江来。海的水势仿佛金樽的浓酒在凸起、溢出，海在澎湃，雨在狂呼，如同千槌敲击着羯鼓。再来一次飞泉洒面，唤醒那位诗情如海的谪仙人吧，——唯有他倾泻满怀珠玑，才能把这天地奇观描述。

【解析】

这首诗为熙宁六年（1073），苏轼任杭州通判时作。有美堂在西湖东南面的吴山上，东眺即钱塘江。这首诗最被诗评家所称颂的颔联正是在堂中

观暴雨的写实。陈迩冬先生称这首诗“是苏诗中清雄之作”。

清雄之气贯通首尾。一、二、三、四句分别写雷、云、风、雨，诗如暴雨一般突兀而来，动人魂魄。起句写“着地雷”如在脚下，既写出了暴雨袭来的声势，又点出了诗人所在的位置正是在山上。二句写“顽云”拨而不开，笼罩满座，历历如在眼前。三、四句写风雨大作，波澜壮阔，惊心动魄。“吹海立”“飞”“过”“来”极为生动。颈联以“金樽”“羯鼓”写实兼写意，有形有声有威。尾联用李白故事，《唐书》载李白沉醉，玄宗欲其酒醒作新诗，便以水洒其面，李白酒醒后顷刻成诗十章，此处苏轼隐然以李白自喻。结尾的泉洒谪仙，鲛室倒倾，想象瑰奇，吐属随意，极富浪漫情调与色彩。通观全诗无一弱笔，无怪这首诗历来备受倾赏。

寓居定惠院之东，杂花满山，有海棠一株，土人不知贵也

江城①地瘴②蕃草木，只有名花苦幽独。
嫣然③一笑竹篱间，桃李漫山总粗俗。
也知造物④有深意，故遣佳人在空谷⑤。
自然⑥富贵出天姿⑦，不待金盘荐华屋⑧。
朱唇得酒晕生脸，翠袖卷纱红映肉。
林深雾暗晓光迟，日暖风轻春睡足。
雨中有泪亦凄怆⑨，月下无人更清淑⑩。
先生食饱无一事，散步逍遥自扪腹。
不问人家与僧舍，拄杖敲门看修⑪竹。
忽逢绝艳照衰朽，叹息无言揩病目。
陋邦何处得此花，无乃好事移西蜀⑫？
寸根千里不易致，衔子飞来定鸿鹄⑬。
天涯流落俱可念，为饮一樽歌此曲⑭。
明朝酒醒还独来，雪落纷纷那忍触！

【注释】

①江城：指黄州，黄州位于长江北岸，三面环水，故称江城。

②地瘴：山林中湿热的地气。

③嫣然：笑容美好的样子。

④造物：造物主，老天爷。

⑤“故遣”一句：杜甫《佳人》：“绝代有佳人，幽居在空谷。”这里化用杜诗，把海棠比喻为幽居深谷的美人。

⑥自然：落落大方，毫不矫揉造作。

⑦天姿：天然姿态，形容姿态自然。

⑧“不待”一句：据《广群芳谱》所引《王禹偁诗话》：石崇见海棠，感叹说：你若能香，当把你贮藏在金屋中。苏轼反用其意，说雍容华贵的海棠出自天然，无须人工妆饰。荐：献。

⑨凄怆：感伤、悲痛。

⑩清淑：清秀、美好。朱翌《猗觉寮杂书》：“百花唯海棠未开时最可观，雨中尤佳。”苏轼对他这首诗最得意，在这首诗中又对“雨中”二句最得意。据朱弁《风月堂诗话》载，苏轼曾对人说，这两句是他从老天爷那里夺来的。

⑪修：长，高。

⑫好事：好事的人。移西蜀：西蜀盛产海棠，故有这种揣测。

⑬鸿鹄：天鹅。世传海棠喜粪壤，蜀中锦江之所以盛产海棠，即因鸟雀啄食海棠子，随粪抛撒江边。

⑭“天涯”二句：化用白居易《琵琶行》“同是天涯沦落人”句。

【译文】

黄州气候潮湿，滋生着繁茂的草木，只有名贵的海棠，极其幽冷孤独。她在竹篱间开得多美，像美女在笑，使漫山遍野的桃李花都显得非常粗俗。我知道老天爷有它的深刻用意，故意把这美人安置在深山野谷。落落大方，富丽华贵，姿态自然，不靠金盘装饰，献给玉堂金屋。红花仿佛是醉美人的朱唇和红晕，绿叶正像卷纱翠袖，映衬着红色肌肤。树林深处，雾气弥漫，晨光到得很晚，日暖风轻，时近中午，海棠已经睡足。雨中的海棠仿佛在悲伤地流泪哭诉，月下的海棠无人观赏，更显得清秀贤淑。我贬官黄州，饱食终日，无事可做，摸着胀鼓鼓的肚子，自由自在地散步。不管民房僧舍，都用拄杖敲开园门，为的是观赏园中挺拔的翠竹。我这位衰朽突然碰上这艳丽无比的海棠，默默无语，一面叹息，一面擦干泪珠。偏僻的黄州哪来这名贵的奇花？是不是好事者从故乡西蜀移栽此处？幼苗嫩小，千里迢迢，不易送到，衔着种子飞到这里的定是天鹅。你我都流落异乡，值得今后思念，让我为你喝一杯酒，歌唱这篇衷曲。明晨酒醒后，我会独自再来看你，只怕你的花瓣已纷纷坠落，不堪触目！

【解析】

元丰三年（1080）贬官黄州时作。定惠院在黄州城东南，苏轼初到黄州就住在这里。他在《记游定惠院》中说："黄州定惠院东，小山上有海棠一株，特繁茂，每岁开盛，必携客置酒。"可见他对这株海棠的珍爱。《王直方诗话》说，苏轼很爱书写这首长诗，刻石的就有五六种，并曾经说："吾平生最得意诗。"由此可见苏轼对这首诗的珍视。这首诗的前半部分被人誉为"海棠曲"，反复刻画海棠的清幽孤独，高雅富丽，描写它在雨中、月下、傍晚、清晨的不同风姿；后半部分从"先生"句起，写诗人饱食无事，漫步逍遥，忽逢光彩照人的海棠，感叹故乡盛产的海棠也同样流落异乡。不难看出，苏轼赞美海棠寄寓着自己的情操，悲叹海棠包含着对自身遭遇的不平，这首"海棠曲"实际是苏轼自抒心曲。纪晓岚说："纯以海棠自寓，风姿高秀，兴象深微，后半尤烟波跌宕，此种真非东坡不能，东坡非一时兴到亦不能。"

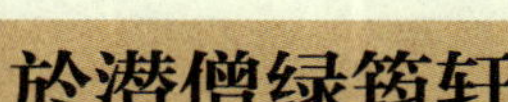

於潜僧绿筠轩

可使食无肉，不可居无竹。

无肉令人瘦，无竹令人俗。

人瘦尚可肥，士俗不可医。

旁人笑此言，似高还似痴。

若对此君仍大嚼①，世间哪有扬州鹤！

【注释】

①大嚼：语出曹植《与吴质书》："过屠门而大嚼，虽不得肉，贵且快意。"讥刺人的贪欲。

【译文】

饮食可以没有肉，居处不能没有竹。没肉人变瘦，没竹人变俗。人瘦可以增肥，人俗不能医治。有人笑我胡言乱语："你是高雅还是痴？"依我说，你既要竹的清雅，还舍不得私欲的贪求，——这世上哪里有"腰缠十万贯，骑鹤上扬州"！

【解析】

於潜僧，出家于於潜县寂照寺。寺内有绿筠轩，竹树满庭，十分清雅。本诗以议论为主，借竹写人，称扬风雅劲节的高洁，讥刺物欲俗骨的卑污。今天读来仍不乏教益。

诗中运用了王徽之爱竹、"骑鹤上扬州"两个典故。《晋书·王徽之传》载，王羲之的儿子王徽之为人高雅，生性喜竹。一次，寄居于一座空宅，刚入住便种竹。人问何故，他“啸咏指竹曰：‘何可一日无此君。”苏轼对此语无疑是心领神会的。这首诗前六句便由此生发而出，借以抒发苏轼雅爱竹树、珍爱美德、高扬清风亮节的心志。“无竹令人俗”“士俗不可医”则是对缺乏风节之辈的警示。“扬州鹤”，语出《殷芸小说》，故事中有一人奢望“腰缠十万贯，骑鹤上扬州”，意谓兼得升官、发财、成仙之利，苏轼引用此言加以反诘，意在警喻世人：世上没有高雅与物欲兼而得之的美事。

鱼蛮子

江淮水为田，舟楫为室居。
鱼虾以为粮，不耕自有余。
异哉鱼蛮子，本非左衽徒①。
连排②入江住，竹瓦三尺庐。
于焉③长子孙④，戚施⑤且侏儒⑥。
擘水取鲂鲤，易如拾诸途。
破釜不著盐，雪鳞⑦芼⑧青蔬。
一饱便甘寝，何异獭⑨与狙⑩？
人间行路难，踏地出赋租⑪。
不如鱼蛮子，驾浪浮空虚。
空虚未可知，会当⑫算⑬舟车。
蛮子叩头泣，勿语桑大夫⑭。

【注释】

①左衽徒：指少数民族。衽：衣襟。左衽：衣襟向左掩，我国部分少

数民族的服装形式。

②排：竹排，竹筏，把竹编在一起作为渡水工具。

③于焉：在这里。

④长：生养。“长子孙”即生儿育女。

⑤戚施：驼背的人。

⑥侏儒：矮子。

⑦雪鳞：指银白色的鱼。

⑧芼：以菜杂肉为羹。

⑨獭：水獭，一种捕鱼为食的动物。

⑩狙（jū）：猕猴。

⑪“踏地”一句：接触土地就要出赋税，与杜荀鹤《山中寡妇》“任是深山更深处，也应无计避征徭”的意思相近。

⑫会当一句：可能会对车船征税。

⑬算：算赋，征税。

⑭桑大夫：桑弘羊，汉武帝时任治粟都尉，领大司农，汉昭帝时任御史大夫，推行盐铁官营。这里以桑弘羊喻指以理财为急务的变法派人物。

【译文】

长江淮河的渔民，水为田来船为家。不耕不种有余粮，粮食全是鱼和虾。奇怪呵，被称为鱼蛮子，却不是蛮子的穿挂。编竹为排，来到江上居住，剖竹为瓦，房子又矮又狭。在这里生儿育女，驼背矮子一大家。擘开碧波捉鱼虾，好像路上取物，唾手可拿。破锅里煮着白鱼和青菜，没有佐料，连盐也不加。填饱肚子便睡得很香甜，就像那些猕猴和水獭。人世间的生活真艰难呵，立锥之地也得把税纳。哪里比得上鱼蛮子，乘舟破浪，掠过空虚的江面，无人管辖。无人管的空虚江面也难预料，车船可能征税，直对船家。鱼蛮子叩头哭泣，苦苦哀求，莫把他们的生活状况告诉官家。

【解析】

元丰五年（1082）贬官黄州时作。据陆游《老学庵笔记》卷一载，张舜民贬官湖湘时作《渔父诗》，苏轼取其意作《鱼蛮子》。张舜民的诗着重写渔民不受新法骚扰的桃源似神仙般的生活，意在讽刺新法。苏轼诗也在讽刺新法，但侧重点不同。苏诗前十六句着重写渔民所过的并非神仙般的生活，而是“何异獭与狙”的非人生活；后八句写他们的非人生活比受赋税剥削压榨的一般农民好得多，他们害怕失去这种生活，一般农民遭遇的悲惨也就可想而知了。

阳关曲[①]

中秋月

暮云收尽溢[②]清寒，银汉[③]无声转玉盘[④]。

此生此夜不长好，明月明年何处看。

【注释】

①阳关曲：本名《渭城曲》。单调二十八字，四句三平韵。宋秦观云：《渭城曲》绝句，近世又歌入《小秦王》，更名《阳关曲》。属双调，又属大石调。按，唐教坊记，有《小秦王曲》，即《秦王小破阵乐》也，属坐部伎。

②溢：满出。暗寓月色如水之意。

③银汉：银河。唐袁晖《七月闺情》："不如银汉女，岁岁鹊成桥。"

④玉盘：喻月。李白《古朗月行》："小时不识月，呼作白玉盘。"

【译文】

夜幕降临，云气收尽，天地间充满了寒气，银河流泻无声，皎洁的月儿转到了天空，就像玉盘那样洁白晶莹。我这一生中每逢中秋之夜，月光多为风云所掩，很少碰到像今天这样的美景，真是难得啊！可明年的中秋，我又会到何处观赏月亮呢？

【解析】

这首诗题为"中秋月"，自然是写"人月圆"的喜悦；调寄《阳关曲》，则又涉及别情。记述的是苏轼与其胞弟苏辙久别重逢，共赏中秋月的赏心乐事，同时也抒发了聚后不久又得分别的哀伤与感慨。

首句言月到中秋分外明之意，但并不直接从月光下笔，而从“暮云”说起，用笔富于波折。明月先被云遮，一旦“暮云收尽”，转觉清光更多。句中并无“月光”“如水”等字面，而“溢”字，“清寒”二字，都深得月光如水的神趣，全是积水空明的感觉。

月明星稀，银河也显得非常淡远。“银汉无声”并不只是简单地写实，它似乎说银河本来应该有声的，但由于遥远，也就“无声”了，天宇空阔的感觉便由此传出。此夜明月显得格外圆，恰如一面“白玉盘”似的。语本李白《古朗月行》：“小时不识月，呼作白玉盘。”此处用“玉盘”的比喻写出月儿冰清玉洁的美感，而“转”字不但赋予它神奇的动感，而且暗示它的圆。两句并没有写赏月的人，但全是赏心悦目之意，而人自在其中。

明月圆，更值兄弟团聚，难怪词人要赞叹“此生此夜”之“好”了。从这层意思说，“此生此夜不长好”大有佳会难得，当尽情游乐，不负今宵之意。不过，恰如明月是暂满还亏一样，人生也是会难别易。兄弟分离在即，又不能不令词人慨叹“此生此夜”之短。从这层意思说，“此生此夜不长好”又直接引出末句的别情。说“明月明年何处看”，当然含有“未必明年此会同”的意思，是抒“离忧”。同时，“何处看”不仅就对方发问，也是对自己发问，实寓行踪萍寄之感。末二句意思衔接，对仗天成。“此生此夜”与“明月明年”作对，字面工整，假借巧妙。“明月”之“明”与“明年”之“明”义异而字同，借来与二“此”字对仗，实是妙手偶得。叠字唱答，再加上“不长好”“何处看”一否定一疑问作唱答，便产生出悠悠不尽的情韵。

这首词从月色的美好写到“人月圆”的愉快，又从当年当夜推想次年中秋，归结到别情。形象集中，境界高远，语言清丽，意味深长。《阳关曲》原以王维《送元二使安西》诗为歌词，苏轼这首词与王维诗平仄四声大体切合，是词家依谱填词之作。

椰子冠

天教日饮欲全丝[①]，美酒生林不待仪[②]。

自漉[③]疏巾邀醉客，更将空壳付冠师。

规模简古人争看，簪导[④]轻安发不知。

更著短檐高屋帽[⑤]，东坡何事不违时！

【注释】

①全丝：保全袁丝。汉代袁盎（字丝）被命为吴国相，侄子袁种说："吴王骄横已久，你如果要严加治理，吴王不上告你，就会暗杀你。你只有整天饮酒，才能脱祸。"苏轼这里是以袁丝自喻，说老天爷为了保全我，故给我整天喝酒的机会。

②仪：仪狄，传说是夏禹时善酿美酒的人。夏禹喝了他的美酒，说："后代一定有人因酒亡国。"于是疏远仪狄，不再喝酒。

③漉（lù）：过滤。自漉疏巾即以编织稀疏的头巾过滤酒。这是以陶潜自喻，据《宋书·隐逸传》载，陶潜每遇酒熟，就取头巾滤酒，滤毕，又把头巾戴上。

④簪（zān）导：把帽子插戴在头发上。

⑤短檐高屋帽：俗称东坡帽。据苏轼门人写的《师友谈记》载，当时的士大夫模仿东坡戴的筒高檐短帽，名叫子瞻样。

【译文】

为了保全我的性命，老天让我整天喝酒，椰子树能生味美的椰子酒，

用不着酿酒的仪狄，我用头巾自己过滤，邀请酒友一起痛饮，剩下的椰子壳，交给专做帽子的匠师。帽子规格简单，模样古拙，大家争着观看。戴起来轻便安逸，感觉不到戴有帽子。还戴有一顶边缘短、帽筒长的高帽，东坡呵，你做的哪一件事不违背时势！

【解析】

根据曾季貍《艇斋诗话》记载，苏轼的《纵笔》诗传至京城，宰相章惇读到诗中的“报到先生春睡美”句，冷笑说，苏轼还这样快活吗？于是把他再贬儋州（今海南儋州），这是绍圣四年（1097），苏轼六十二岁高龄时发生的事。苏轼再贬儋州，当然主要是因为绍圣四年朝廷再次普遍加重对元祐大臣的惩处，苏辙也于同时由筠州（今江西高安）远谪雷州（今广东海康境）。海南岛盛产椰子，苏轼用椰子酿酒，用椰子壳做帽子，并写了这首诗，表现了他不以远谪为意，而以“违时”自傲的精神。

於潜女

青裙缟①袂②於潜女，两足如霜不穿屦。
鲳沙鬓发丝穿柠，蓬沓障前走风雨。
老濞③宫妆传父祖，至今遗民悲故主。
苕溪杨柳初飞絮，照溪画眉④渡溪去。
逢郎樵归相媚妩，不信姬姜有齐鲁。

【注释】

①缟（gǎo）：白色。

②袂：袖口。

③老濞（bì）：汉高祖之子刘濞。汉初，濞封为吴王。

④画眉：妇女用黛色描饰眉毛。

【译文】

女人穿着白色的上衣，光着脚，露出雪白的双足。头发为大银栉绾住，好比横穿织布机的带丝线的梭子，她们就这样在风雨之中走来走去。於潜女的打扮装饰，系传自父辈、祖辈的宫妆。在苕溪开始杨柳飞絮初春时节，女人们照溪水画眉。她们向砍柴归来的儿郎暗送秋波，不信齐国姜姓、鲁国姬姓的大族美女能赶上於潜女的美。

【解析】

这首诗苏轼写于熙宁六年（1073）春天的杨柳飞絮季节。苏轼因公务经过於潜，记亲眼所见。“青裙缟袂”的着装，说明苏轼所写的“於潜女”是劳动妇女。“两足如霜”，说明她们年轻；“不穿屦”，便于劳动，现在正是乡村的大忙之时，突出了她们的劳动。这首诗首二句为全诗定下了基调。诗的第三、四句写於潜女的特殊发饰，点出“走风雨”，紧紧扣住劳动，农家妇女就是不停顿地风里来、雨里去。第五、六句说到这种发饰出自祖传，原来於潜女的发饰是古装。古装的传下来，说明民风的淳厚，说明於潜女良好的成长环境。苏轼写了於潜女着装朴素的美，写了她们足如霜皮肤白皙、青春形体的美，写了她们的发饰的古朴的美，一种清新的气息迎面扑来，她们十分可爱。她们不同于闺阁女子，也不同于都市女子。

以上，苏轼着重写的是於潜女外在的美，末四句则写她们美好的精神世界。她们照溪画眉，是那么爱美。她们公开地、大胆地把自己的美献给情郎或丈夫，他们在劳动的基础上建立起真挚的爱情，以致苏轼不由得赞叹古代姬、姜大族美女赶不上她们。至此，苏轼相当完整地塑造了一群劳动青年女子的形象。

狱中寄子由

圣主如天万物春，小臣愚暗[①]自亡身。
百年未满先偿债，十口无归更累人。
是处青山可埋骨，他时夜雨独伤神。
与君今世为兄弟，更结来生未了因。

【注释】

①愚暗：为人愚昧。

【译文】

圣上龙恩如同春天，赐给万物一派生机，惭愧微臣为人愚昧，冒犯天威皆是咎由自取。可叹天年未满心不甘，生前债务还须你偿还，更有十口之家的拖累，也要留给弟弟承担。虽说处处青山都可埋人，毕竟埋不掉这手足情深，岂能忘夜雨对床的约定，将来的雨夜你只能独自伤心。我这里有个心愿告诉你：愿我们世世结为好兄弟。既然兄弟之间情未尽，那就继续这未了的缘分。

【解析】

这是元丰二年（1079）苏轼被囚于御史台（即乌台）监狱，写给子由（苏辙）的诀别诗。原诗题目是“予以事系御史台狱，狱吏稍见侵，自度不能堪，死狱中，不得一别子由，故作二诗授狱卒梁成，以遗子由二首”（选一）。

苏轼一直作诗描写百姓的困苦、税收和征兵制等，终于惹恼了视他为反对派的朝中政客。是年六月，御史舒亶、御史中丞李定等分别摘引苏轼诗文中关于农民贷款、平民三月食无盐等诗句，指控他“愚弄朝廷”“指斥乘舆（皇帝）”“包藏祸心”“万死不足以谢圣时”，并列出苏轼无礼该杀的四条理由，经御史台查办后，派人到湖州革掉了苏轼官职，押苏轼回京审问，下狱。据当时同在狱中的苏子容诗：“遥怜北户吴兴守（指苏轼时任湖州知县），诟辱通宵不忍闻”，真实记录了苏轼备受狱吏逼供的惨状。苏轼自度难免于死，于是有了本诗题目中简述的情形，因怕死于狱中来不及与弟诀别，故写诗交狱卒转交苏辙。据林语堂《苏东坡传》所述，苏辙读诗大恸，伏案痛哭。尔后狱卒将这首诗上交，果然如苏轼所料，直呈神宗皇帝手上，神宗皇帝读后大为感动，加上仁宗妻曹太后、退职宰相张方平和范镇等元老重臣纷纷出来营救，退职的王安石直言：“岂有圣世而杀才士者乎？”苏轼才有获释出狱、从轻发落的转机。

苏轼的临危不乱，静定应对的历练和兄弟间的深情厚谊令人感动。据说苏轼深信他的两首诀别诗会传到皇帝手上，可见开头一句并非信笔由之。留嘱胞弟“偿债”、承担十口之家的拖累的歉意，夜雨对床的回忆——十八年前的嘉祐六年（1061）苏轼曾在诗的自注中写道：与弟“曾有夜雨对床之言，约定早日退官团聚闲居”“与君世世为兄弟”的遗愿。生则相依，死则相托，手足情深，莫过于此。不止为其胞弟，也为后人敞开了他那充满人性光辉的心性与人格。

雨晴后步至四望亭下鱼池上，遂自乾明寺前东冈上归二首

其一

雨过浮萍合，蛙声满四邻。

海棠真一梦，梅子欲尝新。

拄杖闲挑菜，秋千不见人。

殷勤木芍药，独自殿[①]余春。

其二

高亭废已久，下有种鱼塘。

暮色千山入，春风百草香。

市桥人寂寂，古寺竹苍苍。

鹳鹤来何处，号鸣满夕阳。

【注释】

①殿：余留。

【译文】

其一

雨后的浮萍，又铺成一片绿锦，蛙声便充满四邻。海棠花凋谢了，梦一般无踪无痕；梅子倒熟了，还可以尝尝鲜。拄杖横在肩，挑着瓜菜很轻闲；秋千悬在寂静里，秋千在，人不见。难得牡丹殷勤意，独自默默地开着，送别残余的春天。

其二

四望亭早就废弃了，再没有人来这游赏，只有亭下养鱼塘。暮色从天外潜进千山万壑，春风柔静地吹送百草的清香。市桥人去后，寂寂无声响，独有古寺的竹树，黄昏里自苍苍。何处飞来鹳鹤，声声哀号满天地，送别沉沉的夕阳。

【解析】

这首诗苏轼写于元丰三年（1082）初到黄州的春末。作为经历了“乌台诗案”的逐臣（实为犯官），苏轼惊魂未定，心灰意冷，杜门闭口，常常独自钓鱼采药以自娱。本诗便是这种生活与心境的写照。

两诗都是以景写情、寓情于景的含蓄丰韵之作。诗人的耳目所及，虽有雨后浮萍、蛙声四唱、梅子青青、春风百草的暮春景象，但两首诗的意境都是寂寥、冷落的，与诗中“海棠真一梦”的情调相呼应。苏轼在黄州的诗词中多次发出人生如梦的感叹，确有他人生经历的切实感受。“拄杖闲挑菜”“独自殿余春”，形似闲适，自有一种沉重与惆怅。第二首的高亭见废、暮色初临、市桥人散、古寺竹木都给人以冷落、萧然的感觉，至于鹳鹤哀号、夕阳西下更显得凄厉、悲凉，确是苏轼贬谪在寂寞江城，欲言不能、哀号无告的真实写照。两首诗含蕴丰满，不露不张，颇有杜甫沉郁苍凉的特色。

雨中游天竺灵感观音院

蚕欲老，麦半黄，前山后山雨浪浪[1]。

农夫辍耒[2]女废筐，白衣仙人在高堂。

【注释】

①浪浪：形容雨声。

②耒（lěi）：古代一种农具。

【译文】

蚕要吐丝——须采桑，麦子半黄——盼阳光，太阳在哪？何处采桑？山前山后大雨哗哗响。农夫不能把耒下田，妇女眼巴巴闲了箩筐。你救苦救难的观音菩萨，却无忧无虑高高在上。

【解析】

这首诗约写于宋元祐年间，是苏东坡出任杭州知府，数次游览天竺三寺留下的诗篇之一。杭州灵感观音院，五代时所建。宋仁宗时，因祷雨有应，赐名“灵感观音院”，祀观音菩萨。全诗描写的是：农家的采桑、田务皆需天气晴和才能做好，然而老天无情，雨声浪浪，农夫桑女满怀焦灼，观音菩萨却高高在上，漠不关心！表面上是责备神像土偶的无知，实际上是讽刺“为民父母”的地方官吏的不恤民情。苏轼是个关心百姓疾苦、敢于说话的人，他后来因诗而获罪下狱（即“乌台诗案”），几乎送了性命，正是起因于他的这种仁民爱物、敢于直言的性格。

舟中听大人弹琴

弹琴江浦[①]夜漏[②]永，敛衽[③]窃听[④]独激昂。
风松瀑布[⑤]已清绝，更爱玉佩[⑥]声琅珰[⑦]。
自从郑卫[⑧]乱雅乐[⑨]，古器[⑩]残缺世已忘。
千家寥落[⑪]独琴在，有如老仙不死阅兴亡。
世人不容独反古，强以新曲求铿锵[⑫]。
微音淡弄忽变转，数声浮脆如笙簧[⑬]。
无情枯木[⑭]今尚尔，何况古意堕渺茫。
江空月出人响绝，夜阑[⑮]更请弹《文王》[⑯]。

【注释】

①江浦：江边。浦，水滨。

②漏：计时器，古代滴水以计时。

③敛衽（rèn）：整理衣服，表示肃敬。

④窃听：私下整衣静听。

⑤风松瀑布：古琴曲名。

⑥玉佩：古琴曲名。

⑦琅珰：象声词，玉石撞击声，这里形容琴声。

⑧郑卫：指春秋时郑、卫两国的音乐，被儒家看作靡靡之音。

⑨雅乐：帝王举行大典时所奏的舞乐，儒家认为它“典稚纯正”“中正和平”，故称雅乐。

⑩古器：古代的乐器。

⑪寥落：冷落，衰落。

⑫铿锵：金属撞击声，常用以形容声音响亮。

⑬“微音淡弄”二句：进一步形容那些“强以新曲求铿锵”的人，他们先是轻轻抚琴，琴声微弱；突然变得频繁急促（数），发出像笙簧一样的浮脆之声。这是指“世人”以琴弹“新曲”，失去了琴的深醇之音。笙：管乐器。簧：笙中振动发声的簧片。古人认为琴声比笙醇厚，如晋人嵇康的《琴赋》就有这种观点。

⑭枯木：指琴。古人多以枯桐作琴，沈括《梦溪笔谈》（卷五）认为琴虽用桐，但需经过多年，木性皆尽，琴声才清妙。

⑮夜阑：夜将尽。

⑯《文王》：即《文王操》，古琴曲名。

【译文】

夜已经很深了，父亲还在江边弹琴，我悄悄整衣静听，琴声激扬高昂。《松风》《瀑布》，已清妙到了极点，更可爱的是《玉佩》，真像玉声般悠扬。自从郑、卫的靡靡之音乱了纯正的雅乐，古乐器残缺不全，早被社会遗忘。

各种古乐器都已零落，只有琴还在，正像那不死的神仙阅历了世代兴亡。社会上的人不容许它独自返回古朴，硬要用新曲子来追求音色响亮。他们先是轻轻抚弹，发声微弱，突然变得急促，像笙簧的浮脆声响。琴是无情枯木所制，今天被糟蹋成这样，何况古人的深意，更落得渺渺茫茫。江面空阔，月光明亮，已经没有人声，请再弹一曲《文王操》吧，天已将晓。

【解析】

嘉祐四年（1039）十月，苏轼兄弟服母丧期满，随父亲返京。他们沿岷江、长江而下，十二月初抵达江陵，过年后再北上赴京。沿途游山玩水，观赏名胜古迹，父子三人写下了不少诗文，并汇为《南行集》（原集已失传）。这首诗就是其中的一篇。大人，对父母的敬称，这里指父亲苏洵。诗的前四句点题，写深夜听父亲在江边弹琴。中间十句由听琴而发议论，其中“自从”四句叹古代乐器已残缺不全，唯独琴保留了下来；“世人”六句感叹琴也变得声音浮脆，古意渺茫。最后两句照应开头，以要求父亲再弹一首《文王操》作结。这是苏轼最早一篇咏音乐的诗歌，全诗纵横恣肆，词意高妙，已表现出苏轼诗歌好发议论的特征。

舟中夜起

微风萧萧吹菰蒲①，开门看雨月满湖。
舟人水鸟两同梦，大鱼惊窜如奔狐。
夜深人物不相管，我独形影相嬉娱。
暗潮生渚②吊寒蚓，落月挂柳看悬蛛。
此生忽忽忧患里，清境过眼能③须臾。
鸡鸣钟动百鸟散，船头击鼓还相呼。

【注释】

①菰蒲：两种水草名。

②渚：水间的小块陆地。

③能：诗中当“这样”讲。

【译文】

微风吹拂水草，飒飒声中意境萧萧，疑是雨声，开门看看，满湖月色皎皎。同在梦乡里，舟人伴水鸟；水中大鱼惊蹿急，宛如飞狐在奔逃。夜过半，物自在，人自安，——互不扰，两不管；独我形与影，嬉娱在月前。

听水中晚潮声呜咽，在凭吊寒蚓似的清涟；看落月仿佛银色蜘蛛，还悬在夜色中的柳帘。我这飘转的人生，饱尝了多少忧患，置身于清幽的境界，欢娱的时刻这样短暂。公鸡唱晓，晨钟响起，觅食的百鸟从湖边四散，何处击鼓，人声喧喧，——湖上驶出了打鱼船。

【解析】

元丰二年（1079）三月，苏轼从徐州知州改任湖州知州，此篇即作于赴湖州旅途中。苏轼有个“寓意于物”的人生信条，意即以物境寄寓自己的情感，从中获得喜悦与美感。这首诗所写的苏轼对夜半湖上的视、听、想象、思索与感受及其独有的情趣，正是诗人“寓意于物”的体验与注释。清代方东树《昭昧詹言》赞叹这首诗“空旷奇逸，仙品也”。仔细读来，可以窥见这位大诗人迷人的个性与特质。舟中夜半时刻，旅途劳顿之中，依然有丰富细致的感知：谛听“微风萧萧”“暗潮生渚”“鸡鸣钟动”，凝神月色满湖、大鱼惊窜、落月挂柳。还有诗人独到的情感观照与想象：舟人与水鸟同梦、人与物境两安，把晚潮的呜咽想象成凭吊寒蚓似的水波，把柳帘上的落月描绘成银色的蜘蛛。更有诗人独有的不乏天真烂漫的情趣：在月下与自己的形影相嬉娱！这自然使人想起那位月下起舞的李白的身姿与神采。

张子野年八十五，尚闻买妾，述古令作诗

锦里先生自笑狂，莫欺九尺[①]鬓[②]眉苍[③]。

诗人老去莺莺在，公子归来燕燕忙。

柱下相公犹有齿，江南刺史已无肠。

平生谬[④]作安昌客，略遣彭宣[⑤]到后堂。

【注释】

①九尺：言身高。

②鬓：靠近耳边的头发。

③苍：灰白色。

④谬：错误，谬误。

⑤彭宣：苏轼自谓。

【译文】

张先（子野）自己认为八十五岁买妾，实狂放不羁之举，超出世俗。不要认为他老了，不中用了，看不起他。风流韵事不仅仅是家中女人的事。相公虽然年纪大了，但牙齿还是很好，一切都是正常的。很长时间以来，我就是张先的门客，但作为他的门客并不合适，因为没有得到他的信任；如果他看重我，就应该让我到他的后堂去看看，与他的众姬妾见见面。

【解析】

这首诗苏轼写于熙宁六年（1073）末。张子野是著名的词人，有《安陆集》。其词见《全宋词》。张子野诗写得好，但传下来的不多。述古，陈襄的字，比苏轼年纪大，是个诗人，有《古灵先生集》。此时为杭州太守。张先年八十五买妾，虽老犹风流，自然为人们津津乐道，也是作诗的好题材，陈襄叫苏轼写诗，苏轼就写了。

这首诗是游戏笔墨。虽说是游戏，但要高雅，不能流入粗俗。这首诗的一个特点就是扣住张先姓张，诗句中全用张姓事。张先读来，感到非常亲切；众多诗人读来，感到新鲜、别致。这首诗的出现活跃了诗坛气氛，在当世广为流传，称为佳话。

苏轼读书多，经、史、子典籍和许多诗集、文集都在他脑子中，随时可用。这是作好这首诗的一个重要条件，但不是唯一的。梁代有个学者任昉，博学多记，但写出的文章却不流畅，当时的学者和诗人沈约就不钦佩他。为什么呢？因为任昉的“才有限”（见宋黄彻《䂬溪诗话》）。这就是说，“才”是苏轼写好这首诗的另一个重要原因。他驱使书本，完全为我所用，写来圆转流畅，对偶精切。博学与多才，苏轼二者都具备了，而且自然融洽。这在两宋恐怕没有第二个人可以相比，在中华全部文学史上，大约也不多见。

赠刘景文[1]

冬景

荷尽[2]已无擎[3]雨盖[4]，菊残[5]犹[6]有傲霜[7]枝。

一年好景君[8]须记[9]，正是[10]橙黄橘绿时[11]。

【注释】

①刘景文：刘季孙，字景文，工诗，时任两浙兵马都监，驻杭州。苏轼视他为国士，曾上表推荐，并以诗歌唱酬往来。

②荷尽：荷花枯萎，残败凋谢。

③擎：举，向上托。

④雨盖：旧叫作雨伞，诗中比喻荷叶舒展的样子。

⑤菊残：菊花凋谢。

⑥犹：仍然。

⑦傲霜：不怕霜冻寒冷，坚强不屈。

⑧君：原指古代君王，后泛指对男子的敬称，您。

⑨须记：一定要记住。

⑩正是：一作“最是”。

⑪橙黄橘绿时：指橙子发黄、橘子将黄犹绿的时候，指农历秋末冬初。

【译文】

荷花凋谢连那擎雨的荷叶也枯萎了，只有那开败了菊花的花枝还傲寒斗霜。一年中最好的景致你一定要记住，那就是在橙子金黄、橘子青绿的秋末冬初的时节啊。

【解析】

这首诗是诗人写赠给好友刘景文的，写于元祐五年（1090年）初冬。当时苏轼正在杭州任职，任两浙兵马都监的刘季孙也在。两人过从甚密，交往很深。诗人一方面视刘景文为国士，并有《乞擢用刘季孙状》予以举荐；另一方面赠这首诗以勉励之。（苏轼赠这首诗时，刘季孙已58岁了，难免有迟暮之感。）诗的前两句写景，抓住“荷尽”“菊残”描绘出秋末冬初的萧瑟景象。“已无”与“犹有”形成强烈对比，突出菊花傲霜斗寒的形象。后两句议景，揭示赠诗的目的。说明冬景虽然萧瑟冷落，但也有硕果累累、成熟丰收的一面，而这一点恰恰是其他季节无法相比的。诗人这样写，是用来比喻人到壮年，虽已青春流逝，但也是人生成熟、大有作为的黄金阶段，勉励朋友珍惜这大好时光，乐观向上、努力不懈，切不要意志消沉、妄自菲薄。

古人写秋景，大多气象衰飒，渗透悲秋情绪。然此处却一反常情，写出了深秋时节的丰硕景象，显露了勃勃生机，给人以

昂扬之感。因此宋人胡仔以之与韩愈《早春呈水部张十八员外》诗中“最是一年春好处，绝胜烟柳满皇都”两句相提并论，说是“二诗意思颇同而词殊，皆曲尽其妙”（《苕溪渔隐丛话》）。

荷与菊是历代诗家的吟咏对象，常给人留下美好的印象，可是为什么这首诗一开头却高度概括地描绘了荷败菊残的形象，展示了一幅深秋的画面？这全然是为了强调和突出一年之中的最好景象：橙黄橘绿之时。虽然橙和橘相提并论，但事实上世人正偏重于橘，因为“橘”象征着许多美德，故屈原写《橘颂》而颂之，主要赞其“独立不迁”“精色内白”“秉德无私”“行比伯夷”。这首诗的结句正有此意，在表达上融写景、咏物、赞人于一炉，含蓄地赞扬了刘景文的品格和秉性。

正月二十日与潘、郭二生幽郊寻春，忽记去年是日同至女王城作诗，乃和前韵

东风未肯入东门，走马还寻去岁村。

人似秋鸿来有信，事如春梦了无痕。

江城白酒三杯酽[①]，野老苍颜一笑温。

已约年年为此会，故人不用赋招魂。

【注释】

①酽（yàn）：浓，味厚。

【译文】

东风只在城外逡巡，却不肯进入敞开的东门，只好走马郊外寻春去，看一看去年访过的乡村。人似秋天归来的鸿雁，来来去去还有个音信，人

生际遇却恍如春梦，往事如烟，了然无痕。黄州的白酒香醇味浓，酒过三杯，情深意真，乡野老农一脸醉容，一言一笑也不失温厚。相聚不易，先做个约定：年年在此一会，多么开心，再告知故友我这里很萧散，不必为我分忧为我招魂。

【解析】

这首诗苏轼写于元丰五年（1082）正月二十日，此时苏轼谪黄州已两年。一年前，苏轼前往歧亭，潘、郭等友人送至女王城，苏轼曾作七律一首。一年后的这一天重又聚会春游，往事如烟，不胜感慨。苏轼与乡农野老同游同饮同乐，还相约年年聚会永不相忘，苏轼在逆境中总是维持着随缘自适的人生态度。“故人不用赋招魂”是说京城故交不必设法使我调离黄州贬所，招我回去。这首诗歌表现了苏轼不以物喜，不以己悲，随遇而安，心性放达的个性。“人似秋鸿来有信，事如春梦了无痕”一联，对仗圆转妙成，为人称道。意谓鸿雁南来北往，年年如斯，从不改变，但在无限时空中却又不会留下什么痕迹，比喻人生天地间，也像鸿雁来去一样，去而无迹，难以追怀。这个著名的比喻是点化杜牧的“恨如秋茅多，事与孤鸿去”诗句而来，显然与苏轼《和子由渑池怀旧》一诗的“雪泥鸿爪”之喻一脉相承。

纵笔

白头萧散[1]满霜风，小阁藤床寄病容。

报道先生春睡美，道人轻打五更钟。

【注释】

①萧散：散乱。

【译文】

白发萧散仿佛飘不去的平生霜风，难得这小阁的恬静，藤床上的安宁，寄托我的病躯，排遣我的心境。满城人都知道，先生贪睡睡得甜美，道人的五更钟一声声敲得轻轻、轻轻的……

【解析】

绍圣四年（1097）苏轼写于惠州，那时的他已年届花甲，且饱经风霜，老而多病，能对艰苦的贬谪生活如此的淡然处之，安闲自适，这正体现了东坡的人格特质。这首诗写得轻松潇洒，音节舒缓，情趣盎然。作这首诗未久即被贬海南儋州，据传与这首诗有关。宋曾季狸《艇斋诗话》载，这首诗传至朝廷，当时的宰相章惇读后，以为苏轼有如此安逸的“春睡美”，怒而再予贬谪。章惇的“怒”，在于苏轼的傲然不屑。苏轼历经一贬再贬的仕途坎坷却不以为怀，还能安睡于五更。“道人轻打五更钟”又显示了世人对诗人的关爱与敬重。如此，欲置之死地而后快的章惇焉能不妒不怒?

据说这首诗传到京师，章惇笑道：“苏子瞻竟然如此快活！”于是把苏轼贬得比所有人都更远。苏轼再贬海南当然绝不仅仅是章惇故意要他睡不好，而主要是当时政治斗争的必然结果，但传说也的确形象地反映了苏轼因才遭嫉，因诗得罪，因名惹祸的实际情形。“平生学道”的苏轼早已不再因境遇的穷达而心神不宁，也早已不再把自己与执政者放在对立的层面上傲然兀立，而是跳出是非恩怨的狭窄圈子，以一个了悟人生的智者的眼光与胸怀俯视这一切。他坚信因为自己到过海南的缘故，海南将作为他的第二故乡载入地理志中万古流传。五月十一日，苏轼赶上了弟弟，这对难兄难弟相会在藤州。此时苏辙身边也只有史夫人与幼子苏过一房随行，长子苏迈与次子苏迨两房都留在颍川，守着原来买下的一点田产过活。

纵笔三首

其一

寂寂东坡一病翁，白发萧散满霜风。

小儿误喜朱颜在，一笑那知是酒红。

其二

父老争看乌角巾，应缘曾现宰官身。

溪边古路三叉口，独立斜阳数过人。

其三

北船不到米如珠，醉饱萧条半月无。

明日东家当祭灶，只鸡斗酒定膰吾①。

【注释】

①膰（fán）吾：膰，祭肉。膰吾，以祭肉饷我。

【译文】

其一

孤苦寂然一老翁，——东坡在病中，须发萧然何所似？——一世不散的霜风。邻家儿童欣喜地夸我脸色泛红，我木然一笑露了真相，原来是酒后的醉容。

其二

父老们争着看我这黑色的头巾，是因为我这个平民曾有过官职在身。而今，溪边路口人独立，看斜阳西沉，数过路行人。

其三

北来的粮船未到，近来米贵如珍珠，半月不知饱和醉，这肚子好萧条好清苦。好在明天是祭灶日，难得这年末岁尾，东家宰鸡，烤肉，备酒，定会饷我祭肉醉一回。

【解析】

这首诗苏轼写于元符二年（1099）年底，是苏轼困窘生活与愁苦心境的写照。三首诗“出语平淡，且多戏谑，谐趣横生；文意倏起倏落，一波三折，因而情韵盎然，含蕴无穷”（王水照先生评语）。这是就诗的语言、风格、构思而言，还有个问题：“含蕴”着什么？

第一首写于病中酒后。“白须萧散满霜风”乃是惠州所写《纵笔》的首句“白头萧散满霜风”的再用。苏轼曾因《纵笔》一诗触犯当权，被贬到海南，这次儋州《纵笔》再用其成句，无非是因为偏爱此句的“霜风”二字，在于将自己的老态与人生的坎坷与风霜联系起来，便有了弦外之音，此其一。第二，表示自己的倔强。小诗的三、四句有起有落，有趣也有深意。“朱颜”是面呈红润，是健康的表征，岂料是酒醉使然。可以想象苏轼木然一笑、凄然自嘲的那种苦笑与苦楚。

第二首看似苏轼从晚年谪居生活中随手拈来的一个小场景，却别有深意地聚焦了他一生的悲剧。“乌角巾”，黑色的方巾，古代隐士或官吏的头巾。“宰官身”，有官职的人。苏轼第二次入京都连续升迁，任职礼部郎中、起舍居人（皇帝侍从官）、翰林学士，职位颇高。不久，被排挤，被诬陷，竟然贬谪海南，形同罪人。小诗借用了一块乌角巾概括其政治生涯的高峰，笔锋一转，又跌落到现实的悲惨境地：“溪边古路三叉口，独立斜阳数路人”，概括了苏轼宦海浮沉、大起大落的人生历程。对于平生以经邦济世、建功立业为己任的苏轼来说，这其中有多少不平与悲愤，但苏轼却写得如此简淡，有心的读者是读得出的。

第三首写苏轼生活的困窘与艰难，已到了无酒无米、无醉无饱的赤贫

程度。苏轼在《与侄孙元志》信中说："海南连岁不熟，饮食百物艰难，及泉、广海舶绝不至，药物酢酱等皆无。"苏轼曾在诗中自注："土人顿顿食薯芋，荐以熏鼠烧蝙蝠。"这也正是他生活的写照。他在杂记《学龟息法》中言及"辟谷之法"，随后写道："元符二年，儋耳米贵，我方有绝粮之忧，欲与过子行此法。"可见其生活之困苦。小诗虽有"醉饱萧条半月无"的谐趣语，也还是掩饰不住其内心的凄楚。

三首小诗，初读时感到平易、闲逸、有趣，也许觉得可笑，再读、三读，再思、三思，透视诗人苦笑后面的真实，就会读出笑中含悲的苦涩与凄凉。

赠别

青鸟衔巾久欲飞，黄莺别主更悲啼。

殷勤莫忘①分②携③处，湖水东边凤岭④西。

【注释】

①殷勤莫忘：意即为"莫忘殷勤"，以叶平仄倒过来说。

②分：分开。

③携：携手，相会。

④凤岭：凤凰岭，在西湖之南。

【译文】

女孩系着心爱的饰物就要离去，她离开的时候很伤心。永远忘不了亲切约会的地方，就是西湖南边的凤凰岭。

【解析】

这首诗苏轼写于熙宁六年（1073）。

这是一首爱情诗，隐含有一个爱情故事；严格地说，这首诗是这个故事的上半部分。是男赠女。

一个男子，爱上一个女子。这个女子，不是名门闺秀，也不是倚门出卖色笑的微贱女人；她有貌（这是必要的），有才（能作诗，也许还能画），有艺（能弹、能唱），地位比那些微贱女子高，但仍然是风尘中人。她希望得到自由，但得拿一笔钱来赎身；如果是官府注过册的（即入籍），那得经官府批准。所幸这些阻力已扫除了，她可以自由了。

按照常情，她自由之后，男子可以和她偕百年之好；但是事情并没有那样简单，男方或者已有了家室，或者父母反对，女方自然知道这些。这就为这个故事抹上了凄凉的色彩。

自由是好事，但也从此不能像过去那样来往了。女子情意深重，禁不住泪水流。男子也放心不下情人，一再叮嘱她不要忘记过去经常一起倾诉情意的地方，那就是西湖东边凤凰岭西边。两人难舍难分。悱恻缠绵，令人感动。

词部

词，是宋代的象征，也是宋代的骄傲。人们把唐代的“诗”和宋代的“词”赞誉为我国古代的文学“双璧”，当之无愧色。而宋代的词作者苏轼又是一朝的领军人物，其分量可想而知。苏轼词内容广阔，气魄雄伟，语言朴素，一反过去绮罗香泽及离情别绪的局限，是宋词空前的划时代的革新，也使宋词得到进一步的发展。

八声甘州

寄参寥子

有情风万里卷潮来，无情送潮归①。

问钱塘②江上，西兴浦口，几度斜晖？

不用思量今古，俯仰昔人非。

谁似东坡老，白首忘机③。

记取西湖西畔，正春山好处，空翠烟霏④。

算诗人相得，如我与君稀。

约他年东还海道，愿谢公雅志莫相违。

西州路，不应回首，为我沾衣。

【注释】

①“有情”二句：以钱塘江潮为比兴，实际描绘了元祐初年的整个政治形势。有情、无情，来潮、退潮的对比，寄予了无限感慨。

②问钱塘：钱塘江旧称浙江，源于浙、皖、赣交界处的莲花山，在杭州闸口以下入杭州湾。

③忘机：消除机心，即对潮来潮去，日起日落，宦海浮沉，都不以为意。

④“记取”三句：回忆熙宁年间任杭州通判时，与参寥相识，同游西湖。据惠洪《冷斋夜话》，周紫芝《竹坡诗话》所载，两人相识在“东坡停钱塘时”。

【译文】

寄参寥子

多情的海风万里迢迢卷来巨潮，又无情地把潮水送回。请问钱塘江上，西兴浦口，出现过多少次夕阳的余辉？用不着细想古今历史，俯仰之间已经物是人非。谁能像我年老的东坡，白发苍苍，恬淡无为？记得我们在西湖西畔初识，正春山景美，空明苍翠，烟雨霏霏。像你我这样情投意合，诗人中真是微乎其微。我曾像谢安一样约许归隐，希望美好的志愿莫违背。不应让你像西州路上的羊昙，再为我未能如愿而伤悲。

【解析】

元祐四年（1089）苏轼知杭州时作。参寥子，北宋诗僧，姓何，初名昙潜，后名道潜，於潜（今浙江杭州）人，与苏轼友谊很深，著有《参寥子集》。神宗去世，本为纠正王安石变法的某些弊端提供了机会，但司马光不分青红皂白，尽废新法，这不仅给新党以口实，而且在旧党内部引起激烈争吵。苏轼在新旧两党的夹击中被迫离开朝廷，出任杭州知州。这首词上阕即以比兴手法感叹神宗去世后的大好形势为旧党断送，表示自己已不愿卷入这些是非之争。下阕回叙同参寥子的旧情，表示自己绝不违背当年向参寥许下的早退之约。全词沉郁顿挫，感慨遥深，看似闲谈的语言，反映出苏轼极其沉重和矛盾的心情。

“问钱塘”三句：钱塘江旧称浙江，源于浙、皖、赣交界处的莲花山，在杭州闸口以下入杭州湾。西兴浦口即西兴渡，在杭州萧山西十二里处。这三句写钱塘江上、西兴渡口的落日景象，实际抒发了“夕阳无限好，只是近黄昏”的深沉感慨。“算诗人”二句：苏轼知徐州，参寥曾去访问；苏轼知湖州，参寥曾同行；苏轼贬黄州，“参寥子不远千里从予于东坡”（苏轼《参寥泉铭》）。“约他年”二句：谢公指谢安，东晋孝武帝时宰相。他早年不肯做官，被迫做官后仍准备尽快从海道东还，继续过隐居生活，但未如愿。苏轼以谢安自比，对参寥子表示自己不会违背归隐之约。“西州路”

三句：西州路在金陵（今江苏南京）台城西面。谢安从广陵（今江苏扬州）病危回京，过西州门，为未能归隐非常后悔。谢安死后，他所器重的羊昙从不过西州门，一次羊昙大醉后走到西州门，悲痛不已，大哭而去。这里苏轼以羊昙比参寥，表示自己绝不会因为隐居未能如愿而让朋友伤心，实际是表示自己一定要归隐。

卜算子

黄州定惠院寓居作

缺月挂疏桐，漏断人初静①。
谁见幽人独往来？缥缈孤鸿影②。
惊起却回头，有恨无人省③。
拣尽寒枝不肯栖，寂寞沙洲冷④。

【注释】

①“缺月”二句：写月夜寂静，通过缺月、疏桐、漏断、人静，烘托出朦胧、清冷的气氛，为集中描写孤鸿做好了准备。漏：计时器，靠滴水计时。漏断：水已滴尽，表示夜深。

②“谁见”二句：自问自答，写只有孤鸿看见苏轼在月下徘徊。这是写孤鸿所见的幽人。下阕则写幽人所见的孤鸿。幽人：闲居之人。缥缈：若隐若现的样子。

③省：了解。

④“拣尽”二句：传说鸿雁从不在树枝上留宿，只宿于沙滩的芦苇丛中。

【译文】

黄州定惠院寓居作

月儿弯弯，挂在稀疏的梧桐上，夜深人静，漏壶的水已滴光。谁看见闲居的人在月光下独自徘徊，只有时隐时现的孤鸿知道我的惆怅。惊飞的孤鸿不断回头探望，好像充满无人理解的忧伤。它在枯枝上飞来飞去，不肯留宿，最后回到了寂寞清冷的沙滩上。

【解析】

这首词苏轼写于元丰三年（1080）贬官黄州后不久。定惠院在黄州东南，是苏轼初到黄州时住的地方。苏轼以作诗诽谤新法的罪名被捕入狱，这时刚出狱不久，惊魂未定，心境孤寂，词中反映的正是这种情绪。上阕写自己深夜不寐，独自在月下徘徊，只有与孤鸿为伴；下阕是对孤鸿的特写，实际是苏轼以孤鸿自喻，借物拟人，抒发了他贬官黄州，无人理解自己的苦闷，表现了他孤高自赏，不愿与世俗同流的精神。这是一首咏物词，他笔下的孤鸿融进了自己的个性，而又与孤鸿本身的形象完全一致，句句双关，格调奇特，语意高妙。

采桑子

多情多感仍多病，多景楼中。
樽①酒相逢，乐事回头一笑空。
停杯且听琵琶语，细捻轻拢。
醉脸春融，斜照江天一抹红。

【注释】

①樽：酒杯。

【译文】

在润州多景楼与孙巨源相遇，本来就多情，多感，多病，偏偏又置身于多景楼中。同在他乡同举杯，故友又重逢。回首当年相知，惺惺相惜成一笑，功业无成转头空。不妨停杯，侧耳听——琵琶声声诉衷情。细细地捻，轻轻地拢，陶醉了琵琶女，一脸春融融；更有那一抹斜阳脉脉相辉映，江天一色晚霞红。

【解析】

苏轼由杭州赴密州任时，路过润州（今江苏镇江）与孙巨源相逢于多景楼。两人在熙宁年间对王安石变法政见相近，仕途经历也相似，显然词中“乐事回头一笑空”是有所指的，不仅二人心有灵犀，也必有苦衷于无言中。上片明显地流露出一种朋友相契、惺惺相惜、相逢的欢悦中渗透着仕宦苦涩的复杂情感。这首词的主脑也就在“乐事回头一笑空”这一句，诚如钱锺书《论快乐》中所说，“乐”总是让人感到“快”的，回头一笑，

即成空无，极言快乐之短暂虚幻，语虽平易而意极沉痛。但本词所表现的还有苏轼通脱的、善于排遣而随缘自适的一面。下片的视听之娱——听琵琶，琵琶女的琴艺、姿色，以及窗外景色的衬托，不仅表现了苏轼倜傥、俊赏的情致，也展示了他词风的多样化，即豪放、高旷、清雄之外，还有细腻、流丽、清秀的一面。结尾句“斜阳江天一抹红”，回应、点染了多景楼的称谓，也将小词的人、事、声、情置于霞染江天的彩色大背景中，别有一种绚丽风情。

定风波

王定国歌儿曰柔奴，姓宇文氏，眉目娟丽，善应对，家世住京师。定国南迁归，余问柔：“广南风土应是不好？”柔对曰：“此心安处便是吾乡。”因为缀词云。

常羡人间琢玉郎，天教分付①点酥娘。

自作清歌传皓齿②，风起，雪飞炎海变清凉。

万里归来颜愈少。

微笑，笑时犹带岭梅香。

试问岭南应不好？

却道：此心安处是吾乡。

【注释】

①分付：赐予。

②皓（hào）齿：白白的牙齿。

【译文】

常羡慕你这英俊男儿，仪态娴雅，容颜如玉，老天多情又赐予你一位肌肤白皙如酥的美女。听她清歌一曲自作自唱，轻启皓齿，歌声清扬；微风乍起吹送，似有飞雪飘洒携去热浪，炎炎酷暑变清凉。从万里外的岭南归来，更加焕发了你们的青春。难忘你们的微笑，浅浅的笑容里还带着岭南梅花的清芬。试问谪居岭南的处境该是难以习惯吧？想不到她的回答却是：我这颗心儿安放在哪，哪儿就是我的家乡。

【解析】

王定国即王巩，字定国。受“乌台诗案”牵连，被贬谪到地处岭南荒僻之地的宾州（今广西宾阳）。王定国受贬时，其歌伎柔奴随行到岭南（岭，指大庾岭）。这首词写于王定国遭贬后自岭南宾州归来，东坡与二人于汴京相逢的家宴上。柔奴为苏轼劝酒时，东坡问她是不是不习惯广南的风土，柔奴答以“此心安处便是吾乡”。苏东坡听后深受感动，写了这首词，刻画出一位不仅有姣好容貌也有着美好心灵的歌伎形象。

起笔“常羡”二句，以“琢玉郎”和“点酥娘”为喻，形容王定国与其歌伎柔奴的美好形象。“琢玉郎”即玉琢的少年郎，形容王定国的美好仪态；“点酥娘”为一歌女名，这是用“点酥”比喻柔奴的肌肤如同凝酥般白皙娇美。上阕写人、写歌、写情，用简洁的笔触勾勒出一个美好、欢快、清爽的情境。苏轼与王定国、柔奴三人有一个共同的人生境遇和共同的苦乐情怀：同是“乌台诗案”的蒙冤被贬、历经苦难又走出苦难的无辜受害者。苏轼用人的美好依旧、自作自唱的清歌、酷暑“变清凉”的如释重负的感觉，写出了他们走过人生的阴霾、面临命运的转机时的欣悦心境。“雪飞炎海变清凉”的感觉出语新奇又真切。

下阕“万里归来颜愈少”三句也写得有形、有情、有神韵。“颜愈少”意谓虽饱尝他乡漂泊之苦，归来反而风采依旧，暗写了柔奴的坚忍与内在的活力。平静的“微笑”之中漾溢出岭南梅花傲雪的贞静的梅香，以笑引梅，以花写人，以梅的清香写人的内质的美。苏轼选了一个“微笑”的镜头，然后用奇妙而又意味深长的想象将美好的视觉形象与岭南“梅香”的嗅觉美感通感起来，唤起读者联想，境界全出又含有苏轼的情意结句又出新意——“试问岭南应不好”，却引出一句警策隽永的人生悟语——“此心安处是吾乡”，虽然化用白居易《吾土》的“身心安处为吾土”，但用在这里十分符合柔奴和王定国的经历。苏东坡赞美一位看似柔弱却坚强的女子，也表达出自己随缘自适、随遇而安的心态，同时表达了对受到“乌台诗案”牵连的友人的一种关切，这种关切并没有感伤的情调，而是经历了风雨重见彩虹的欣慰。

定风波

三月七日，沙湖道中遇雨，雨具先去，同行皆狼狈，余独不觉。已而遂晴，故作此。

莫听穿林打叶声，何妨吟啸且徐行。

竹杖芒鞋①轻胜马，谁怕?

一蓑烟雨任平生。

料峭春风吹酒醒，微冷。

山头斜照却相迎。

回首向来萧瑟处，归去，也无风雨也无晴。

【注释】

①芒鞋：草鞋。

【译文】

不要在意那穿越树林的风声，不要在意那敲打树叶的雨声，我要一路吟啸寄兴，我要一路信步徐行。手持竹杖，脚蹬草鞋，比那骑马还轻松，有什么可忧可怕的——任凭一蓑烟雨，伴我直道而行的人生！微寒的春风频送，把我的醉意吹醒，凉沁沁，微微冷；自有斜阳多情，山头依依遥相迎。试回首，一路萧瑟又何妨？尽管归去——无所谓风，无所谓雨，无所谓晴。

【解析】

这首词苏轼写于元丰五年（1082）。苏轼和几个朋友到黄冈城外的沙湖看新买的农田，返回的途中遇雨，携带雨具的仆人们先走了，他们只好冒雨赶路。同行的人都被淋得狼狈不堪，苏轼却浑然不觉，写了这首词，写了他风雨中的淡定和从容。

上片，写雨中举步，不仅不以风雨为然，“莫听穿林打叶声”——起句就不同凡响，光彩照人，而且在风雨中保持着“吟啸”“徐行”的潇洒风姿，以“竹杖”“芒鞋”（草鞋）为乐事的心情，还由近及远、由物及人地喊出“谁怕？一蓑烟雨任平生”的豪壮情怀，显示了他仕途坎坷中不悲观、不消沉的心态。

下片，雨过天晴，春风微冷、斜阳迎人的情景中，又借景抒怀地回顾来路的风雨，表达了视人生路上的风风雨雨为平常的胸怀，显示了他履险如夷、坦然自若的生活态度和沉勇、开朗、达观、潇洒的性格。上下片的结尾皆语意双关，情味隽永，富有理趣。“回首向来萧瑟处，归去，也无风雨也无晴”，表达了他雨既不怕、晴亦不喜、超越宠辱得失的恬淡彻悟的人生态度，这种从自然晴雨中引发而来的人生哲思，实际上是他亲历仕途风云后的内省和了悟。

全词从风雨如晦的阴雨写起，词的境界却异常清丽、澄澈，没有丝毫的压抑、消沉、阴郁。有人说，这是苏词中最为快适、潇洒的一首快词。

刘石先生解读这首词：苏东坡塑造出了一个履险如夷、忧乐两忘、祸福不惊、任天而动的自我形象……正是这种精神支撑着苏轼走过坎坷不平的漫长人生。

静而思之，艰难曲折岂止存在于苏轼的仕途上。人生路上谁人不是风雨兼程呢？我们不也该保持这种豁达和潇洒吗？

蝶恋花

京口得乡书

雨后春容清更丽，只有离人，幽恨终难洗。
北固山[1]前三面水，碧琼梳拥青螺髻[2]。
一纸乡书来万里，问我何年，真个成归计？
回首送春拚一醉，东风吹破千行泪。

【注释】

①北固山：在润州（即镇江）丹徒县北一里，山突入长江，三面环水。

②青螺髻（jì）：形容北固山像美女的螺形发髻。

【译文】

京口得乡书

雨后春天的景色更加青翠美丽，只有那远离故乡的人，深沉的愁恨总洗不去。北固山下三面都是水，弧形的江面，仿佛是碧玉梳子，苍翠的山峰，好像是美人的发髻。万里外的家乡来了一封信，问我哪年真的能回去？我只有回头拼命喝酒，送春归去，春风倒还多情，抹去我的行行泪涕。

【解析】

京口，古城名，故址在今江苏镇江。熙宁七年（1074），苏轼担任杭州通判期间，到京口等地赈饥，得家乡亲友来信，写下了这首思乡词。“雨后”三句写离人春愁，“北固”二句写京口山水，“一纸”三句点“得乡书”，最后两句不回答乡书中的问题，而以春光易逝、借酒浇愁作结，但有家难归之意已溢于言表。这种不答之答比直接回答具有更强的感染力，充分抒发了他那种难以言状的思乡之情。

蝶恋花

花褪残红青杏小，燕子飞时，绿水人家绕[①]。

枝上柳绵吹又少，天涯何处无芳草！

墙里秋千墙外道，墙外行人，墙里佳人笑。

笑渐不闻声渐悄，多情却被无情恼。

【注释】

①绕：一作“晓”。通吟全章似以“绕”字为胜，燕子绕舍而飞，绿水绕舍而流，行人绕舍而走，而通篇无“晓”景。

【译文】

红花凋谢，杏子初结，又青又小，紫燕轻飞，房舍为绿水环抱。枝上的柳花被风吹得越来越少，无边无际，到处都是丰茂的芳草。墙里秋千高挂，墙外是条小道，墙外行人听见墙里佳人嬉笑。笑声渐小，墙里静悄悄，天真无邪的佳人哪里知道，多情的行人正为你烦恼。

【解析】

这首词上阕写春末夏初景色，虽然“燕子飞时”二句较为舒展，但基调是感伤忧郁的，蕴含着春光易逝的叹息。下阕写墙外行人的单相思，写他为墙内佳人的归去而烦恼，表现出一种寂寞失意的情绪。这首词不知苏轼写于何时，只知苏轼晚年贬官惠州（今广东惠州）期间，曾叫随行的侍妾朝云唱这首词，每当她唱到“枝上柳绵吹又少”两句时，总是泪满衣襟。而她又特别爱唱这首词，直至病危仍不断唱。联系苏轼当时的处境，这两句确实最能表达好景不长的感慨。可见这首词不是普通的伤春言情之作，它寄寓了苏轼仕途失意、有志难酬的惆怅。初读这首词，上下阕之间似乎没有内在联系，故前人有“后半手滑”之讥（先著《词洁》）。其实上阕写春光易逝，正是为了写下阕的佳人难再得；上阕“绿水人家绕”的“人家”，已为下阕写墙里佳人做好了铺垫。可见苏轼是经过精心构思和巧妙布局的，不存在手滑笔走的问题。小词最忌词语重复，但这首词“墙里”“墙外”往复使用，反而更加缠绵悱恻，妙趣横生。下阕纯用叙事手法，却能写出微妙的心理变化，并富有理趣。

蝶恋花

密州上元

灯火钱塘三五夜①，明月如霜，照见人如画。

帐底吹笙②香吐麝，更无一点尘随马③。

寂寞山城人老也，击鼓吹箫，却入农桑社④。

火冷灯稀霜露下，昏昏雪意云垂野。

【注释】

①三五夜：三五一十五，即正月十五日夜。

②笙（shēng）：一种古代民间簧管乐器。香：香炉。麝：又名香獐。雄麝脐部分泌一种麝香，是名贵的香料，也可作药。这里代指香气。

③“更无”一句：这句描写街道清洁，没有灰尘。苏味道《正月十五夜》有“暗尘随马去”句，这里反用其意。

④“击鼓”二句：写社祭，拜神求丰年。农桑社：农村节日祭神的地方。

【译文】

杭州的元宵节灯火辉煌，霜一样明亮清凉的月光，照得歌儿舞女像画的一样。帷帐中传来动人的乐曲，香炉里发出撩人的芳香。骑马走过清洁的街道，更无一丝尘土飞扬。山城密州的元宵节寂寞清冷，我也变得衰老疲惫，鬓发苍苍。打着鼓，吹着箫，乐声粗犷，到农村举行社祭，祈求吉祥。稀疏冷落的灯火照着满地霜露，四野乌云笼罩，天色昏暗，一派落雪景象。

【解析】

上元即元宵节，时间在正月十五日。苏轼于熙宁七年（1074）由杭州通判改知密州，十一月到任，这首词即作于次年的元宵节。杭州是繁华的都市，密州是荒凉的山城，生活环境发生了很大的变化。苏轼在《超然台记》中集中比较了这种变化：杭州有船可坐，这里只能乘车骑马；杭州州府是吴越王留下的豪华宫殿，这里的官府却很简陋；杭州湖山很美，有名闻天下的西湖，这里只有种满桑麻的田野；杭州是鱼米之乡，生活富裕，这里却要靠采野生的杞菊充饥。这首词也用对比手法描写了两地迥然不同的元宵节：上阕写杭州的元宵节灯火辉煌，明月如霜，人如画，笙管悠扬，罗帐芬芳；下阕写密州的元宵节，山城寂寞，箫鼓粗犷，灯火稀疏，暗云野，一派荒凉萧条的景象。全词对比鲜明，形象生动，就像两幅相互映衬的节令风俗画。

洞仙歌

余七岁时，见眉州老尼，姓朱，忘其名，年九十余。自言尝随其师入蜀主孟昶宫中。一日，大热，蜀主与花蕊夫人夜纳凉摩诃池上，作一词，未具能记之。今四十年，朱已死久矣，人无知这首词者，但记其首两句。暇日寻味，岂《洞仙歌令》乎！乃为足之云。

冰肌玉骨，自清凉无汗。

水殿①风来暗香满，绣帘开，一点明月窥人；

人未寝，欹枕②钗横鬓乱。

起来携素手，庭户无声，时见疏星渡河汉[③]。

试问夜如何？

夜已三更，金波[④]淡，玉绳[⑤]低转。

但屈指西风几时来？

又不道、流年暗中偷换。

【注释】

①水殿：摩诃池边的宫殿。

②攲（qī）枕：斜靠着枕头。攲，同“倚”。

③河汉：银河。

④金波：指月光。

⑤玉绳：星名，即北斗七星中的天乙、太乙两小星，这里代指北斗。玉绳低转，言夜已深。

【译文】

如冰似玉的肌骨，自然清凉无汗。清风吹拂摩诃池边的宫殿，清幽的香气弥漫无边。锦绣的窗帘被风卷起，明媚的月光把美人窥探；花蕊夫人还未入睡，她靠着绣枕，金钗横斜，鬓发松乱。他起身，挽着她雪白的手，漫步在寂静无声的庭院。不时看见稀疏的星星，在白茫茫的天河闪现。请问夜已多深？夜已三更，北斗低垂，月光暗淡。屈指计算秋风何时来到，光阴又在不知不觉中流转。

【解析】

元丰五年（1082）贬官黄州时作。词前小序说：“我七岁时见到眉州一位姓朱的老尼姑，忘了她的名字，已九十岁。她说她曾随师父进入蜀国国主孟昶的宫中。有天非常热，孟昶同花蕊夫人晚上在摩诃池上乘凉，作一词，朱姓老尼都记得住。现在隔了四十年，朱已死很久了，没有人知道这首词，我也只记得开头两句。闲暇的时候寻思品味，难道是《洞仙歌令》吗？于是补足了这首词。”这首词上阕写花蕊夫人，寥寥数语就刻画出一个贵妇人形象；下阕写孟昶同她在摩诃池上乘凉，流露出时光易逝的淡淡哀愁。

浣溪沙

旋①抹红妆看使君，三三五五棘篱门②。

相排踏破茜③罗裙。

老幼扶携收麦社④，乌鸢⑤翔舞赛神村⑥。

道逢醉叟卧黄昏。

【注释】

①旋：匆忙，临时赶急。使君：古代地方长官，此为苏轼自指。

②棘篱门：用树枝编成的篱笆门。

③茜：绛红色。

④收麦社：庆祝麦子丰收的社祭。

⑤乌鸢（yuān）：乌鸦和老鹰。

⑥赛神村：古代祭神时敲锣打鼓，迎神出庙，叫迎神赛会。这句写乌鸢想吃祭品，故在村庄上空盘旋飞翔。

【译文】

姑娘们匆匆打扮，争看我们一行，篱笆门前三三五五结队成群。你推我挤，踩破了绛色罗裙。人们扶老携幼参加社日赛神，乌鸦老鹰在村庄上空盘旋飞行。暮色中，老头儿在路边醉卧不醒。

【解析】

元丰元年（1078）任徐州知州时作。词前小序说：“我到徐州石潭谢雨的路上作了五首《浣溪沙》。石潭在徐州城东二十里处，潭水与泗水相通，水的升降清浊都与泗水一致。”这年春天大旱，苏轼曾去石潭祷雨；雨后又去石潭谢雨，写了这组词。这是一组风俗画，苏轼以清新秀丽的语言描绘了春末夏初的徐州农村风光和淳朴的农村生活，写了各种各样的农村人物。用诗歌形式写农村生活早已屡见不鲜，而以词的形式描绘农村生活，在苏轼以前还是少见的。

这组词为词的题材开辟了一个新领域。这里所选的是第二首。上阕写姑娘们匆忙梳妆打扮，涌出门来看苏轼一行，以致把罗裙都踩破了。下阕写春社盛况。为了庆祝夏麦丰收，大家扶老携幼参加社日庆祝活动。乌鸢翔舞于低空，老头醉卧在道旁，一派丰收欢乐景象。

浣溪沙（选三首）

徐门石潭谢雨，道上作五首

其三

麻叶层层苘[①]叶光，谁家煮茧一村香？

隔篱娇语络丝娘。垂白杖藜抬醉眼，捋青捣麨[②]软饥肠。

问言豆叶几时黄？

其四

簌簌衣巾落枣花，村南村北响缫车。

牛衣[③]古柳卖黄瓜。

酒困路长惟欲睡，日高人渴漫思茶，敲门试问野人家。

其五

软草平莎[④]过雨新，轻沙走马路无尘。

何时收拾耦[⑤]耕身。

日暖桑麻光似泼，风来蒿艾气如薰。

使君元是此中人。

【注释】

①苘（qǐng）：俗称青麻。

②捋青捣麨：摘下清嫩的麦子，炒熟后捣成粉片状食品。

③牛衣：蓑衣之类的衣物。

④莎：草，生长于原野沙地。

⑤耦（ǒu）：古代指二人并肩而耕。

【译文】

其三

麻叶层层新翠，苘叶泛着阳光。是谁家，煮新茧，满村香？隔篱细语又是谁——农家缫丝姑娘。白发老翁拄藜杖，醉眼里一片繁忙——捋青麦，做干粮，充饥肠。我问老人新年景，秋来豆叶几时黄？

其四

村行一路落枣花，簌簌洒在我衣巾上。从村头，到村尾，缫车响。披着蓑衣傍古柳，谁卖黄瓜在路旁？酒未醒，路还长，何处荫凉睡一场？口焦渴，日高挂，哪有茶？路边轻轻敲门，试问乡野人家。

其五

莎草细软雨洗后，景色新，绿茵茵。轻沙路，好走马，不扬尘。何时抽身官场，也来这儿耕耘？日暖桑麻长势好，阳光如泼处处新，风吹送，蒿艾香，气如薰，我本打从乡野来，原来也是农家人。

【解析】

元丰元年（1078），诗人任徐州太守时曾因春旱至石潭祈雨，降雨后复去石潭谢雨，作《浣溪沙》五首，这里选三首。苏轼选取农村生活系列真实而有特色的场面，生动地反映出春旱逢雨后农家的喜悦心情，写得清新、质朴，饶有风味。三首词中，麻叶、枣花，古柳、黄瓜，满村的缫车响，满村的煮蚕香，缫丝女的隔篱细语，杖藜（拐杖）老农的企望，苏轼以太守身份寻访农家垂询田叟，亲切如话家常的镜头，以及日高人渴、敲门讨茶的情景，都写得有声、有色、有味、有情，既是景色明丽的乡村风物图，又表现了苏轼良吏的心肠和归耕的愿望。“何时收拾耦耕身”句是说，什么时候恢复我的农夫身份，表达了苏轼归隐的愿望。

浣溪沙

游蕲水清泉寺，寺临兰溪，溪水西流。

山下兰芽短浸溪，松间沙路净无泥。

萧萧①暮雨子规啼。

谁道人生无再少，君看②流水尚能西。

休将白发唱黄鸡③！

【注释】

①萧萧：同“潇潇”，象声词，形容雨声。子规：杜鹃鸟，又名杜宇，传说是古代蜀帝杜宇变的，啼声凄切。

②君看：一作“门前”，苏轼《游沙湖》录这首词作“君看”，今从之。“君”指庞安常。我国的江河一般皆东流，“流水尚能西”表示“人生再少”也不是不可能的。

③“休将”一句：白居易《醉歌》：“谁道使君不解歌，听唱黄鸡与白日。黄鸡催晓丑时鸣，白日催年酉前没。腰间红绶系未稳，镜里朱颜看已失。”这是感叹年华易逝。苏轼反其意，认为不应像白居易那样哀叹黄鸡催晓，白日催年。

【译文】

山下的溪边长满了嫩兰，洁净无泥的小沙路躺在松林间。黄昏时子规哀鸣，细雨绵绵。谁说人生再没有青春年少？你看，溪水也能向西流转，何必感叹黄鸡催晓，白日催年！

【解析】

元丰五年（1082）贬官黄州时作。蕲水，在湖北浠水县，位于黄冈东。清泉寺在蕲水城门外两里处。兰溪，发源于箬竹山，溪侧多兰草，故名。这年三月，苏轼去螺师店看他买的田，途中生病，求麻桥人庞安常诊治。病好后，他们同游清泉寺，写下了这首词。上阕写暮春三月兰溪雨后的景色，雅淡凄婉，景色如画。下阕即景抒情，富有哲理。表明苏轼虽身受挫折而对前途仍充满信心。全词情景、情理交融，语言清丽，读后令人振奋。

浣溪沙

彭门送梁左藏

怪见眉间一点黄①，诏书②催发羽书③忙，从教④娇泪洗红妆。

上殿云霄生羽翼，论兵齿颊带风霜，归来衫袖有天香⑤。

【注释】

①眉黄：古俗眉间黄色表示有喜气。

②诏书：皇帝的诏命为“诏书”。

③羽书：紧急的军事文书上插羽毛，叫作“羽书”。

④从教：任凭。

⑤天香：指上朝归来满衣袖都是朝廷香炉的焚香之气。

【译文】

你可有什么喜事来自上天？一点黄色闪现在眉宇之间。原来皇帝下诏催你出发，还有羽书紧急来自边关。应召赴京喜得你风风火火，任凭送你的佳人以泪洗面。上殿议事犹如鹤鸣九霄，但愿你身添羽翼，宏图大展，既然天降大任御敌戍边，陈奏兵略就该风劲霜寒。上朝归来你该格外珍重，朝廷的天香携满衣衫。

【解析】

同是《浣溪沙》，前几首是那样质朴、清新，这一首却是这样刚健、雄强。东坡诗词的内容与风格是多样化的，确是美不胜收。

这首词写于元丰元年（1078）。苏轼友人梁高将赴莫州（治所在今河北任丘）任职，莫州时处宋辽边境，梁高无疑将肩负御敌戍兵重任。这首词赞美梁高富有军事韬略，议论犀利，识见卓绝，对他抵御辽国侵扰的任命寄予了厚望。送梁高应诏赴京，苏轼以展翅高翔的雄鹰为喻，激励他以刚健的谈锋向当局陈奏兵略，承担起扫除边患的重任。整首词充满了激扬奋发的英豪气概。

浣溪沙

徐门石潭谢雨[①]道上作五首（其一）

照日深红暖见鱼。
连溪绿暗晚藏乌[②]。
黄童[③]白叟聚睢盱[④]。
麋鹿逢人虽未惯，猿猱闻鼓不须呼。
归家说与采桑姑。

【注释】

①谢雨：苏轼曾在旱灾之年去了徐州城东石潭求雨，后果然下雨，苏轼就又去谢雨。

②藏乌：藏着乌鸦。

③黄童：指头发没有变黑的孩童。

④睢盱（suī xū）："睢"为仰目，"盱"为张目。合为聚观之意。

【译文】

其一

红红的太阳暖暖地照在深潭上，鱼儿历历可见。绿树连成碧荫，乌鸦藏在树间。黄发幼童，白发老翁，欢聚一堂，注目观瞧。

【解析】

那一只只麋鹿见此场面虽不习惯，可也并不惊慌。而猿猴们听闻鼓声，更是不必大惊小叫了。高高兴兴回家去，把这盛况告诉那采桑女。苏轼赴石潭谢雨，一路上所见所感，共写了五首词，这是第一首。本词写途中所见日暖碧溪的景色，也表现了群众扶老携幼相聚观望的盛况。全词共六句，除最后一句外，一句一景。苏轼以写实的手法，以精练的语言，连续地将客观景物一一展现在读者面前。有动有静，有声有色，有物有人，生动新奇。全词意在谢雨，可无一雨字。不言欢乐，可处处皆喜。融情入景，以景显情，六句话和谐统一，构成了这幅欢快的农村风俗画。

浣溪沙

元丰七年十二月二十四日，从泗州刘清叔游南山。

细雨斜风作小寒，淡烟疏柳媚[1]晴滩，入淮清洛[2]渐漫漫[3]。

雪沫乳花[4]浮午盏，蓼茸[5]蒿笋试春盘[6]，人间有味是清欢。

【注释】

①媚：装点，使其漂亮。

②洛：洛涧，水名。

③漫漫：河水浩渺。

④雪沫乳花：煎茶时泛起的白沫。

⑤蓼茸：蓼菜的嫩芽。

⑥春盘：立春时，以蔬菜春饼放于盘中，叫春盘。

【译文】

微风吹着丝丝春雨，天气透着几分寒意。淡淡的烟，稀疏的柳，把雨后的河滩装扮得分外妖娆。那流入淮河的洛涧水，也清清的浩渺无边。细嫩的午茶，泛着惹人的白沫；蓼芽莴苣，唤你来尝这春日的鲜菜。人间最耐人寻味的，不就是清新淡雅的欢娱吗?

【解析】

政治上、生活上的不如意并没有消磨掉年近五旬的苏轼对人生的执着热爱。早春，微凉，苏轼沉湎于淡烟疏柳的晴滩，醉情于清澈浩荡的洛水。面对这令人心怡的清丽旷远的画面，苏轼忘却了诸多烦恼。清茶野宴在他笔下写得巧妙玲珑，轻松的比喻、夸张，使人如闻到缕缕茶香，看到鲜嫩野菜，这就是苏轼的艺术功底。全词充满春天气息，洋溢勃勃生机，一荡心底郁闷，很好地表现了苏轼的开朗豁达和不倦进取。

河满子

湖州寄南守冯当世

见说岷峨凄怆，旋闻江汉澄清。

但觉秋来归梦好，西南自有长城。

东府三人最少，西山八国初平。

莫负花溪纵赏，何妨药市微行①。

试问当垆人在否，空教是处闻名。

唱着子渊新曲，应须分外含情。

【注释】

①微行：微服出行。

【译文】

湖州寄南守冯当世

听人说平乱前的岷峨两山，山色惨淡，风物凄凉；而今传闻平乱后的长江、汉水，江水澄碧，风清月朗。我就觉得秋风送爽，正好圆梦好还乡。幸亏你在西南布防，筑起长城坚如铁壁铜墙。虽说当年的政事堂，参知政事的不过三人，而今西南蛮荒地区，平叛后已是一片和平景象。切莫辜负花溪好风景，你尽可以游赏寄兴；成都的药市买卖好兴隆，何妨逛逛药市，微服出行。探问一下昔日当垆的卓文君，而今还在吗？有了你的游赏，那里的名胜才不至于虚有其名。我想，唱着王褒所作的赞美新曲，你心中该别有一番喜庆与豪情。

【解析】

这是一首祝捷词。全词洋溢着轻松愉悦的喜庆气氛，富有四川地方山水风物的乡土色彩，读来耳目一新，是传统婉约词中罕见的。

这首词写于熙宁九年（1076）秋。当时四川的南州太守冯京（字当世）平定了茂州的叛乱。四川是苏轼的家乡，苏轼闻讯后自然格外欣悦，便写此篇寄赠。苏轼的词作，总能用他独到的视角、富有诗意的物象、贴切的故事、合理而鲜活的想象，行云流水般地抒写他的情思，感染着、感动着读者。“岷峨凄怆”“江汉澄清”，二句语音双关，谓动荡不安之岷峨一带已出现太平局面。这首词没有正面铺写平乱事件，而是以平乱前后山容水色的变化作为象征，赞扬冯京平乱安民的功勋。“长城”的典故源于唐朝名将李勣守并州，在长达十六年中，突厥兵不敢南下，唐太宗称他为“长城”，这里借以称颂冯京。“东府”，指冯京于熙宁三年（1070）时任参知政事的政事堂，当时只有宰相、参知政事共三人。“西山八国”借用唐朝剑南的八个少数民族部落，这里泛指茂州等西南少数民族地区。下片笔意轻转，别有一番情

趣——关切地劝说冯京功成之后游赏乡景，借以渲染平乱后的安定祥和景象，也表示了对太守的美好祝愿。“当垆人”，指西汉时的卓文君亲自当垆卖酒的典故。子渊，汉代王褒的字，曾为益州（今川黔地区）刺史王襄作歌，这里以王襄喻冯京，以示赞誉。

贺新郎[①]

夏景

乳燕飞[②]华屋。悄无人、桐阴转午，晚凉新浴。

手弄生绡白团扇，扇手一时似玉。

渐困倚、孤眠清熟。

帘外谁来推绣户，枉教人、梦断瑶台[③]曲。

又却是，风敲竹[④]。

石榴半吐红巾蹙[⑤]。

待浮花、浪蕊都尽，伴君幽独。

秾艳一枝细看取，芳心千重似束[⑥]。

又恐被、秋风惊绿[⑦]。

若待得君来向此，花前对酒不忍触。

共粉泪，两簌簌[⑧]。

【注释】

①《贺新郎》调因本词而作《贺新凉》《乳飞燕》《风敲竹》等别名。

②飞：《云麓漫钞》谓见真迹作“栖”。

③瑶台：玉石砌成的台，神话传说在昆仑山上，此指梦中仙境。

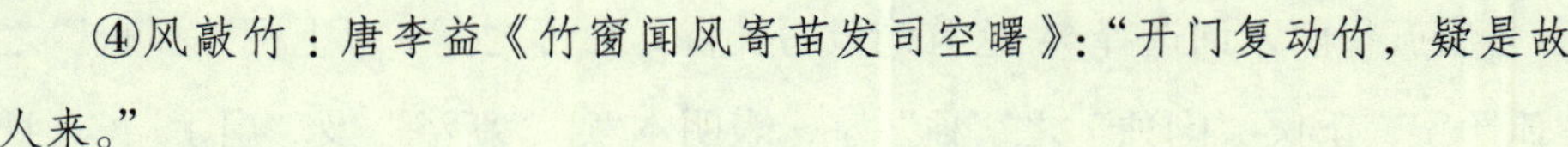

④风敲竹：唐李益《竹窗闻风寄苗发司空曙》："开门复动竹，疑是故人来。"

⑤红巾蹙（cù）：形容石榴花半开时如红巾皱缩。

⑥芳心一句：形容榴花重瓣，也指佳人心事重重。

⑦秋风惊绿：指秋风乍起使榴花凋谢，只剩绿叶。

⑧两簌簌：形容花瓣与眼泪同落。清黄蓼园《蓼园词话》云："末四句是花是人，婉曲缠绵，耐人寻味不尽。"

【译文】

夏景

厅室内静无人声，一只雏燕儿穿飞在华丽的房屋。梧桐树阴儿转向正午，晚间凉爽，美人刚刚汤沐。手里摇弄着白绢团扇，团扇与素手似白玉凝酥。渐渐困倦斜倚，独自睡得香熟。帘外是谁来推响彩乡的门户？白白地叫人惊散瑶台仙梦，原来是，夜风敲响了翠竹。

那半开的石榴花宛如红巾折皱。等浮浪的花朵零落尽，它就来陪伴美人的孤独。取一枝秾艳榴花细细看，千重花瓣儿正像美人的芳心情深自束。又恐怕被那西风骤起，惊得只剩下一树空绿，若等得美人来此处，残花之前对酒竟不忍触目。只有残花与粉泪，扑扑簌簌地垂落。

【解析】

这首《贺新郎》借咏名花佳丽，以抒词人的感怀，寄意高远，构思奇妙。上片咏佳人，隐约流露出人物的孤独心境。下片写石榴，然后将人物与石榴合写，亦花亦人，巧妙新颖。全词以华美艳丽的形象，婉曲缠绵的情韵，曲折含蓄地表达了诗人的情怀。

苏轼在新旧两派当权时，均不愿随声附和，取媚求进，因而或遭新党排挤，或为旧党不容。曾两次出任杭州。词中以榴花比托"幽独"的佳人，联系自己的心情和处境，借咏物曲曲传出自己的心声，手法极为高妙。

黄蓼园《蓼园词选》：末四句是花是人，婉曲缠绵，耐人寻味。俞陛云《唐五代两宋词选释》：这首词极写其特立独行之概。以上阕“孤眠”之“孤”字，下阕“幽独”之“独”字，表明本意。“新浴”及“扇手”，其身之洁白，焉能与浪蕊浮花为伍，犹屈原不能以皓皓之白，入汶汶之世也。下阕“芳心千重似束”句及“秋风”句言已深闭退藏，而人犹不恕，极言其忧谗畏讥之意。对花真赏，知有何人，唯有沾襟之粉泪耳。沈雄《古今词话》曾记载：苏轼任职杭州时，曾在西湖宴会。群妓毕集，而秀兰迟到，一府僚为此发怒。东坡即席写《贺新郎》为秀兰解围。胡仔《苕溪渔隐丛话》：东坡这首词，冠绝古今，托意高远，宁为一妓而发耶！

《唐宋词鉴赏集》：词人写作受到生活现象的触发，或从现实中摄取某些现象，这是可能的，但绝不是生活的简单记录。把一首词的内容完全坐实到一个官场的风流故事上，刻板地句句索隐，这显然是附会之谈，不足凭信。薛砺若《宋词通论》： 这首词写来极迂回缠绵，一往情深。丽而不艳，工而能曲，毫无刻画斧斫之痕。唐圭璋《唐宋词简释》：此首不必为官妓秀兰而作，写情景俱高妙。写花写人，是二实一。

减字木兰花

二月十五夜，与赵德麟小酌聚星堂

春庭[①]月午[②]，摇荡香醪[③]光欲舞[④]。

步转回廊，半落[⑤]梅花婉娩[⑥]香。

轻云薄雾[⑦]，总是少年行乐处。

不似秋光[⑧]，只与离人[⑨]照断肠。

【注释】

①春庭：春季的庭院。

②月午：指月亮升到天顶。阴历十五日半夜。

③摇荡香醪（láo）：指月光下花香如陈酿的酒香在飘溢。香醪，美酒佳酿。

④光欲舞：梅花晃动引得月光不定，如同梅花在舞蹈。

⑤半落：微微低垂。

⑥婉娩（wǎn miǎn）：形容香味醇清和美。

⑦轻云薄雾：轻柔的云，薄薄的雾，喻月光柔美与梅花香飘。

⑧秋光：秋月。

⑨离人：离开家乡与亲人的人，这里指苏轼自己。

【译文】

春日庭院，皓月当空，堂前小酌，飘然欲醉，起舞弄影。九曲回廊，舞步旋转，树上梅花，一半凋零，酒香梅香，和美醇清。淡淡的云，薄薄的雾，如此春宵月色，是年轻人及时行乐的佳境。不像秋天的月，执着地照着离别之人，引两地伤情。

【解析】

这首词苏轼写于元祐七年（1092），苏轼知守颍州时。一年春夜，堂前梅花大开，月色鲜霁。王夫人对苏轼说："春月色胜于秋月色；秋月令人惨凄，春月令人和悦。何不邀几个朋友来，饮此花下。"听了夫人的话，苏轼十分高兴地说："我不知道夫人原来是位诗人，方才你讲的这番话，真是诗的语言哪！"于是，便邀来几位朋友，在梅花树下饮酒赏月，并取王夫人的语意，填写了这首《减字木兰花》。

上片写景。月下赏花，饮酒赋诗，是古诗词中常见的题材，读者关心的是词人举杯时所产生的感受和联想。苏轼此首写他把月光斟进自己的酒杯里，让读者与他一起分享美酒的芬芳和清光。这种感受是新奇的，大胆的，但又是合理的，自然的。开篇的“月午”，早已指明中天明月光正泻向杯中；而“摇荡”一词正透露出词人举杯相属的豪兴而使月光翩然起舞。词人从寻常的生活中捕捉到不寻常的诗意，于平易中见功夫，逸趣中显天才。月色是这样皎洁明净，所照之处冷浸一片银色。聚星堂前的梅花也更显得璀璨晶莹，洗尽铅华见雪肌。词人不禁离席，漫步于积水空明的回廊上。此时他始觉幽香袭来，柔顺清润，以至于物我两忘，陶醉在这优美安谧的境界之中。

下片发议论。过片由“半落梅花”而来，“欲落梅花更多情”，何况这梅花烟雾轻笼，有一种朦胧含浑之美。花前月下，自古以来“总是少年行乐处”，这少年是泛指，也是指赵德麟。词人很赏识这位年轻的签判，称赞他“吏事通敏，文采俊丽，志节端亮，议论英发”。他们平时诗歌唱和，此时又同饮花下，“齿发日向疏”的太守也有与少年同游乐之意。最后以其夫人关于月色的议论作结，他认为这议论富有诗意。

在这首词中，词人选取了月色、梅花、冷香、回廊、烟雾等，构成清幽恬静的艺术境界，表现了他对美好事物的追求，对良辰美景的珍惜，使他的精神从政治得失中解脱出来，一念清净，旷达闲适，这表现了他精神生活的一个方面。

减字木兰花

已卯儋耳春词

春牛春杖，无限春风来海上。

便丐春工，染得桃红似肉红。

春幡①春胜，一阵春风吹酒醒。

不似天涯，卷起杨花似雪花。

【注释】

①春幡：幡旗。

【译文】

已卯儋耳春词

看这泥塑的春牛，还有泥人掌着犁杖！春来了，春风满天地，来自茫茫大海上……快来乞求春神，赐给满野春光，染得桃花红艳艳，像肉色一样鲜亮。青色幡旗呼啦啦响，新春的剪纸好漂亮，天涯的春风更多情，把我的酒吹醒。莫说这里荒僻，这儿哪像海角天涯，立春时节杨花开，随风飘洒似雪花。

【解析】

这首词为元符二年（1099）立春日写于谪居海南儋州时期。苏轼以"我本海南民"（《别海南黎民表》诗句）的身份与情感，用欢快跳跃的笔调描写了海南绚丽的春色，当地立春日的迎春劝农的民俗表达了诗人对海南之春的热情咏赞。苏轼于贬谪期间，身处蛮荒边陲，仍充满生活的信心，其胸襟的开阔与旷达令人感佩。

词的题目定为“春词”，“春牛春杖”“春幡春胜”即当地立春日的习俗：立春日竖起青色的幡旗（即“春幡”）在城门外放置泥塑的春牛、耕夫、犁杖（“春杖”）表示劝耕之意。“春胜”指剪纸以迎春的风气，把纸剪成花纹或图案，又叫作“剪胜”“采胜”。“便丐春工”指乞求春神显示其滋养万物的神力。苏轼显然很乐于反映这些民风乡俗于词作中，连用七个“春”字将立春日的喜庆气氛与海南新春的风光融汇一处，勾勒出一幅乡风浓郁、气氛热烈的海南迎春图：“春牛春杖”“春幡春胜”；春风和煦，春酒醉人；桃花杨花，红白相衬……尾句“不似天涯，卷起杨花似雪花”是把谪居的天涯视为第二故乡，正是诗人“海南万里真吾乡”的情感流露。

江城子

湖上与张先同赋，时闻弹筝

凤凰山①下雨初晴，水风清，晚霞明。
一朵芙蕖②，开过尚盈盈③。
何处飞来双白鹭④，如有意，慕娉婷⑤。
忽闻江上弄哀筝，苦含情⑥，遣谁听？
烟敛云收，依约是湘灵⑦。
欲待曲终寻问取，人不见，数峰青⑧。

【注释】

①凤凰山：在杭州城南，左近西湖，右近钱塘江，形似飞凤，故名。

②芙蕖（qú）：即荷花。

③盈盈：丰盈美好的样子。

④双白鹭：指穿白色孝服的两位客人。

⑤娉婷：仪态娴雅的美女，这里指“弄哀筝”的女子。

⑥苦：很，甚。“苦含情”即很有感情。

⑦依约：仿佛。湘灵：相传舜帝二妃娥皇、女英随舜南行，死于沅、湘二水之间，成为湘水女神，后世称为湘灵。这里喻指“弄哀筝”的女子。

⑧“欲待”三句：钱起《湘灵鼓瑟》：“曲终人不见，江上数峰青。”苏轼化用这两句，借以写弹筝者曲子未弹完，就消失在江面上了。“问取”即讯问，“取”为语助词。

【译文】

凤凰山下刚刚雨过天晴，天空晚霞红亮，湖面风凉水清。一朵盛开的荷花，依然那么丰盈。哪里飞来一对白鹭，好像充满蜜意柔情，仰慕那仪态娴雅的美人。忽然听见江上传来悲哀的筝声，非常凄婉动情，不知弹给谁听。湖上云烟消散，水天清澈，弹筝美女，仿佛是湘水女神。想等她弹完曲子再上前打听，却只见湖边群峰苍翠，再也看不到她轻盈的身影。

【解析】

苏轼任杭州通判时作。张先（990~1078）字子野，乌程（今浙江湖州）人，天圣八年（1030）进士，官至都官郎中。诗风清丽，长于作词，是北宋著名的词人。苏轼通判杭州时，张先已八十多岁，视觉听觉仍很好，两人经常唱和。关于这首词的背景，有两种说法。一种说法是，苏轼与两位身穿孝服的朋友游西湖，坐在孤山竹阁前的临湖亭上。湖心一船渐近亭前，船上有几个装束雅淡的女子，其中一位弹筝女子尤其美丽，两位客人目不转睛地看着她飘然远去。张邦基《墨庄漫录》说，苏轼与刘贡父兄弟游西湖，一女子驾船来说，因仰慕苏轼又无法相见，听说苏轼游湖，特来献上一曲。从词的内容看，似以前说为是。词的上阕写西湖景色，下阕记湖上所遇弹筝女，有背景，有人物，富有情趣。

江城子

陶渊明以正月五日游斜川，临流班坐，顾瞻南阜，爱曾城之独秀，乃作斜川诗，至今使人想见其处。元丰壬戌之春，余躬耕于东坡，筑雪堂居之。南挹四望亭之后丘，西控北山之微泉，慨然而叹：此亦斜川之游也。乃作长短句，以《江城子》歌之。

梦中了了醉中醒，只渊明，是前生。
走遍人间，依旧却躬耕。昨夜东坡春雨足，
乌鹊喜，报新晴。雪堂西畔暗泉鸣。
北山倾，小溪横。南望亭丘，孤秀耸①曾城。
都是斜川当日境。吾老矣，寄余龄。

【注释】

①耸：挺立。

【译文】

在世俗沉沉的醉梦里了悟人生真谛的清醒者，算起来也只有陶渊明，是我的跨越时空的知音。尝尽世态炎凉，宦海浮沉，回归田园依旧躬身耕耘。欣逢昨夜春雨如甘霖，把我的东坡田园滋润，更有喜鹊报喜来，晴暖气象新。最爱听雪堂西畔一道幽泉的潺潺；最爱看北山倾斜的身姿，还有小溪横流在山前；南望亭台丘壑，错落有致，四望亭的后丘耸立高山巅；这山水田园——是渊明境界，就是当年斜川再现。就此寄余年。

【解析】

这首词苏轼写于元丰五年（1082）春于黄州。仕途上的挫折使诗人心灰意冷，黄州的山水田园就益发增强了吸引力。早在二十年前任凤翔判官时就有过“此身无计老渔樵”的感叹，这时东坡的归隐之心就更加强烈了，于是对东晋隐逸诗人陶渊明的钦敬与向慕与日俱增。他读陶诗、和陶诗，一百二十余首陶诗他几乎和遍，真是倾心之至。

序词所言系依据陶渊明《游斜川》诗序：“辛酉正月五日，天气澄和，风物闲美，与二三邻曲同游斜川，临长流，望曾城……”诗中有“气和天惟澄，班坐依远流”句子。斜川，在陶渊明家乡江西九江附近。班坐，依次而坐。皋，土山。曾城，即层城，传说中昆仑山最高层，陶诗中指庐山北部的鄣山。序词后半部东坡不无欣慰地提到谪居黄州期间关系到他安身立命的两件大事：其一，躬耕于东坡；其二，于东坡一侧修建住房雪堂——建于飘雪时并绘雪景于壁上，命名“雪堂”。“南挹四望亭”，即雪堂之南与四望亭相牵连。

词作开头“只渊明，是前生”，佛教轮回的观点，称人有前生、今生、后生三生，这里说醉梦恍惚中觉得自己的前生就是陶渊明。东坡曾在《和陶饮酒二十首》序云：“吾饮酒至少，常以把盏为乐。往往颓然坐睡，人见其睡，而吾中了然，盖莫能名其为醉为醒也。”可为此句注解。了了，明白。从下文看，开头一句似乎由于东坡景致与“斜川当日境”十分相似而引起的感受，其实不过是托词，实际表达的是将与世乖违、躬耕力田的陶渊明引为知己，与其心灵息息相通的情怀。心由境生，境由心造，心物是相通相感应的。怀着这种淡定、超然与欣悦，心境与山水田园相融汇，便觉得春雨有情，乌鹊（即喜鹊）有意，泉鸣悦耳，亭台悦目，连北山的倾斜也似乎在倾心致意了。山水草木有知，也当与东坡一起欣然怡然陶陶然了。

江城子

乙卯正月二十日夜记梦

十年生死两茫茫①，不思量，自难忘。

千里孤坟②，无处话凄凉。

纵使相逢应不识，尘满面，鬓如霜。

夜来幽梦忽还乡，小轩窗，正梳妆，相顾无言，惟有泪千行。

料得年年肠断处，明月夜，短松冈③。

【注释】

①“十年”一句：据苏轼《亡妻王氏墓志铭》载，王弗卒于治平二年（1065）五月，至熙宁八年（1075）苏轼写这首词时，已整整十年。

②千里孤坟：据上文载，王弗葬于眉州彭山县安镇乡可龙里苏轼父母的墓旁。

③短松冈：有小松树的山冈。这里指亡妻坟墓，因为古代墓旁常种松树。

【译文】

乙卯正月二十日夜记梦

十年来我们生死相隔，音信杳茫，即使我不去思念你，本来也难以遗忘。你那孤零零的坟墓，远在故乡，没有地方能够倾述我心中的凄凉。纵使现在相遇，恐怕你也认不出我：尘土满面，鬓发如霜，早变了模样。晚上在迷离的梦中忽然回到故乡，你正坐在小窗前打扮梳妆。我望着你，你望着我，无话可讲，只有行行泪水在诉说各自的悲伤。料想那月光笼罩，小松丛生的坟墓上，你因为思念我，痛断柔肠。

【解析】

乙卯即熙宁八年（1075）。当时苏轼任密州知州，因思念前妻王弗，写下了这首词。王弗，眉州青神（今属四川）人，十六岁同苏轼结婚，二十七岁卒于京城，后归葬故乡。王弗也有文化，苏轼读书，她陪着终日不离开；苏轼偶有遗忘，她还能从旁提醒。她对苏轼的关心和体贴更是无微不至。苏轼任凤翔签判，她常劝苏轼不要同那些急于亲近他的人交往，认为这种人往往出卖朋友。苏轼对这样一位好内助的病逝是很悲痛的。到他写这首词时，王弗已去世十年。十年来，他因同变法派的分歧而被迫离开朝廷，南北奔波，饱经风霜。政治上的失意和对亡妻的深切怀念，构成了这首悼亡词哀惋凄凉的基调。上阕直接抒发对亡妻的怀念和自己仕途失意的感伤之情；下阕前五句记梦，写久别重逢的情景；后三句是醒后冥想，通过设想亡妻因思念自己而肠断，来抒发自己对亡妻的怀念，更显得一往情深。

江城子

密州出猎

老夫聊发少年狂，左牵黄[①]，右擎苍[②]。

锦帽[③]貂裘[④]，千骑[⑤]卷平冈。

为报[⑥]倾城随太守，亲射虎，看孙郎[⑦]。

酒酣胸胆尚开张，鬓微霜，又何妨！

持节云中，何日遣冯唐[8]？

会挽雕弓如满月，西北望，射天狼[9]。

【注释】

①黄：黄犬，此指猎犬。

②擎苍：举着苍鹰。

③锦帽：锦蒙帽。

④貂裘（qiú）：貂鼠皮做的袄子。

⑤骑：一人一马的合称（骑）。

⑥报：答谢。

⑦孙郎：指三国时的孙权。他曾骑马射虎，马被虎咬伤，他就用戟刺虎。这里苏轼以孙权自喻。

⑧“持节”二句：节：符节，古代使者所持的凭信。云中：古郡名，治所在今内蒙古托克托东北。据《史记·冯唐列传》载，汉文帝时魏尚为云中太守，抗击匈奴战绩卓著，但因上报战果的数字与实际略有出入，被削职追究。冯唐劝谏文帝，认为不应这样对待武将。文帝接受了冯唐的建议，当天就派冯唐拿着符节去赦免魏尚，重新以魏尚为云中太守。苏轼这里是以魏尚自喻，希望朝廷重用自己，以便立功边郡。

⑨天狼：星名，古人认为它是主侵犯的星。这里以天狼星喻指辽和西夏。

【译文】

密州出猎

我左手牵着黄犬，右手托着苍鹰，姑且逞逞少年人的狂放。头戴锦蒙帽，身穿貂裘袄，上千的随从骑着战马，像狂风一样卷过浅浅的山冈。为答谢全城人来看我打猎，我要亲自射杀猛虎，像当年的孙权一样。酒兴正浓，心雄胆壮，鬓发虽已花白，怎妨我驰骋疆场！什么时候朝廷才会派遣冯唐，带着命令，起用云中老将？我定能把弓拉得像圆月一样，遥望西夏和北辽，射杀那专主侵扰的天狼。

【解析】

熙宁八年（1075）任密州知州时作。北宋国势长期积弱不振，北方和西北经常受到辽和西夏的侵扰。苏轼一贯主张加强国防，抗击边患，这首词就反映了这种爱国思想。词的上阕描写威武雄壮，风驰电掣般的出猎盛况和全城轰动、围观的热烈场面；下阕直接抒发他希望立功边疆，为国效命的壮志豪情。词风豪迈粗犷，是苏轼豪放词形成的重要标志。苏轼《与鲜于子骏书》曾谈到这首词，大意说：最近写了不少小词，虽没有柳永的风味，却也自成一家。前几天在郊外打猎，写了一首词，令东州壮士鼓掌顿足歌唱，吹笛击鼓作为节拍，非常壮观。从这封信可看出，他创作豪放词是很自觉的，就是要写得与柳永不同，要“自成一家”。婉约词是写给歌儿舞女唱的，他的豪放词是写给“东州壮士”唱的。

临江仙

夜归临皋

夜饮东坡醒复醉，归来仿佛三更。

家童鼻息已雷鸣①。

敲门都不应，倚杖听江声。

长恨此身非我有②，何时忘却营营③？

夜阑风静縠纹④平。

小舟从此逝，江海寄余生。

【注释】

①雷鸣：写打鼾声，谓已熟睡。韩愈《石鼎联句序》："即倚墙睡，鼻声如雷鸣。"

②此身非我有：指不能自己主宰自己的命运。《庄子·知北游》："汝身非汝有也，汝何得有乎道！"

③营营：往来忙碌的样子，此指为世俗的功名利禄奔忙。

④縠纹：形容水波波纹。

【译文】

夜归临皋

晚上在东坡开怀畅饮，醒了又醉，醉了又醒。回家时好像已打三更。家童鼾声如雷，敲门没有人答应。我只好靠着手杖，倾听滔滔的江涛声。我常常怨恨身非已有，什么时候能忘记奔波经营？夜已深，风已停，江波平静，我希望乘着小船离开官场，在江河湖海消磨我的余生。

【解析】

元丰五年（1082）贬官黄州时作。临皋，在黄冈城南，濒临长江。苏轼于元丰三年到达黄州，先住在定惠院，不久迁居临皋。元丰五年东坡雪堂建成，苏轼自号东坡居士，但仍住在临皋，雪堂只是他宴会客人的地方。这首词就是他从雪堂宴客归来所作。上阕写他夜饮归来的醉态，下阕抒发他渴望自由，不愿为功名利禄奔波的心情。据叶梦得《避暑录话》（上卷）载，第二天黄州城中盛传苏轼昨晚挂冠江边，乘着小船长啸而去。知州徐君猷大惊，以为“州失罪人”，罪责不轻，立刻赶到临皋，但苏轼还未起床，正鼾声如雷。

满江红

寄鄂州朱使君寿昌

江汉[①]西来，高楼[②]下、葡萄深碧。

犹自带、岷峨雪浪，锦江春色[③]。

君是南山遗爱守[④]，我为剑外思归客[⑤]。

对此间、风物岂无情，殷勤[⑥]说。

《江表传》[⑦]，君休读。

狂处士[⑧]，真堪惜。

空洲对鹦鹉[⑨]，苇花萧瑟[⑩]。

独笑书生争底事[⑪]，曹公黄祖俱飘忽[⑫]。

愿使君、还赋谪仙诗，追《黄鹤》[13]。

【注释】

①江汉：长江、汉水，在武汉汇合。

②高楼：黄鹤楼，在武汉蛇山黄鹤矶上。

③“犹自带”二句：四川在长江上游，岷山、峨眉山的积雪融化后流入长江；锦江为岷江支流，岷江也汇入长江，故说长江带着岷峨雪浪、锦江春色。

④“君是”句：南山：终南山，在今陕西西安市南。遗爱：留下恩泽。朱寿昌曾任陕州通判。

⑤“我为”一句：唐人称剑门关以南的蜀中为剑外。“剑外思归客”即思归蜀中的人。

⑥殷勤：非常恳切。

⑦《江表传》：记载三国时吴国人物事迹的书，今已失传。

⑧狂处士：指祢衡，汉末人，狂放不羁，曾大骂曹操，曹操把他送给刘表，刘表又送给黄祖，结果被黄祖杀害。事见《后汉书·祢衡传》。

⑨“空洲”一句：祢衡死后埋在汉阳沙洲上，因他生前写有著名的《鹦鹉赋》，故叫作鹦鹉洲。

⑩萧瑟：风吹草木发出的声音，也用来形容孤寂凄凉。

⑪争底事：为什么事而争。

⑫“曹公”一句：指残害文士的人也很快死了。

⑬“愿使君”二句：“使君”指朱寿昌。“谪仙诗”指李白诗，贺知章称李白为谪仙人。《黄鹤》指崔颢《黄鹤楼》诗。李白登黄鹤楼读崔颢诗，感叹自己无法赶上，后又模仿作《登金陵凤凰台》《鹦鹉洲》等诗篇。

【译文】

寄鄂州朱使君寿昌

长江、汉水从西边滚滚流来，黄鹤楼下的江水像葡萄一样碧绿。还带着岷山、峨眉积雪化成的浪花，洋溢着锦江上的春天景色。你曾是终南山下受人敬爱的通判，我今是想回到剑门山南的思乡客。面对这里的风土人物，怎能无动于衷？请听我恳切地诉说。你不要再读《江表传》吧，狂放的祢衡真令人惋惜。对着空荡荡的鹦鹉洲，只有苇花相伴，非常萧索。我笑祢衡，不知在争什么，曹操、黄祖不也同样死去！但愿你还是像李白那样赋诗吧，努力写出《黄鹤楼》一样的名作。

【解析】

元丰中贬官黄州时作，具体写作时间未详。朱寿昌字康叔，扬州天长（在今安徽天长）人。因寻母，以孝闻于时。苏轼贬官黄州时，他任鄂州（今湖北武汉）知州，他们间交谊较深，常有书信往来。这首词上阕写因鄂州位于长江、汉水的交汇处，而长江上游即西蜀，两人都与蜀中有瓜葛，故在黄鹤楼上观赏景物，不能不触发思乡之情。下阕由鄂州的名胜古迹联想到祢衡、曹操、黄祖、李白、崔颢等有关人物，抒发了对被害文士的同情和对残害文士者的愤慨，实际是借他人的遭遇抒发自己因言得罪的不平。全词即景抒情，抚今追昔，抑扬顿挫，开辛（弃疾）词沉郁之风。

满庭芳

归去来兮，吾归何处？

万里家在岷峨①。

百年强半②，来日苦无多。

坐见黄州再闰③，儿童尽、楚语吴歌④。

山中友，鸡豚社酒⑤，相劝老东坡。

云何，当此去⑥？

人生底事⑦，来往如梭？

待闲看秋风，洛水⑧清波。

好在堂前细柳，应念我、莫剪柔柯⑨。

仍传语，江南父老，时与晒鱼蓑。

【注释】

①岷峨：指四川境内的岷山、峨眉山。

②强半：过半。当时苏轼四十九岁，“百年强半”只是大约数字。

③再闰：苏轼于元丰三年二月到达黄州，元丰七年离开黄州，其间元丰三年闰九月，元丰六年闰六月。

④楚语吴歌：战国时，黄州所在地属楚国，三国时属吴国，所以说儿童的语言都变成了吴楚口音。

⑤鸡豚社酒：豚，小猪。社酒，古代社日祭神要欢聚饮酒。

⑥云何，当此去：“当此去云何”的倒文，在离别时说了些什么。

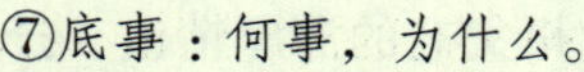

⑦底事：何事，为什么。

⑧洛水：今河南洛河，源于陕西，流经洛阳，在巩县入黄河。汝州离洛阳很近。表面说要去欣赏洛水清波，实际是说不得不赴汝州。

⑨柯：枝条。

【译文】

回去呵回去，可我到哪里落脚？我家迢迢万里，远在岷峨。我已年近五十，未来的日子已不多。两个闰年都在黄州度过，孩子们语音尽变，满口是楚语吴歌。山中热情的朋友，社日摆上佳肴美酒，都劝我终老东坡。在这离别的时候，我们谈了些什么？“为什么人生一世，要东奔西走，来往如梭？”“我要去洛水悠闲地观赏，清凉的秋风，明澈的碧波。雪堂前的柳树枝细叶嫩，请为我看护，莫让人砍斫。并转告大江南岸的父老，不时为我晒晒渔蓑。”

【解析】

词前有小序，大意是说：元丰七年（1084）四月一日，我将离开黄州，移居汝州（今河南临汝），向东坡雪堂的两三位邻居告别。恰好李仲览自江东来告别，于是写了这首词赠他。词的上阕感叹自己无家可归，贬官黄州已经很久，父老们都劝自己不要离开东坡雪堂。下阕记他同黄州父老的对话，“人生底事”二句是黄州父老的问话，也是苏轼借父老之口自抒感慨。以下都是苏轼的答词，他表示因为是朝廷命令，不得不去汝州贬所，但将来一定要回黄州长住，故托当地父老为

他看护好雪堂。全词用家常话语表现了他同黄州父老的深厚情谊，抒发了依依不舍的离别之情。

满庭芳

归去来兮，清溪无底，上有千仞嵯峨①。
画楼②东畔，天远夕阳多③。
老去君恩未报，空回首、弹铗悲歌。
船头转，长风万里，归马驻平坡。
无何④，何处有？银潢⑤尽处，天女⑥停梭。
问："何事人间，久戏风波？"
顾谓同来稚子⑦："应烂汝腰下长柯⑧。"
青衫破，群仙笑我，千缕挂烟蓑。

【注释】

①"清溪"二句：据《元丰九域志》载，宜兴境内有君山、运河、太湖、阳羡溪。"清溪"指阳羡溪，"无底"形容溪深。"千仞嵯峨"形容君山高峻，八尺为仞。嵯峨：高峻貌。

②画楼：对自己阳羡住宅的美称。

③"天远"一句：语意双关，感情很复杂。表面是写景，实际是说自己离神宗虽远，却得到了他很多的温暖和恩惠。但"夕阳"二字又使人想到"夕阳无限好，只是近黄昏"，暗含"放归阳羡"后，就只有"归耕没齿（到死）"，不会再有什么恩惠了。

④无何：指无何有之乡，《庄子·逍遥游》幻想出来的理想境界。

⑤银潢：即银河。

⑥天女：即织女，传说是天帝孙女，故又叫作天孙、天女，长年织云锦。

⑦稚子：幼子，幼童。

⑧“应烂”一句：应：揣测之词。柯：斧柄。据《述异记》载，晋人王质伐木入山，见数人下棋，王质旁观，下棋人给一个像枣核的东西让王含着，就不感到饥饿。过了一会儿，下棋人问王“何不去”，王质起身，见斧柄已烂尽；回到家中，同时的人早已去世。苏轼用此典，继续申说“久”字。

【译文】

回去呵，我要去的阳羡，下有清澈的深溪，上有高峻的青山。快要落山的太阳照红了，住宅东面遥远的天边。年已半百，还未报答皇上的恩德。回首往事，不禁悲歌弹剑。掉转船头，乘长风破万里浪，就像快马下坡一般。无何有之乡究竟在哪里？我来到银河尽头，织女停下梭子埋怨：“为什么不顾风狂浪险，长久嬉戏在人间？”掉头又问同行的童子：“你腰间的斧柄，恐怕早已腐烂。”一群仙女齐声笑我，穿的青衫像蓑衣一样，千丝万缕，破烂不堪。

【解析】

元丰八年（1085）由南都（今河南商丘）返回阳羡（今江苏宜兴）途中作。[词前小序说：“我谪居黄州五年，将赴临汝，作《满庭芳》一篇告别黄州父老。已经到了南都，蒙皇上恩典，允许我回阳羡居住，于是再作一首。”]苏轼对由谪居黄州改为谪居汝州，心情是很矛盾的。他在给王文甫的信中说：“想要求依旧居住黄州。但想到罪名很大而惩处很轻，皇上的恩德非常深厚，不得不去汝州。考虑了几天，已下决心了。”但是在赴汝州的途中，他的决心又动摇了。他向神宗上书，说他在阳羡有田产，要求在阳羡居住。神宗对苏轼的要求处理得很及时，立即批准，但诏旨下达时，他已到了南都。于是他立即掉转船头返回阳羡，并写了这首词。上阕抒发他回阳羡的喜悦和对神宗的感激之情，但已掩盖不住“君恩未报”的悲凉心绪。下阕调子更低沉，借“天女”看似轻松的问话，抒发了自己久戏人间，穷愁潦倒，一事无成的深沉感慨。个别句子略嫌直露（如“老去君恩未报”），但从全词总体看，仍堪称含蓄蕴藉，慷慨悲凉，富有余味。特别是下阕，表现了苏轼丰富的想象力，借天女责备、群仙讥笑以抒慨，比直接发议论有更强的艺术效果。

满庭芳

有王长官者，弃官黄州三十三年，黄人谓之王先生。因送陈慥来过余，因为赋此。

三十三年，今谁存者，算只君与长江。

凛然苍桧①，霜干苦难双。

闻道司州古县，云溪上，竹坞②松窗。

江南岸，不因送子，宁肯过吾邦！

摐摐③、疏雨过，风林舞破，烟盖云幢。

愿持此邀君，一饮空缸。

居士先生老矣，真梦里，相对残釭。

歌声断，行人未起，船鼓已逢逢④。

【注释】

①桧：常绿齐木，木材有香气，也叫桧柏、圆柏。

②坞：四面高而中间低的山地。

③揔揔（cōng cōng）：撞击声，形容风声。

④逢逢：鼓声。

【译文】

三十三年弃官为民的岁月，如今谁有这般不变的定力？算起来也只有您与长江。如同凛然耸立的青葱桧柏，历经霜寒还依旧举世无双。久闻先生深居简出于黄陂——以山水为伴，视云溪为友；竹绕山坞静，松柏护门窗。若不是护送陈慥去江南，先生岂肯屈尊过我乡，幸会于此真令我难忘！是什么揔揔作响？原来是疏雨后的山风，吹破了先生云烟似的车旗车盖，真感念您顶风冒雨地来访。为了这番情意，来——举杯痛饮，一饮空缸！东坡居士垂垂老矣，知音难觅，如在梦乡——相对举杯伴着将残的灯光。可叹助酒的歌已停，先生醉卧还未起身，开船的鼓声已经砰砰敲响。

【解析】

这首词苏轼写于元丰六年（1083）。王长官，一个弃官为民的隐者（名与事迹不详），所以顶风冒雨来访，诗人又之所以置酒赋诗相送且满怀由衷钦敬之情，在于他们心灵间的一种相知、默契与共鸣。这首词写人状物抒怀笔笔着实，通篇音节铿锵，意象丰美，笔力雄健，并没有一般送别词的惆怅与缠绵之态，堪称别具一格。

题词中的陈慥也值得注意。陈慥，别号方山子，词人的老朋友，是个性格耿介、弃官归隐的“山中之人”，苏轼的名篇《方山子传》即为他而作。陈慥与王先生皆是苏轼敬重的隐居者。三人都是不慕荣利、风神潇散的奇人豪士。通篇的景、物、人、事洋溢着幽雅隐逸的情趣。司州古县即黄陂县。上片以长江的恒久，苍桧的凛然，云溪松竹的幽静、素雅，映衬王先生这个特立独行的高士，显现出王先生长期隐居、甘于寂寞、品格孤傲、心性高洁的形象。上片的境界大而远，下片的情景则沉而雄。风雨声中的豪饮“空缸”，残灯影里的人生感喟，船鼓催发的惜别深情，风声雨声悲歌声，空缸痛饮叹人生，写了诗人敬重的王先生和他的老朋友，也抒写了他自己的情志，全然不见哀哀切切的凄然与颓然，倒痛快淋漓地倾泄了三个饮酒者的无奈与悲怆。这首词语言清雄洒脱，节奏明快，音韵铿锵，是东坡豪放词的名篇。

满庭芳

蜗角[①]虚名，蝇头微利，算来着甚干忙[②]。

事皆前定，谁弱又谁强？

且趁闲身未老，须放我些子疏狂。

百年里，浑教是醉，三万六千场。

思量能几许？忧愁风雨，一半相妨。

又何须抵死，说短论长？

幸对清风皓[③]月，苔茵展，云幕高张。

江南好，千钟美酒，一曲满庭芳。

【注释】

①蜗角：蜗牛角，比喻名声微小。

②干忙：白忙。

③皓：明亮洁白。

【译文】

我对那些蜗角般虚名和蝇头般小利，为什么徒劳奔忙？世事都早就命中注定，根本就不要去争谁强谁弱。不妨趁这空闲，人也还没有老，让我疏散狂放些吧。让我喝得酩酊大醉一百年吧，凑足三万六千场！仔仔细细地思量，人一生美好的时光能有多少？一半已是忧愁、风雨，何必再争高低、长短。还是去享受清悠的风，皎洁的月，满地的青苔和似帷幕的彩云吧！江南风光如此美好，让我畅饮美酒，欢歌一首《满庭芳》。

【解析】

苏轼处世受老庄思想影响较深，而对仕途的不顺，提出最好一醉方休以逃避世俗困扰。这是老庄宿命思想的再现。作者虽也从春光难再中品味出生命的珍贵，但最终仍未摆脱以“千钟美酒”替代一切的可悲。全词语言平朴流畅，看似欢快轻狂，背后却隐藏着深深的无奈、无助。

木兰花令

次欧公西湖韵

霜余已失长淮阔，空听潺潺清颍咽。

佳人犹唱醉翁词，四十三年如电抹。

草头秋露流珠滑，三五盈盈还二八①。

与予同是识翁人，惟有西湖波底月。

【注释】

①“三五”“二八”：分别指农历十五和十六日。

【译文】

正霜秋时节，长淮消歇，不见了往日的壮阔、激越。空有颍水潺潺，似在怀思人间离别，凄然独自呜咽。听佳人还在传唱醉翁当年词曲。四十三年逝去，光阴如闪电飞掠。生命似草头秋露，晶莹闪亮明明灭灭；正欢悦十五月儿盈盈，十六夜便又圆而渐缺。算当年与我同识醉翁者，而今唯有一弯西湖波底月。

【解析】

这是怀念欧阳修并借以表示敬仰之情的词作。朱弁《风月堂诗话》载，嘉祐二年（1057）苏轼在汴京应试，欧阳修读了他的文章后说："不觉汗出。快哉，快哉！老夫当避路，放他出一头地也。可喜，可喜！"并预言"三十年后世上人更不道着我"。这个故事表明欧阳修奖掖后进的热忱和发现人才的识力。他的热忱自然赢得了苏轼的感念与怀思。

《木兰花令》苏轼写于哲宗元祐六年（1091）正月十五日颍州知州任上，苏轼五十六岁。这是他第二次离开京师任地方官时期。颍州是欧阳修当年任知州并终老于斯的地方。苏轼早年知遇于欧公，二人谊兼师友，情深意笃。这是苏轼泛舟于颍水时怀想欧公、感慨人生的词作。上片的"佳人犹唱"、颍水呜咽，写了欧公艺术生命的不朽，寄托了苏轼的哀思。下片结句以西湖的绿波、明月的清辉映衬欧公的高风亮节，抒写了苏轼的景仰之情。整首词任情而发，似不经意，却又意蕴丰厚，神妙独到。特别是这个五十六岁的白头老门生的拳拳之心，是很让人感动的。三五、二八分别指十五、十六的月亮。谢灵运《怨晓月赋》："昨三五兮既满，今二八兮将缺。"

南乡子

送述古

回首乱山横，不见居人只见城①。

谁似临平山上塔，亭亭，迎客西来送客行②？

归路晚风清，一枕初寒梦不成③。

今夜残灯斜照处，荧荧，秋雨晴时泪不晴④。

【注释】

①“回首”二句：山即第三句所说的临平山，城指临平镇。居人：表面指居住临平的人，实际指陈襄。“回首”“不见”的主语是苏轼自己，写回望对方，是抒发行人已远，不可再见的惜别之情。

②“谁似”三句：临平：杭州仁和县所属四镇之一，下临运河，为舟行北上必经之地。亭亭：高耸的样子。正因为前二句是苏轼回望临平而故人不可复见，所以这三句才羡慕临平山上的高塔，居高眺远，既可“迎客西来”（杭州在临平西南），又可“送客”东行北上。

③“归路”二句：写自己因思念友人而夜不能寐。

④“今夜”三句：揣测陈襄也因思念自己而流泪。荧荧：灯光昏暗的样子。

【译文】

送述古

回头遥望，群山纵横，我再也望不见你，只能依稀看见临平镇。谁像临平山上的高塔，既迎接西来的远客，又目送客人继续前行？回来的路上晚风清凉，初秋的寒气更使我难入梦境。

今夜昏暗灯光斜照着的地方，秋天的夜雨虽已过去，恐怕眼泪仍流个不停。

【解析】

陈襄（1017—1080）字述古，福州侯官（今福建福州）人。他反对王安石变法，曾要求神宗贬斥王安石、吕惠卿。神宗向他询问可用的人，他首先推荐司马光、苏轼。这引起变法派的不满，被命出知陈州，熙宁五年（1072）改知杭州。当时苏轼正担任杭州通判，两人的唱和诗很多。熙宁七年七月，陈襄改知南都，苏轼送陈襄至临平（在杭州东北百余里处），话别后，在返回杭州的船上写下了这首词。词的上阕写别后在归舟中回望告别之地临平镇，表现了对陈襄依依不舍之情；下阕前二句写自己因思念陈襄而夜不能寐，后三句揣测陈襄因思念自己而泪流满面，表现了他们的深厚情谊。

南乡子①

重九②涵辉楼③呈徐君猷

霜降水痕收④。
浅碧⑤鳞鳞⑥露远洲。
酒力渐消风力软，飕飕。
破帽多情却恋头⑦。
佳节若为酬⑧。

但把清尊[9]断送秋。

万事到头都是梦，休休[10]。

明日黄花蝶也愁[11]。

【注释】

①南乡子：唐教坊曲名，后用为词牌。原为单调，有二十七字、二十八字、三十字各体，平仄换韵。单调始自后蜀欧阳炯。南唐冯延巳始增为双调。冯词平韵五十六字，十句，上下片各四句用韵。另有五十八字体。又名《好离乡》《蕉叶怨》等。

②重九：农历九月初九重阳节。

③涵辉楼：在黄冈县西南。宋韩琦《涵辉楼》诗："临江三四楼，次第压城首。山光遍轩楹，波影撼窗牖。"为当地名胜。苏轼《醉蓬莱》序云："余谪居黄州，三见重九，每岁与太守徐君猷会于西霞楼。"徐君猷：名大受，当时黄州知州。

④水痕收：指水位降低。

⑤浅碧：水浅而绿。

⑥鳞鳞：形容水波如鱼鳞一般。

⑦破帽一句：《晋书·孟嘉传》载孟嘉于九月九日登龙山时帽子为风吹落而不觉，后成重阳登高典故。这首词翻用其事。

⑧若为酬：怎样应付过去。

⑨尊：同"樽"，酒杯。

⑩休休：不要，此处意思是不要再提往事。

⑪明日一句：唐郑谷《十日菊》："节去蜂愁蝶不知，晓庭还绕折空枝。"这首词更进一层，谓重阳节后菊花凋萎，蜂蝶均愁。苏轼《九日次韵王巩》："相逢不用忙归去，明日黄花蝶也愁。"故其《与王定国》中提到此句。

【译文】

深秋霜降时节，水位下降，远处江心的沙洲都露出来了。酒力减退了，才觉察到微风吹过，让人觉得凉飕飕的。破帽却多情留恋，不肯被风吹落。重阳节如何度过，只借酒消忧，打发时光而已，世间万事都是转眼成空的梦境，因而不要再提往事。重阳节后菊花色香均会大减，连迷恋菊花的蝴蝶，也会感叹发愁了。

【解析】

词的上片写楼中远眺情景。首句“霜降水痕收，浅碧鳞鳞露远洲”，描绘大江两岸晴秋景象。江上水浅，是深秋霜降季节现象，以“水痕收”表之。“浅碧”承上句江水，“鳞鳞”是水泛微波，似鱼鳞状：“露远洲”，水位下降，露出江心沙洲，“远”字体现的是登楼遥望所见。两句是此时此地即目之景，勾勒出天高气清、明丽雄阔的秋景。

“酒力渐消风力软，飕飕，破帽多情却恋头”，此三句写酒后感受。“酒力渐消”，皮肤敏感，故觉有“风力”。而风本甚微，故觉其“力软”。风力虽“软”，仍觉有“飕飕”凉意。但风力再软，仍不至于落帽。此三句以“风力”为轴心，围绕它来发挥。晋时孟嘉落帽于龙山，是唐宋诗词常用的典故。苏轼对这一典故加以反用，说破帽对他的头很有感情，不管风怎样吹，抵死不肯离开。“破帽”这里具有象征隐喻意义，指的是世事的纷纷扰扰、官场的勾心斗角。苏轼说破帽“多情恋头”，不仅不厌恶，反而深表喜悦，这其实是用戏谑的手法表达自己渴望超脱而又无法真正超脱的无可奈何。

下片就涵辉楼上宴席抒发感慨。“佳节若为酬，但把清樽断送秋”两句，化用杜牧《重九齐山登高》诗“但将酩酊酬佳节，不用登临怨落晖”句意。“断送”，此即打发走之意。政治上所受重大打击，使他对待世事的态度有所变化，由忧惧转为达观，这乃是他黄州时期所领悟到的安心之法。

歇拍三句申说为何要以美酒断送秋。“万事到头都是梦”是化用宋初潘阆“万事到头都是梦，休嗟百计不如人”句意。“明日黄花蝶也愁”反用唐郑谷咏《十日菊》中"节去蜂愁蝶不知，晓庭还绕折残枝"句意，意谓明日之菊，色香均会大减，已非今日之菊，连迷恋菊花的蝴蝶，也会为之叹惋伤悲。此句以蝶愁喻良辰易逝，好花难久，正因为如此，此时对此盛开之菊，更应开怀畅饮，尽情赏玩。

"万事到头都是梦，休休"，这与苏轼别的词中所发出的"人间如梦""世事一场大梦""未转头时皆梦""古今如梦，何曾梦觉"，"君臣一梦，古今虚名"等慨叹异曲同工，表现了苏轼后半生的生活态度。他看来，世间万事皆是梦境，转眼成空；荣辱得失、富贵贫贱，都是过眼云烟；世事的纷纷扰扰，不必耿耿于怀。如果命运不允许自己有为，就饮酒作乐，终老余生；如有机会一展抱负，就努力为之。这种进取与退隐、积极与消极的矛盾双重心理，在词中得到了集中体现。

南歌子

八月十八日观潮

海上乘槎侣①，仙人萼绿华②。

飞升元不用丹砂，住在潮头来处渺天涯。

雷辊③夫差国④，云翻海若家⑤。

坐中安得弄琴牙，写取余声归向《水仙》夸⑥？

【注释】

①乘槎侣：据《博物志》卷三载，天上银河与海相通。海边有人见每年八月都有竹筏经过，于是乘上竹筏，结果到了银河。此写凡人可上天。

②萼（è）绿华：据陶弘景《真诰·远象》载，仙女萼绿华，年约二十，着青衣，有姿色，每月六次到晋人羊权家。此写仙人可下凡。

③雷辊（gǔn）：形容潮声如雷滚动。

④夫差国：春秋时吴国国君。指杭州，杭州为吴国故地。

⑤海若家：北海若，传说是海神。指大海。

⑥“坐中”二句：弄琴牙指抚琴的伯牙。传说他向成连学琴，三年不成，后随师到海上，作《水仙操》，琴声大进。事见《乐府解题·水仙操》。

【译文】

八月十八日观潮

海上有人乘竹筏直上银河，仙女萼绿华常来凡间羊权家。可见飞升上天不需吃丹砂，只要乘着潮势就可走遍天涯。潮声如雷滚动，在夫差的故国，潮水如云翻腾在海神的老家。席上怎能得到善抚琴的伯牙，谱写潮声，可与《水仙操》比高下？

【解析】

观潮指观钱塘江潮。大江之东，凡水入海，无不通潮，而以钱塘江潮最为天下奇观，钱塘江潮又以八月十五至十八日最为壮观。苏轼有好几篇描写钱塘江潮的诗词，这是其中较早较有名的一篇，苏轼写于熙宁五年（1072）通判杭州时。苏轼作词一般认为起于通判杭州时，这一首是可以准确确定年代的最早的东坡词，已开始显露出苏词豪放的本色。上阕因观潮而想象仙人正乘潮来去，下阕因潮声如雷而希望有琴师来谱写潮声。全词想象丰富，气势磅礴，用典多而贴切。

念奴娇

赤壁怀古

大江东去，浪淘尽、千古风流人物①。

故垒西边，人道是、三国周郎赤壁②。

乱石穿空，惊涛拍岸，卷起千堆雪。

江山如画，一时多少豪杰③！

遥想公瑾当年，小乔初嫁了，雄姿英发④。

羽扇纶巾，谈笑间、强虏灰飞烟灭⑤。

故国神游，多情应笑我，早生华发⑥。

人间如梦，一樽还酹⑦江月。

【注释】

①“大江”三句：总领全词，江山如画，英雄可敬，而“淘尽”二字与篇末功业无成的感慨也相呼应。大江：长江。淘：淘汰，冲掉。风流人物：杰出的英雄人物。

②“故垒”三句：点赤壁。故垒：旧时营垒。周郎：即周瑜（175—210），字公瑾，吴中呼为周郎。建安十三年（208）率吴军大败曹操于赤壁。

③“江山”二句：前句接上，后句启下，转入怀古。

④“遥想”三句：小乔：周瑜的妻子。雄姿英发：姿态威武，才气

横溢。

⑤“羽扇纶（guān）巾”三句：羽毛扇和系青丝带的头巾，本为诸葛亮的装束，后多用来形容儒将装束。这里是写周瑜的风度。下阕以“遥想”二字领起，接连六句都是抒发对周瑜少年得志的仰慕。“小乔初嫁”，写他婚姻如意；“雄姿英发”，写他威武英俊；“羽扇纶巾”，写他风流潇洒；“谈笑间”，写他临战从容；“强虏灰飞烟灭”，写他战功卓著。

⑥“故国”三句：“故国神游”是“神游故国”的倒文。故国，指古战场赤壁。“多情应笑我”是“应笑我多情”的倒文。“华发”即花发，头发花白。

⑦酹（lèi）：洒酒祭奠，这里有邀月共饮的意思。

【译文】

赤壁怀古

长江滚滚东流，像大浪淘沙，冲掉了千古英雄遗迹。人们说旧营垒的西边，正是三国周瑜大败曹操的赤壁，零乱的岩石高耸入云，汹涌的怒涛拍打着岸壁，卷起无数浪花，像千万堆白雪。美丽如画的祖国河山呵，一时聚集了多少英雄豪杰！回想那时的周瑜，小乔刚刚嫁给他，英姿飒爽，才气横溢。手摇羽扇，头戴纶巾，谈笑之间，强敌已灰飞烟灭。当年的古战场令人神往，可笑我对周瑜充满仰慕，自己却一事无成而发已花白。人世间真如梦幻，不如举杯邀请江中的明月。

【解析】

元丰五年（1082）贬官黄州时作。赤壁，这里指黄冈赤壁。赤壁之战的赤壁，历来众说纷纭，一般认为在湖北蒲圻县长江南岸。苏轼在《赤壁洞穴》中写道：“黄州守居之数百步为赤壁，或言即周瑜破曹公处，不知果是否？”可见苏轼并未肯定黄冈赤壁为赤壁之战的赤壁，词中的“人道是”三字也含有怀疑的意思。但他仍然把它作赤壁之战的赤壁描写，只不过是借此抒怀而已。正如清人朱日濬所说：“赤壁何须问出处，东坡本是借山川。”词的上阕主要写赤壁雄奇壮丽的景色，空间时间背景都极为广阔，为下阕怀古做好了准备。下阕从怀古归结到伤今，缅怀伟大的历史人物，抒发自己理想同现实的矛盾。全词慷慨激昂，苍凉悲壮，气势磅礴，一泻千里，最能代表苏词的豪放风格，被誉为千古绝唱。

念奴娇

中秋

凭高眺远，见长空万里，云无留迹。

桂魄[①]飞来光射处、冷浸一天秋碧。

玉宇琼楼[②]，乘鸾[③]来去，人在清凉国。

江山如画，望中烟树历历[④]。

我醉拍手狂歌，举杯邀月，对影成三客[⑤]。

起舞徘徊风露下，今夕不知何夕？

便欲乘风，翻然[⑥]归去，何用骑鹏[⑦]翼。

水晶宫里，一声吹断横笛。

【注释】

①桂魄：指月亮，传说月中有一株五百丈高的桂树。魄：月亮升起（或即落）时的光芒。

②玉宇琼楼：见《水调歌头》（明月几时有）注。

③鸾（luán）：传说中凤凰一类的鸟。据《异闻录》载，唐玄宗游月中，见月宫有十几个穿白衣的仙女乘着白鸾舞于桂树下。

④历历：分明、清晰的样子。

⑤“举杯”二句：语出李白《月下独酌》：“举杯邀明月，对影成三人。”反映了苏轼的孤独。

⑥翻然：飞动的样子。

⑦鹏：传说中的大鸟，一飞九万里。

【译文】

中秋

我站在高处纵目远望，万里长空没有一丝云迹。明月冉冉升起，一碧无垠的秋空，沉浸在清冷的月光里。月中宫殿晶莹如玉，仙女们乘着鸾凤飞来飞去，生活在清凉的国度里。遥望月中的山川树木，清晰可数，像画图般美丽。我不禁拍手狂歌，举起酒杯邀请明月同醉。明月和我，再加我的影子，共有三位醉客。我在风露中翩翩起舞，不知月宫今夜是什么时节？我想乘着清风飞回月宫去，何必定要驾着大鹏的羽翼。在水晶般明净的月宫里，我要尽情歌唱，不惜吹破横笛。

【解析】

元丰五年（1082）中秋苏轼在黄州赏月时作。上阕是中秋赏月引起的遐想：月中楼台亭阁晶莹壮丽，仙女们乘着鸾凤飞翔，月中山川如画，烟树历历在目，境界辽阔高洁。下阕写在月下起舞，禁不住想飞往月宫，在月宫尽情欢歌。苏轼当时贬官黄州，政治处境很不利，但作品的基调却是明朗的，表现了苏轼的开阔胸怀。词中描绘的美丽明净的月宫跟苏轼的现实处境形成鲜明对比，实际表现了他对理想生活的渴望。全词清旷飘逸，充满浪漫主义色彩，几乎可与他的另一首中秋词《水调歌头》（明月几时有）媲美。但是《水调歌头》还表现了对“人间”的留恋，这首词却全是对“清凉国”的向往，这是同他的政治处境进一步恶化分不开的。

菩萨蛮

西湖送述古

秋风湖上萧萧[①]雨，使君欲去还留住。

今日漫[②]留君，明朝愁杀人。

尊前千点泪，洒向长河[③]水。

不用敛双蛾[④]，路人啼更多。

【注释】

①萧萧：同潇潇，形容风雨声。

②漫：徒劳，枉然。

③长河：此处指钱塘江。

④敛双蛾：皱双眉。敛，集聚。双蛾，指眉毛。

【译文】

西湖送述古

瑟瑟秋风弥漫西湖，潇潇秋雨洒向水面。您刚要离去，却被这风雨阻住。但今日留住您又有何用呢？明朝一别，岂不更令人惆怅？千滴泪水浸在杯中，犹如秋雨洒入钱塘江水。对此离别，不必皱眉，要知道，前路上那夹道送行人的哭声会有更多，更多。

【解析】

作为豪放派词人代表的苏轼，写起伤别词来同样如泣如诉，感人至深。为表现别离之苦，苏轼构建了一个秋风秋雨的天气，这无疑创造了一种阴郁沉闷的气氛。秋雨似乎有情，想留住离人，而实际上分别是必然的。“休敛双蛾，路人啼更多”，表明了既定的决心，也让我们看到主人公去意弥坚。全词情感细腻，生动悲切，一扫狂放词风，展现了词人另一面的创作才华。结尾句用心良苦，以路人夹道相送衬离人的深得民心，从而使全词的立意更高，超越了一般的伤别词。

千秋岁

次韵少游

岛边天外，未老先退。
珠泪溅，丹衷[①]碎。
声摇苍玉佩[②]，色重黄金带。
一万里，斜阳正与长安对。
道远谁云会，罪大天能盖。
君命重，臣节在。
新恩犹可觊，旧学终难改。
吾已矣[③]，乘桴且恁[④]浮于海。

【注释】

①丹衷：赤诚的心。

②苍玉佩：衣带上青色的玉饰。

③吾已矣：还是算了吧，不乏希望之后的失意与悲观。

④恁（nèn）：这样。

【译文】

次韵少游

人未老，身先退，退居在这青天外，荒岛边，破碎了一颗赤诚的心，禁不住热泪飞溅。我还是珍重这衣带的佩玉泠泠作响，金黄的腰带色彩浓艳。纵然是海天万里，天边的夕阳依旧，殷殷西北望长安。道路这么遥远，谁说我能回到京城，罪情这样深重，还望皇帝将我赦免。君王之命重如山，我的节操依然。只是被赦新恩虽可期待，我的积习难以改变。算了吧，我还是乘舟飘浮海上，度我余年。

【解析】

这首词于元符二年（1099）作于儋州，苏轼时年六十四岁。这是苏轼的政治自白，也是他个性的展示。

词的首尾的凄苦与失意与中间部分的期盼与志向构成强烈的对比。开头直写苏轼放逐天涯、泪洒心碎的境遇与心境。继而逐渐摆脱愁苦，寄希望于皇上的圣明，渴望重回政坛，再展抱负。长安：指宋朝都城汴京。“天能盖”，指皇帝对自己能予以宽恕。“罪大”之谓显然是违心的。结尾又转而表达节操自守、“行藏在我”的信念。一首小词却交织着苏轼的期冀与现实、入世和出世、积极与消沉乃至悲凉的矛盾的心态，正是此时此地苏轼思想感情的真实写照。这也正是东坡形象的一面：儒士、忠臣。

两年后的1101年，苏轼北归辞世于常州，享年六十六岁。苏轼去世那年，他在一首诗中给自己作了个小结：“心似已灰之木，身如不系之舟，问汝平生功业，黄州、惠州、儋州。”他没有矜持于自己的三品官位、为官的政绩，却把他谪居三州期间的文学创作视为平生功业，他的同代人、后来人也是这么看的。苏东坡为我们留下了二千七百多首诗、三百多首词、四千二百多篇散文作品，这些诗词文章记录了他坎坷的人生之旅，反映了他所在的那个世界和时代，映现了一个可供人们思索和感佩的真实的人生，而且以其清正、清丽、清旷、清雄的词品、诗品、文品、人品挥洒出千年

不减的人格魅力，倾倒了无数中国文人，影响了无数后之来者的人生模式的选择和文化性格的自我设计与塑造。苏东坡，永远令人怀想，永远给人启迪。东坡如月，月光不朽；人心如水，水月千秋。

沁园春

赴密州，早行，马上寄子由

孤馆灯青，野店鸡号，旅枕梦残。
渐月华收练，晨霜耿耿，云山摛锦①，朝露团团。
世路无穷，劳生有限，似此区区长鲜欢。
微吟罢，凭征鞍无语，往事千端。
当时共客长安，似二陆初来俱少年。
有笔头千字，胸中万卷，致君尧舜②，此事何难?
用舍由时，行藏③在我，袖手何妨闲处看?
身长健，但优游卒岁，且斗樽前。

【注释】

①摛（chī）锦：像展开五彩的锦缎。

②致君尧舜：杜甫《奉赠韦左丞丈二十二韵》："致君尧舜上，再使风俗醇。"此处追述当年两兄弟的理想和抱负。

③行藏：《论语·述而》："用之则行，舍之则藏。"东坡的自信与自豪并没有到狂妄与自负的程度。

【译文】

赴密州，早行，马上寄子由。

孤零零旅舍灯光青冷，厌听这荒野鸡鸣，收拾起旅枕残梦。晓月渐渐淡去了白绢似的皎洁，微亮的晨霜一片晶莹；山上云白如展开的锦缎，朝露点点与晨光辉映。人世间的行程没个尽头，有限的是这劳顿的人生。似这般无足称道的平庸，难得有欢愉的心境。我这里独自低吟罢，征鞍上，悄无声，许多往事涌心中……当年我们风华正茂，同时客居在汴京，好像陆机、陆云兄弟刚来到长安时都是少年人。我可以书怀千字，胸中吐纳万卷诗书，将这些治国平天下的心意告诉给君主，这些对我来说都是很简单的。至于任用我与否是由时局、命运决定的，做与不做是由我自己的心意决定的，不妨闲处袖手看风云变幻，好在我们身体康健，只须终年悠然游乐，饮酒度过此生。姑且杯中寻醉慰平生。

【解析】

诗言志。这首词写景、抒怀、寄情、言志，是苏轼以前文人词作中罕见的题材与风格，是苏轼革新词风的新作。

这首词苏轼写于熙宁七年（1074）十月。当时苏轼自杭州通判调知密州（现所在山东诸县），写于赴任途中。上片是一幅霜晓行旅图：孤舍青灯，野店鸡鸣，月淡霜浓，让人想起温庭筠“鸡声茅店月，人迹板桥霜”的孤寂与落寞。仔细揣摩又不难发现冷中的热，霜晨独行中的“微吟”，马上“无语”中头脑里“往事千端”的思潮涌动，又分明流露出诗人不甘于“似此区区长鲜欢”的积极用世的心向，引发了下片“致君尧舜”的宏大抱负，以及待时而沽、“行藏在我”的自信与自豪。当时苏轼兄弟一到京城，就受到欧阳修的赏识，后来又受到仁宗、神宗的欣赏：“仁宗初读轼、辙制策，退而喜曰：‘朕今日为子孙得两宰相矣。’神宗尤爱其文，宫中读之，膳进忘食，称为天下奇才。”后因政见不合，不被重用，未能施展政治抱负。

然而词思流转中又明显表达了热中的冷、进取中的退守。“袖手何妨闲处看”“但优游卒岁，且斗樽前”，实为苏轼内心深处的困惑与矛盾的写照。苏轼用自己的笔毫不掩饰地写出了一个真实、透明、本真可爱的苏轼。当然，儒家积极用世的人生观是他人生信念的基石，是从未动摇过的。即使在他几年后横遭牢狱之灾生死未卜的关头，依然怀着“圣主如天万物春”的信条不变。同是《沁园春》这个词牌，八百多年后有个华夏英才面对华夏河山吟出了“问苍茫大地谁主沉浮”“俱往矣，数风流人物还看今朝”的雷霆般的声音，何等的执着、博大而朗健！人是历史和文化的产物，信非虚言。我们在评议前人的诗文与其思想感情的时候，也不该忘记这一点。

如梦令二首

其一

为向东坡传语，人在玉堂深处。
别后有谁来？雪压小桥无路。
归去，归去，江上一犁春雨。

其二

手种堂前桃李，无限绿阴青子①。
帘外百舌儿，惊起五更春睡。
居士，居士，莫忘小桥流水。

【注释】

①青子：青果子。

【译文】

其一

向着我思念的东坡，传出我问询的话语：现今我人在翰林院，心却总是放不下你。别后可有谁来过没？冬天雪漫山坡雪满谷，能找到那小桥？能找到那小路？回去吧，还是回去吧，江畔春雨正合人意，正好下犁。

其二

在那东坡雪堂前，有我亲手种植的桃李园。绿荫总是绿在我的记忆中，树枝上是无数的青果子点点。帘外的百舌儿也让人喜欢，惊动我的春睡它也不管，五更天它就殷勤鸣啭。居士呵，东坡居士，可别忘记小桥弯弯，可别忘记流水潺潺。

【解析】

这两首词约苏轼写于元祐二年（1087）至三年（1088）。苏轼历经“乌台诗案”贬谪黄州四年后，元祐元年（1086），神宗病故，由年方九岁的哲宗继位，英宗太后摄政，苏轼奉诏回朝。短短几个月，苏轼由七品官升上六品，跳升四品，最后成为三品的翰林学士，知制诰，负责起草诏书，时年四十九岁。翰林学士是著名学者最高职位，虽是三品，几乎位极人臣，因为宰相只是二品，宋朝根本没有一品官。这次在朝的四年间，在对待废除新法的问题上，苏轼直言极谏，同旧派发生了激烈的争论，多次遭受旧派构陷，越来越感到在朝内不能立足，遂有念念不忘黄州的归耕隐逸之心。这两首小词即反映了此时苏轼的心境与愿望，词中的“玉堂”即苏轼在朝廷任职翰林学士的翰林院。

两首小词写得真率、明快、清新而深情。第一首写苏轼身在京师，心向东坡之情。起笔直乎“东坡”，告诉它自己身在何方，随口便是一连串的悬念和问询，俨然是久违的老朋友之间的情感与口气。“别后”两句的问询与悬想，说明思念之情不能自已，格外亲切、有情、有味。第二首的自栽的桃李、堂前的绿荫、青子（未成熟的果子）、百舌儿（一种嘴黄、毛黑、善鸣的鸟）、小桥、流水，构成了一幅安逸、闲适的生活图景。这些并非虚构，乃是苏轼黄州谪居时的真实写照。当时他耕种于东坡，并在雪天里盖成堂舍即雪堂，雪堂台阶下有小桥，近处有他栽种的柳树与桃李园、稻田、麦田。“手种堂前桃李”即是对这些物事的忆念。苏轼如此怀念东坡，意味着苏轼思想上的一个重大变化：清静无为、超然物外的思想成为他政治逆境中的主要处世哲学。

水龙吟

闾丘大夫孝终公显尝守黄州，作栖霞楼，为郡中胜绝。元丰五年，余谪居黄。正月十七日，梦扁舟渡江，中流回望，楼中歌乐杂作。舟中人言：公显方会客也。觉而异之，乃作此词。公显时已致仕在苏州。

小舟横截春江，卧看翠壁红楼起①。

云间笑语，使君高会，佳人半醉②。

危柱哀弦，艳歌余响，绕云萦水③。

念故人④老大，风流未减，空回首，烟波里。

推枕惘然⑤不见，但⑥空江，月明千里。

五湖闻道，扁舟归去，仍携西子⑦。

云梦南州，武昌东岸⑧，昔游应记。

料⑨多情梦里，端来⑩见我，也参差⑪是。

【注释】

①“小舟”二句：“江”指长江，“翠壁”指竹木苍翠的黄冈赤壁，“红楼”指栖霞楼。

②“云间”三句：写闾丘孝终会客。使君：对地方长官的尊称，这里指闾丘孝终。高会：盛会，盛宴。

③“危柱”三句：写栖霞楼上歌乐之声。危柱：拧得很紧的弦柱。

④故人：指闾丘孝终。老大：年老，岁数大。据《齐东野语》卷二十《耆英诸会》载，元丰年间吴中有十老集会，其一即为朝议大夫闾丘孝终，

已七十三岁。

⑤惘（wǎng）然：若有所失的样子。

⑥但：只有，仅仅。

⑦“五湖”三句：以范蠡喻闾丘孝终退出官场，寄兴江湖。范蠡，春秋时越国大夫，辅佐越王勾践消灭吴国后，携带西子（即西施）乘小舟泛五湖而去。据《吴中纪闻》卷三载，“西子”暗指闾丘孝终的侍妾懿卿。

⑧“云梦”二句：指黄州。“云梦”指云梦泽。“武昌”指湖北鄂城。黄州在云梦泽之南，鄂城东岸。

⑨料：预料，料想。

⑩端来：一定来。

⑪参差：差不多，近似。

【译文】

元丰五年，我被贬居黄州。正月十七日，我梦见乘着小船横渡长江，躺着欣赏赤壁上的栖霞楼。闾丘孝终正举行盛大的宴会，歌儿舞女已有些朦胧醉意，盈盈笑语在空中回荡。紧拧的弦柱发出凄恻的琴声，绮丽的歌词唱得余音袅袅，回荡在云端，缭绕在水上。想到这位老友年过七十，仍不减当年的风流倜傥。船渐远，枉自回头再望，只能看见碧波浩渺，雾气茫茫。推枕起身，心中非常怅惘，只有明月照着千里空江。像范蠡携西施，乘小船，泛五湖，他已带着懿卿隐居在太湖边上。黄州位于云梦泽南，武昌东岸，他应记得过去在这里游玩的欢畅。料想他也像我一般多情，一定梦见来黄州见我，就像我梦见他在黄州一样。

【解析】

元丰五年（1082）贬官黄州期间为思念友人——前黄州知州闾丘孝终而作。词前有小序，大意是：“闾丘孝终字公显，曾知黄州，建栖霞楼，是黄州最好的建筑。元丰五年我谪居黄州，正月十七日梦见乘小船渡过长江，在江心回头仰望赤壁上的栖霞楼，听见楼上有歌声和乐曲声，船上的人说：

'闾丘公显正在宴请客人。'醒来感到奇怪，写了这首歌曲。公显这时已经辞官，住在苏州。"词的上阕记梦，实际是通过梦境再现闾丘孝终在黄州栖霞楼风雅好客，歌乐不断的盛况，这既是对故人的思念，又含有这一切已成过去的凄凉之情。下阕为醒后语，想归隐苏州的闾丘孝终也在怀念黄州，也在梦中见到了自己，进一步表达了苏轼同孝终的深厚友情。苏轼为我们刻画了一位风流太守的形象，抒发了自己对这位风流太守的思慕。全词虚实相间，空灵缥缈，自然浑成。

水龙吟①

次韵②章质夫③杨花词

似花还似非花，也无人惜从教④坠。

抛家傍路，思量却是，无情有思⑤。

萦损柔肠⑥，困酣娇眼⑦，欲开还闭。

梦随风万里，寻郎去处，又还被、莺呼起⑧。

不恨此花飞尽，恨西园、落红难缀⑨。

晓来雨过，遗踪何在？一池萍碎⑩。

春色⑪三分，二分尘土，一分流水。

细看来，不是杨花，点点是离人泪。

【注释】

①水龙吟：词牌名。又名"龙吟曲""庄椿岁""小楼连苑"。《清真集》入"越调"。一百零二字，前后片各四仄韵。第九句第一字是领格，宜用去声。结句宜用上一、下三句法，较二、二句式收得有力。

②次韵：用原作之韵，并按照原作用韵次序进行创作，称为次韵。

③章质夫：即章楶（jié），建州浦城（今属福建）人。时任荆湖北路提点刑狱，常与苏轼诗词酬唱。

④从教：任凭。

⑤无情有思：言杨花看似无情，却自有它的愁思。用唐韩愈《晚春》诗："杨花榆荚无才思，唯解漫天作雪飞。"这里反用其意。思：心绪，情思。

⑥萦（yíng）：萦绕、牵念。柔肠：柳枝细长柔软，故以柔肠为喻。用唐白居易《杨柳枝》诗："人言柳叶似愁眉，更有愁肠如柳枝。"

⑦困酣：困倦之极。娇眼：美人娇媚的眼睛，比喻柳叶。古人诗赋中常称初生的柳叶为柳眼。

⑧"梦随"三句：用唐金昌绪《春怨》诗："打起黄莺儿，莫教枝上啼。啼时惊妾梦，不得到辽西。"

⑨落红：落花。缀：连结。

⑩一池萍碎：苏轼自注："杨花落水为浮萍，验之信然。"

⑪春色：代指杨花。

【译文】

次韵章质夫杨花词

非常像花又好像不是花，无人怜惜任凭衰零坠地。把它抛离在家乡路旁，细细思量仿佛又是无情，实际上则饱含深情。受伤柔肠婉曲娇眼迷离，想要开放却又紧紧闭上。梦混随风把心上人寻觅，却又被黄莺儿无情叫起。不恨这种花儿飘飞落尽，只是抱怨愤恨那个西园、满地落红枯萎难再重缀。清晨雨后何处落花遗踪？飘入池中化成一池浮萍。如果把春色姿容分三份，其中的二份化作了尘土，一份坠入流水了无踪影。细看来那全不是杨花啊，是那离人晶莹的眼泪啊。

【解析】

苏词向以豪放著称，但也有婉约之作，这首《水龙吟》即为其中之一。

它借暮春之际“抛家傍路”的杨花，化“无情”之花为“有思”之人，“直是言情，非复赋物”，幽怨缠绵而又空灵飞动地抒写了带有普遍性的离愁。篇末“细看来，不是杨花，点点是离人泪”，实为显志之笔，千百年来为人们反复吟诵、玩味，堪称神来之笔。

上阕首句“似花还似非花”出手不凡，耐人寻味。它既咏物象，又写人言情，准确地把握住了杨花那“似花非花”的独特“风流标格”：说它“非花”，它却名为“杨花”，与百花同开同落，共同装点春光，送走春色；说它“似花”，它色淡无香，形态细小，隐身枝头，从不为人注目爱怜。

次句承以“也无人惜从教坠”。一个“坠”字，赋杨花之飘落；一个“惜”字，有浓郁的感情色彩。“无人惜”，是说天下惜花者虽多，惜杨花者却少。此处用反衬法暗蕴缕缕怜惜杨花的情意，并为下片雨后觅踪伏笔。

“抛家傍路，思量却是，无情有思”三句承上“坠”字写杨花离枝坠地、飘落无归情状。不说“离枝”，而言“抛家”，貌似“无情”，犹如韩愈所谓“杨花榆荚无才思，惟解漫天作雪飞”（《晚春》），实则“有思”，一似杜甫所称“落絮游丝亦有情”（《白丝行》）。咏物至此，已见拟人端倪，亦为下文花人合一张本。“萦损柔肠，困酣娇眼，欲开还闭”，这三句由杨花写到柳树，又以柳树喻指思妇、离人，可谓咏物而不滞于物，匠心独具，想象奇特。

以下“梦随”数句化用唐人金昌绪《春怨》诗意，借杨花之飘舞以写思妇由怀人不至引发的恼人春梦，咏物生动真切，言情缠绵哀怨，可谓缘物生情，以情映物，情景交融，轻灵飞动。

下阕开头“不恨此花飞尽，恨西园、落红难缀”，苏轼在这里以落红陪衬杨花，曲笔传情地抒发了对于杨花的怜惜。继之由“晓来雨过”而问询杨花遗踪，进一步烘托出离人的春恨。“一池萍碎”即是回答“遗踪何在”的问题。

以下“春色三分，二分尘土，一分流水”，这是一种想象奇妙而兼以极度夸张的手法。这里，数字的妙用传达出苏轼的一番惜花伤春之情。至此，杨花的最终归宿，和词人的满腔惜春之情水乳交融，将咏物抒情的题旨推向高潮。篇末“细看来，不是杨花，点点是离人泪”一句，总收上文，既干净利索，又余味无穷。它由眼前的流水，联想到思妇的泪水；又由思妇的点点泪珠，映带出空中的纷纷杨花，可谓虚中有实，实中见虚，虚实相间，妙趣横生。这一情景交融的神来之笔，与上阕首句“似花还似非花”相呼应，画龙点睛地概括、烘托出全词的主旨，达成余音袅袅的效果。

水调歌头

丙辰①中秋，欢饮达旦②，大醉，作此篇，兼怀子由③。

明月几时有？把酒④问青天。

不知天上宫阙⑤，今夕是何年。

我欲乘风归去⑥，又恐琼楼玉宇⑦，高处不胜⑧寒。

起舞弄清影⑨，何似⑩在人间？

转朱阁，低绮户，照无眠⑪。

不应有恨，何事长向别时圆⑫？

人有悲欢离合，月有阴晴圆缺，此事⑬古难全。

但⑭愿人长久，千里共婵娟⑮。

【注释】

①丙辰：指公元1076年（宋神宗熙宁九年）。这一年苏轼在密州（今山东省诸城市）任太守。

②达旦：到天亮。

③子由：苏轼的弟弟苏辙的字。

④把酒：端起酒杯。把，执、持。

⑤天上宫阙：指月中宫殿。阙，古代城墙后的石台。

⑥归去：回去，这里指回到月宫里去。

⑦琼楼玉宇：美玉砌成的楼宇，指想象中的仙宫。

⑧不胜：经受不住。

⑨弄清影：意思是月光下的身影也跟着做出各种舞姿。

⑩何似：何如，哪里比得上。

⑪转朱阁，低绮户，照无眠：月儿移动，转过了朱红色的楼阁，低低地挂在雕花的窗户上，照着没有睡意的人（指诗人自己）。朱阁，朱红的华丽楼阁。绮户，雕饰华丽的门窗。

⑫不应有恨，何事长向别时圆：（月儿）不该（对人们）有什么怨恨吧，为什么偏在人们分离时圆呢？何事，为什么。

⑬此事：指人的“欢”“合”和月的“晴”“圆”。

⑭但：只。

⑮千里共婵娟：只希望两人年年平安，虽然相隔千里，也能一起欣赏这美好的月光。共，一起欣赏。婵娟，指月亮。

【译文】

丙辰年的中秋节，高兴地喝酒直到第二天早晨，喝到大醉，写了这首词，同时思念弟弟苏辙。

明月从什么时候才开始出现的？我端起酒杯遥问苍天。不知道在天上的宫殿，何年何月。我想要乘御清风回到天上，又恐怕在美玉砌成的楼宇，受不住高耸九天的寒冷。翩翩起舞玩赏着月下清影，哪像是在人间。

月儿转过朱红色的楼阁，低低地挂在雕花的窗户上，照着没有睡意的自己。明月不该对人们有什么怨恨吧，为什么偏在人们离别时才圆呢？人有悲欢离合的变迁，月有阴晴圆缺的转换，这种事自古来难以周全。只希望这世上所有人的亲人能平安健康，即便相隔千里，也能共享这美好的月光。

【解析】

这首词是中秋望月怀人之作，表达了对胞弟苏辙的无限怀念。词人运用形象描绘手法，勾勒出一种皓月当空、亲人千里、孤高旷远的境界氛围，反衬自己遗世独立的意绪和往昔的大醉，作此篇，兼怀子由。丙辰，是公元 1076 年（北宋神宗熙宁九年）。当时苏轼在密州（今山东诸城）做太守，中秋之夜他一边赏月一边饮酒，直到天亮，于是做了这首《水调歌头》。苏轼一生，以崇高儒学、讲究实务为主。但他也“龆龀好道”，中年以后，又曾表示过“归依佛僧”，是经常处在儒释道的纠葛当中的。每当挫折失意之际，则老庄思想上升，借以帮助自己解释穷通进退的困惑。公元熙宁四年（1071 年），他以开封府推官通判杭州，是为了权且避开汴京政争的旋涡。公元熙宁七年（1074 年）调知密州，虽说出于自愿，实质上仍是处于外放冷遇的地位。尽管当时“面貌加丰”，颇有一些旷达表现，也难以遮掩深藏内心的郁愤。这首中秋词，正是此种宦途险恶体验的升华与总结。“大醉”遣怀是主，“兼怀子由”是辅。对于一贯秉持“尊主泽民”节操的苏轼来说，手足分离和私情，比起廷忧边患的国势来说，毕竟属于次要的伦理负荷。此点在题序中有深微的提示。

从艺术成就上看，它构思奇拔，畦径独辟，极富浪漫主义色彩，是历来公认的中秋词中的绝唱。从表现方面来说，词的前半纵写，后半横叙。上片高屋建瓴，下片峰回路转。前半是对历代神话的推陈出新，也是对魏晋六朝仙诗的递嬗发展。后半纯用白描，人月双及。它名为演绎物理，实则阐释人事。笔致错综回环，摇曳多姿。从布局方面来说，上片凌空而起，入处似虚；下片波澜层叠，返虚转实。最后虚实交错，纡徐作结。全词设景清丽雄阔，以咏月为中心表达了游仙“归去”与直舞“人间”、离欲与入世的矛盾和困惑，以及旷达自适、人生长久的乐观态度和美好愿望，极富哲理与人情味。立意高远，构思新颖，意境清新如画。最后以旷达情怀收束，是词人情怀的自然流露。情韵兼胜，境界壮美，具有很高的审美价值。这首词全篇皆是佳句，典型地体现出苏词清雄旷达的风格。

苏轼既标举了“绝尘寰的宇宙意识”，又摒弃那种“在神奇的永恒面前的错愕”情态（闻一多评《春江花月夜》语）。他并不完全超然地对待自然界的变化发展，而是努力从自然规律中寻求“随缘自娱”的生活意义。所以，尽管这首词基本上是一种情怀寥落的秋的吟咏，读来却并不缺乏“触处生春”、引人向上的韵致。

水调歌头

欧阳文忠公尝问余：琴诗何者最善？答以退之《听颖师琴诗》最善。公曰：此诗最奇丽，然非听琴，乃听琵琶也。余深然之。建安章质夫家善琵琶者，乞为歌词。余久不作，特取退之词，稍加隐括，使就声律，以遗之云。

昵昵儿女语，灯火夜微明。
恩怨尔汝来去，弹指泪和声。
忽变轩昂勇士，一鼓填然作气，千里不留行。
回首暮云远，飞絮搅青冥①。
众禽里，真彩凤，独不鸣。
跻攀寸步千险，一落百寻轻。
烦子指间风雨，置我肠中冰炭，起坐不能平。
推手从归去，无泪与君倾。

【注释】

①青冥：指朗朗晴天。

【译文】

初闻一对爱侣亲昵地窃窃私语，在那灯火如豆的岑寂夜里。旋即由爱生怨，絮絮叨叨说来道去，弹指间说得酸楚难抑，禁不住含泪哭泣。忽然琵琶声变，如见气昂昂勇士出战，战鼓填填一马当先，驰驱千里无流连。回首暮云已远在天边。依稀有柳絮回旋无尽，在那寥廓的青天。传来百鸟齐鸣，唯独听不到凤凰的啼啭。声声高扬势如登攀，寸步竟有千重险，陡地一落千丈如坠崖，却又觉得身轻似燕。难得你拨弄手指如有神，兴起风雨掀波澜，竟把世间冰炭凉热，一并搁进我的心坎，令我心潮涌起坐立不安。推开琴任从琴师归去，我已没有泪水洒给你了——泪已流干。

【解析】

序言对这首词的写作因由作了说明，是根据韩愈（字退之）的诗作《听颖师琴》改写而成。隐括，指依照词牌的格式和声律将原诗进行修改，使其符合词的文体形式。

韩诗如下："昵昵儿女语，恩怨相尔汝。划然变轩昂，勇士赴战场。浮云柳絮无根蒂，天地阔远随风扬。喧啾百鸟群，忽见孤凤凰。跻攀分寸不可上，失势一落千丈强。嗟余有两耳，未省听丝篁。自闻颖师弹，起坐在一旁。推手遽止之，湿衣泪滂滂。颖手尔诚能，无以冰炭置我肠。"东坡改诗为词，更富有韵律感、音乐美，内容上也做了修改，既忠实于原作，又有新意。赏析这首词有两点值得注意。第一是通感手法的运用。钱锺书先生曾将韩愈《听颖师琴》中的音乐描写与白居易的《琵琶行》里传诵的那几句著名的音乐描写作了比较，认为白居易只是用雨声、私语声、珠落玉盘声、间关鸟声、幽咽水声来比方琵琶声，"只是从听觉联系到听觉，并非把听觉沟通于视觉"；认为韩诗的音乐描写，那才是"心想形状如此，听声类型，把听觉转化为视觉了"。这就显出韩愈写得深刻，因为他写出了通感。钱锺书先生提出这种“通感”，即把听觉、视觉、嗅觉、味觉、触觉沟通起来的修辞方法。这在韩愈这首描写听觉艺术的诗中得到了充分的表现。他运用动态鲜明的视觉形象摹写音乐的轻柔与雄壮、高亢与低沉、徐缓与急骤、冷与热，给人一种动态美的美感。改写后的苏词保留并突出了这种通感手法给予人的艺术感染力。

还有一点值得注意。东坡词对韩诗的改动不可能是无缘由的，是否另有深意，试作如下分析。如序言中所言，朋友家的弹琵琶者请求东坡作歌词，历来有求必应、经常即席挥笔相赠的坡仙何以“久不作”？这与他和欧阳修之间的答问内容不无关系。东坡认为韩愈的《听颖师琴》“最善”，欧阳修也赞之“最奇丽”，东坡深以为然，这大约是他“久不作”的原因之一，这与李白游历黄鹤楼时见到崔颢题诗而罢手停笔是一样的心态。料想东坡喜爱这首韩诗的原因不只是诗中通感的手法，其中的“勇士赴战”“百鸟”与“孤凤”“跻攀”与“一落千丈”的升沉对比、心中“冰炭”般骤冷骤热的感受，不能不引起东坡关于自身仕途升沉和人生况味的联想与共鸣。韩诗的“喧啾百鸟群，忽见孤凤凰”“百鸟”与“孤凤”并无大的空间阻隔，苏词改为“众禽里，真彩凤，独不鸣”，“真彩凤”哑然失声于“众禽”的喧啾声中，这与东坡仕途遭受群小诬陷而贬逐流放、寂然独处的情状何其相

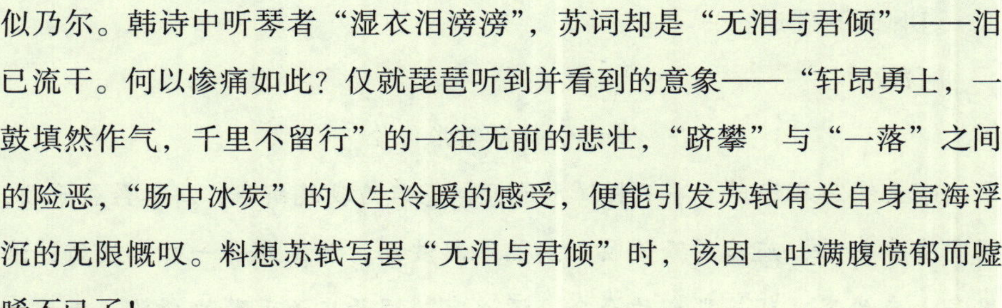

似乃尔。韩诗中听琴者“湿衣泪滂滂”，苏词却是“无泪与君倾”——泪已流干。何以惨痛如此？仅就琵琶听到并看到的意象——“轩昂勇士，一鼓填然作气，千里不留行”的一往无前的悲壮，“跻攀”与“一落”之间的险恶，“肠中冰炭”的人生冷暖的感受，便能引发苏轼有关自身宦海浮沉的无限慨叹。料想苏轼写罢“无泪与君倾”时，该因一吐满腹愤郁而嘘唏不已了！

水调歌头

黄州快哉亭赠张偓佺

落日绣帘卷，亭下水连空。
知君为我新作，窗户湿青红。
长记平山堂上，欹枕江南烟雨，杳杳[①]没孤鸿。
认得醉翁语，“山色有无中”。
一千顷，都镜净，倒碧峰。
忽然浪起，掀舞一叶白头翁。
堪笑兰台公子[②]，未解庄生天籁[③]，刚道[④]有雌雄。
一点浩然气，千里快哉风。

【注释】

①杳杳：深远缥缈。

②堪笑兰台公子：指宋玉曾任兰台令。

③庄生天籁：指《庄子·齐物论》的天籁之说。“天籁”这里指风声。

④刚道：硬说。

【译文】

黄州快哉亭赠张偓佺

亭上绣帘卷落日，亭下长江水连天。感君为我筑新亭，江水盈盈千顷，明明净净如镜，座座碧峰倒映。忽然浪起波涌，只见扁舟一叶白发翁，浪里舟上自雍容。可笑那个兰台令，还没有解悟开庄子天籁的含义，居然把风分成什么“大王之风”，什么“庶民之风”。其实，有我胸中一点浩然之气布于天地，便是千里快哉风！

【解析】

黄州快哉亭，由张偓佺建于谪居黄州时。同时谪居于黄州的苏词。苏轼显然很着意于“快哉”的称谓与相应的心境，整篇词不仅充满了一种江山秀色可餐、引以为快然自慰的情趣，结尾还以“千里快哉风”作结。身遭贬谪，何“快”之有？苏辙的同期散文《黄州快哉亭记》有言：“不以物伤性，将何适而非快。”意即一个人心胸开阔，不因境遇的顺逆而伤损自己的精神。这可以看作是对苏轼这首词寓意的简明诠释。

起笔就写快哉亭的形势，随后以扬州名胜平山堂比拟快哉亭，援引欧阳修的诗句“平山槛晴空，山色有无中”，贴切中自有情趣无穷。头三句以豪语写景，以其壮阔见观览者的胸怀无限，以扁舟老翁的浪里雍容寓意苏轼不以仕途升沉为意的人生态度。宋玉之可笑，在于其《风赋》对楚王问中，有大王雄风、庶民雌风之说。“浩然之气”引自《孟子》“我善养吾浩然之气”，是一种“至大至刚”“塞于天地之间”的精神状态。这里苏轼迭用典故，熔经铸史，恰切自然，繁彩映辉，此亦苏轼诗词创作中以文为诗的一个特点。结尾“一点浩然气，千里快哉风”是苏轼坎坷人生中不失积极心态的人格自我肯定，给人一种痛快淋漓之感。行进在天地间、征途上、风雨中，愿我们也拥有“一点浩然气，千里快哉风”！

少年游

润州作，代人寄远

去年[①]相送，余杭门[②]外，飞雪似杨花。

今年春尽[③]，杨花似雪，犹不见还家。

对酒卷帘邀明月，风露透窗纱。

恰似姮娥[④]怜双燕，分明照、画梁[⑤]斜。

【注释】

①去年：苏轼是头一年十一月离开杭州去润州等地的。

②余杭门：宋代杭州城北的三座城门之一。

③今年春尽：苏轼作这首词是次年四月。

④姮娥：月中嫦娥，代指月。

⑤画梁：绘有画图的屋梁。

【译文】

润州作，代人寄远

去年送你时，一直送到余杭门外，雪花飘飘像漫天的杨花。今年春已尽，杨花飘飘像漫天的雪花，为什么你还迟迟不回家！酒杯在手与谁共饮？卷起珠帘邀明月光临。清凉的风露透进窗纱，人无眠，夜已深。恰似月里嫦娥，怜爱燕子双栖的目光——今宵明月格外多情，久久照画梁……

【解析】

苏轼任杭州通判期间到常州、润州等地赈饥，久不得归，作这首词。

“代人寄远”只是托词，实际是苏轼奔波在外，为思念夫人王闰之而作。词的上阕即用回环往复的句式，表达了这种使人肝肠欲断的思念之情；下阕通过无人伴饮，风露清寒，但燕子成双成对，抒写自己的孤独和苦闷，景中含情。苏轼在词史上的最大贡献是创立了豪放词，但就作品数量而言，仍以婉约词为多，而其质量也并不亚于任何以婉约著称的词人。这首是苏轼较早的以婉约为特征的言情词。

望江南

超然台作

春未老①，风细柳斜斜②。
试上超然台上看，半壕③春水一城花。
烟雨暗千家。
寒食④后，酒醒却咨嗟⑤。
休对故人思故国⑥，且将新火⑦试新茶⑧。
诗酒趁年华。

【注释】

①老：衰老。这是以拟人手法写春天还未完全过去。

②斜斜：摇曳、不整齐的样子。

③壕：城壕，护城河。

④寒食：寒食节，在清明前两日，从这天起禁火三天，故叫作寒食。

⑤咨嗟（jiē）：叹息。

⑥故国：故乡，故土。

⑦新火：因寒食节禁火，故把寒食节后新起的火叫作新火。

⑧新茶：初春新采的芽茶。

【译文】

超然台作

趁着春色还未凋残，斜斜的柳丝随着春风飘洒，登上超然台，看春城风景如画。护城河半壕春水，守护着满城春花；轻烟与细雨交织，朦胧了千万户人家。清明时节把我的乡愁撩起，酒醒了还是长叹不已，——叹又何益，不该对老朋友把故乡提起。来吧，燃起寒食后的新火，品尝寒食后的新茶，饮酒赋诗岂能荒废这春天的时光，美好的年华！

【解析】

这首词苏轼写于熙宁九年（1076）的春天。超然台是苏轼由杭州通判调山东密州任知州时修缮的旧台，由苏辙命名为“超然台”。苏轼还专赋一文《超然台记》，文中称“台高而安，深而明，夏凉而冬温。雨雪之朝，风月之夕，余未尝不在”。登台纵目，可寄托苏轼超然物外的乐观、旷达的情怀。

这首词上片写苏轼的惜春赏春时登览入目的一片春色：春风轻软，绿柳飘洒，烟雨蒙蒙，满城春花，透出苏轼对眼前景物的欣喜爱悦之情。《超然台记》开篇即是“凡物皆有可观。皆有可观，皆有可乐”，这也正是超然台的可观可乐，足可寄托诗人情志的佳妙处。壕：城壕，护城河。下片的情绪似有转换，在于寒食后雨天的清明节扫墓的乡俗，引起了苏轼的怀乡之情——家在西蜀，身在山东，欲扫墓而不能，难免有天涯寥落之感。但苏轼善于自觉地调节这种黯然的情绪，“且将新火试新茶，诗酒趁年华”，借“新火”“新茶”自娱自乐，又含蓄地表达了不愿荒废时日，还要干一番事业的奋发的精神。全词景色明丽，意境清雅，虽有乡愁一缕，但调子并不低沉，中间的乡情与首尾的昂扬、明快构成了抑扬起伏的情感的波澜，更觉自然、真实、清新、洒脱。

西江月

平山堂

三过平山堂下，半生弹指声中。

十年不见老仙翁，壁上龙蛇飞动。

欲吊文章太守，仍歌杨柳春风。

休言万事转头空，未转头[①]时皆梦。

【注释】

①转头：回首。

【译文】

平山堂

第三次前来拜谒平山堂，弹指声中流逝半生时光。十年前老仙翁已经作古，壁上墨迹依旧龙蛇飞舞。如何纪念这位文坛领袖——继续传诵他的春风杨柳。不要叹息万事皆空回首间，其实未回首时一切已是梦幻。

【解析】

元丰二年（1079），苏轼由徐州前去知湖州，第三次路过平山堂时作此篇。平山堂，在扬州大明寺西侧，欧阳修所建。对东坡来说，影响其人生至巨的人，父母之外便是欧阳修了。在苏轼的人生境遇与浮沉的过程中，欧阳修对他的赏识、奖掖是使他感念不已的；作为那个时代的文坛领袖、唐宋古文八大家之一的欧阳修，其道德文章又是令苏轼深为敬仰的。自嘉祐二年（1057）苏轼在汴京（今开封）应试，得到欧阳修的激赏而及第出

仕，已是二十余载了，在其源于宦海风波、逆多顺少而产生的惶惑、抑郁、孤独中，三过平山堂，目睹墙壁上欧阳修的墨迹依旧，他所崇敬的这位先辈在其心中更加亲切，更值得怀念了。欧阳修曾在《朝中指》一词中自称“文章太守”，“杨柳春风”也是从“手种堂前垂柳，别来几度春风”化出。结尾的“空”“梦”之说，与苏轼年前的《百步洪》诗中的“纷纷争夺醉梦里”，以及其后贬谪于黄州期间的名篇《念奴娇》的尾句“人生如梦”是一以贯之的。这种空幻如梦的感叹，不止于时光如流的恍惚之感，也隐含着仕途艰难，有志而不能践志的无奈与苍凉。

据当时同登平山堂的张嘉甫说，东坡作这首词时四周站满围观的仕女，“看其落笔置笔，目送万里，殆欲仙去耳”（宋释惠洪《石门题跋》）。我们今天读这首词，两位“文章太守”的文采风流恍如目前，而弹指间逝去的时光将近千年，吟诵东坡这首词末尾两句，不亦感慨系之！

西江月

顷在黄州，春夜行蕲水中，过酒家饮，酒醉。
乘月至一溪桥上，解鞍曲肱，醉卧少休。
及觉已晓，乱山攒拥，流水锵然，疑非尘世也。
书此语桥柱上。

照野㳽㳽[①]浅浪，横空隐隐层霄[②]。
障泥[③]未解玉骢[④]骄，我欲醉眠芳草。
可惜一溪风月，莫教踏碎琼瑶。
解鞍欹[⑤]枕绿杨桥，杜宇[⑥]一声春晓。

【注释】

①涨涨：水波荡漾的样子。

②层霄：层云。

③障泥：马鞯，垫在马鞍下，垂至马腹两旁以挡泥土，故称。

④骢：雪白的马。

⑤攲：斜。

⑥杜宇：即杜鹃鸟。

【译文】

月照蕲水的郊野，水波翻动着月色；半空里隐约着层层淡淡的云朵。来不及解除青骢马的鞍鞯，我要在芳草丛中醉眠一晚。最可爱的是一溪风清月辉，马儿呀，且莫把这波动如玉的月华踏碎。解鞍下马斜枕着手臂，睡倒在绿杨桥上，杜鹃一声啼叫——好一个春晓！

【解析】

这首词苏轼写于元丰五年（1082）三月。词写得幻丽妙曼，词前小序也写得清丽可人。小序中的蕲水，即黄州蕲水，今湖北浠水。曲肱：弯着胳膊。这首词描绘了苏轼在月色溶溶的夜晚漫游在蕲水边，醉卧于绿杨桥畔，陶醉于野原溪月的物我两忘的游历和兴致，显示了诗人浪漫不羁、逍遥自得的形象与情怀。这首词总的特点：奇。景物奇，人亦奇。景物"疑非人世"，人亦非同常人。东坡诗词的可喜可爱，不只是他的文字、笔法的新美华妙，更因为执笔抒情的人、他的人格、他的风采是可喜可爱的。如这首词，月涌溪流，云横空际，景色如画；胯下马"障泥未解"，更显得骏健，马非凡马；作为月夜浪游者的诗人形象更富有个性：水中月色不忍驱马踏碎，乃是出于对纯洁美好事物的爱护之心；绿杨桥畔夜眠芳草丛中，晨听杜鹃啼晓，气质之豪放不羁，情感之丰富细腻，与野原美景相辉映，既是诗人陶醉于大自然的一种情感寄托，也反映了他对宦海风波的厌憎，对现实压迫的蔑视。东坡词词采华茂，意象奇美，色彩明洁，饶有诗趣，此篇尤其突出。"玉骢""芳草""一溪风月""琼瑶"（指水中月色）、"绿杨桥"，都是很美的形象，创造了一种空灵幻丽的诗情画意。

西江月

梅花

玉骨哪愁瘴雾，冰姿自有仙风。
海仙时遣探芳丛，倒挂绿毛幺凤。
素面常嫌粉涴[①]，洗妆不褪唇红。
高情已逐晓云空，不与梨花同梦。

【注释】

①涴：弄脏。

【译文】

梅花

美玉般的丽质，何惧湿热的瘴气迷漾，冰雪般的姿容，自有清扬的神女风情。海上仙界不时派来使者，探询你的芳踪，使者是那珍奇的倒挂子——绿毛幺凤。素朴无瑕的容颜，总是嫌那脂粉的妆扮，即使一朝花谢了，还依旧是唇红香淡。如今高洁旷远的情怀已伴随朝云消散，而后也不屑与时尚的梨花一同入梦争艳。

【解析】

这首词绍圣三年（1096）十一月苏轼写于惠州。这首咏梅词，多认为是借咏梅悼怀侍妾王朝云之作。东坡被贬惠州，唯朝云万里投荒，随其度岭，历经磨难而无悔，三年后病死于惠州。东坡在《惠州荐朝云书》中，感念其“一生辛勤，万里随从”。又作《朝云墓志铭》，称赞她“敏而好义”“忠敬若一”。这首词托物取兴，以岭外梅花的玉骨冰姿、素面淡妆，喻指朝云美丽的容颜和品格。起句“玉骨哪愁瘴雾”，惠州的梅花不怕瘴气的侵袭。岭南地处偏远，当时人烟稀少，瘴气很重，这是对朝云毅然随行的勇气的嘉许和钦佩，也表达了对朝云死于瘴疫的耿耿痛惜。三、四句系从东坡自己的诗句“蓬莱宫中花鸟使，绿衣倒挂扶桑暾”化出的。他自注：“岭南珍禽有倒挂子，绿毛，红喙，如鹦鹉而小，自东海来，非尘埃中物也。”

下片同上片一样，也是以花喻人，借花写人。“素面常嫌粉涴”“洗妆不褪唇红”，惠洪《冷斋夜话》：“岭外梅花几类桃花之色，而唇红香著。”结句空灵蕴藉，历来为人传颂。“晓云”指朝云，即朝云一去，这份对梅花的思念与赞叹，已随之成为空惘的叹息，语浅意深，缠绵凄切，感人至深。

西江月[1]

世事一场大梦[2]，人生几度秋凉[3]？

夜来风叶已鸣廊[4]。看取眉头鬓上[5]。

酒贱[6]常愁客少，月明多被云妨[7]。

中秋谁与共孤光[8]。把琖[9]凄然北望。

【注释】

①西江月：原为唐教坊曲，后用作词调。《乐章集》《张子野词》并入“中吕宫”。五十字，上下片各两平韵，结句各叶一仄韵。

②世事一场大梦：《庄子·齐物论》：“且有大觉，而后知其大梦也。”李白《春日醉起言志》：“处世若大梦，胡为劳其生。”

③秋凉：一作“新凉”。

④风叶：风吹树叶所发出的声音。鸣廊：在回廊上发出声响。《淮南子·说山训》：“见一叶落而知岁之将暮。”徐寅《人生几何赋》：“落叶辞柯，人生几何。”此由风叶鸣廊联想到人生之短暂。

⑤眉头鬓上：指眉头上的愁思鬓上的白发。

⑥贱：质量低劣。

⑦妨：遮蔽。

⑧孤光：指独在中天的月亮。

⑨琖（zhǎn）：同“盏”，酒杯。

【译文】

世上万事恍如一场大梦，人生经历了几度新凉的秋天？到了晚上，风吹动树叶发出的声音，响彻回廊里，看看自己，眉头鬓上又多了几根银丝。酒并非好酒，却为客少发愁，月亮虽明，却总被云遮住。在这中秋之夜，谁能够和我共同欣赏这美妙的月光？我只能拿起酒杯，凄然望着北方。

【解析】

整首词突出了一个“凉”字，以清寒的中秋之夜的凉风、明月与孤灯等情感意象，营造了一个情景交融的完美意境。苏轼借写节候之“凉”，抒写人生之“悲凉”，表达了他对现实人生的深沉思考。与这首词意境与主旨相似的就是那首写于密州的词《水调歌头·明月几时有》，在那首词中，苏轼写道：“我欲乘风归去，又恐琼楼玉宇，高处不胜寒。”与这首《西江月》相比，两词都是借写景抒怀，都渲染了一个“寒”“凉”情绪意境，给词蒙上了一层深厚的情感意韵。所不同的是前者在于指出节候之“清寒”，后者重在喻示人生之“凄凉”；前者写天上人间之“清寒”，后者写现实人间之“凄凉”；前者想象天上人间之“寒”以反衬人世间值得留恋，后者借人间之真情以慰藉自己“凄凉”的心灵。两词相得益彰，情韵悠远，表达了饱受政治打击的苏轼对历史、人生的深刻认识，以及对人世真情的深深眷恋。

苏轼这首词也寄寓了一定的哲理。但这种哲理意味是通过营造一个完美的审美意境传达出来的。读者首先感受到的是中秋之夜清寒的月色与空寂的长廊，孤独的词人身影与孤独的黯淡灯光，以及由此流露出来的词人深沉的人生思考与真挚的人世之恋，读者并不感觉到说理、议论的空洞与枯燥，而是为词中深沉的情感所打动，然后体验到苏轼蕴含于词中的哲理趣味。另外，苏轼是宋代豪放词派的代表词人，然而这首词风格柔婉，可以看出苏轼的词风也有悲情婉约的一面，这种哀怨隐忍之作更让人久久不能忘怀。

行香子[①]

清夜无尘，月色如银。

酒斟时，须满十分。

浮名浮利，虚苦劳神。

叹隙中驹[②]，石中火，梦中身。

虽抱文章，开口谁亲？

且陶陶，乐尽天真。

几时归去，作个闲人。

对一张琴，一壶酒，一溪云。

【注释】

①行香子：词牌名，又名“爇心香”“读书引”。

②隙中驹：白驹过隙。

【译文】

月夜无尘，夜色清美，明月洒来银色的光辉。对月饮酒就该尽兴，斟酒时须斟个满杯。虚浮的利呀虚浮的名，为它劳苦又有何用。真可叹——白驹过隙般的短暂人生，石火般瞬间明灭的生命，寄身天地间恍然如梦中。尽管满腹诗文华章，又有几人真心称赏？且看我陶然忘机，尽情挥洒本真的天性。但愿尽早回归故乡，做个闲人满怀着闲情，悠然面对——一张古琴的清响，一壶淡酒的醇香，一溪云水的流淌。

【解析】

这首词作时不详。苏东坡本是服膺于儒家经世济民的政治理想而步入仕途的，又是个心地纯正、才识超人的奇才，博得了包括皇帝在内的上下一致的称赏，奈何他忠直不曲，屡遭谗言，逆多顺少。仕途的坎坷使他的人生信念逐渐掺入大量的佛家、道家思想的影响，形成了儒家的济世精神与佛道化解人生苦难的虚幻意识的互补，表现出比较浓烈的超然出世的思想，随缘放旷的文心和风流潇洒的气度。这首词的“几时归去，作个闲人”便是他整合人生信念过程中倦于名利追求、渴望出世脱俗的自白。

上阕慨叹名利的空虚，劳苦的徒然，人生的短暂。接下来连用三个典故，无非强调人生如梦。“隙中驹”，即白驹过隙。《庄子·知北游》：“人生天地之间，若白驹之过隙，忽然而已”“石中火”，以石火熄灭之快比喻生命的短促。北齐刘昼《新论·惜时》：“人之短生，犹如石火，炯然以过。……梦中身”，尹喜《关尹子·四符》：“知夫此身如梦中身”，意谓人生如梦。

下阕专写个人情怀。“开口”，张口；“谁亲”，谁能喜欢。似写自己的文章不为世重，实指自己的为人之道不为世容。字里行间自有一种酸楚。世俗人往往愤懑其中，东坡则不然。“且陶陶，乐尽天真”，他固守心性的本真；“归去，作个闲人”的渴望正是他久蕴心底的清旷人生的理想。悠然面对“一张琴、一壶酒、一溪云”，不只是人与自然的和谐，更是清雅、淡定、超尘脱俗的审美情趣。

行香子

过七里濑

一叶舟轻，双桨鸿惊。

水天清，影湛波平。鱼翻藻[①]鉴[②]，鹭点烟汀[③]。

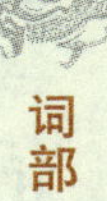

过沙溪急，霜溪冷，月溪明。

重重似画，曲曲如屏。

算当年、虚老严陵。

君臣一梦，今古空名。

但远山长，云山乱，晓山青。

【注释】

①藻：水草。

②鉴：铜镜。

③汀（tīng）：水边平地，小洲。

【译文】

过七里濑

扁舟一叶轻轻，双桨惊起鸿雁。水天相溶水清清，云影澄明，水平如镜。银鳞翻动水藻，白鹭点破烟汀。经行处——沙溪水急，霜溪露冷，月溪月明。山重重——山如画，路弯弯——景如屏。遥想当年严子陵，徒然在此终老。不过是君臣一梦，空有其名。留下的只有这远山的绵绵无尽，云山的峰峦层层，晨光里的山色青青。

【解析】

宋神宗熙宁六年（1073），苏轼在杭州通判任上，巡视富阳、新城，过七里濑时作这首词。七里，在桐庐严陵山下，又叫七里滩，是著名的“严陵八景”之一。这首山水行旅词将苏轼的人生如梦的深沉感喟融化在七里濑的水光山色之中，表达了苏轼否定功名利禄和皈依大自然的思想感情。七里滩美，这首词也写得美。

苏轼选用了最适宜的词调《行香子》。《行香子》句式短，转换快，适于表现清爽、轻快的感受，特别是上下片结句的“领字”句法，即如上面原词的句式排列所示，一个“过”字领起三个三字句，给人一种轻灵、快捷的感觉，正适于表现轻舟疾下时的情状。再者，抓住并突出了七里濑的特色，即山水境界的静美。起首的“一叶舟轻”的“轻”字为基调，配之以“水天”之“清”、波影之“平”，“双桨鸿惊”“鹭点烟汀”“鱼翻藻鉴”，用以动写静、以声衬寂的笔法构成了一个清廓、幽静、秀美的境界。苏轼显然很重视炼字、炼句。

下片更注意炼意，自然意在严陵。严光，字子陵，汉时人，与刘秀同学，帮助刘秀（汉光武帝）打天下之后，隐居不仕，钓于富春江上。江上严山、钓石、严陵濑均以他命名。苏轼这首词感慨地说：“君臣一梦，今古空名”，实际存在的、永恒的只有“远山长，云山乱，晓山青”。正如苏轼《前赤壁赋》所言：“惟江上之清风与山间之明月，耳得之而为声，目遇之而成色，取之无尽，用之不竭……”苏轼的“人生如梦”的感慨无疑是消沉的，但从他的时代、文化背景以及人生经历看，这种人生的空漠感又确是他的真实感受。

渔家傲

金陵赏心亭送王胜之龙图。王守金陵，视事一日，移南郡。

千古龙蟠并虎踞，从公一吊兴亡处。

渺渺斜风吹细雨。

芳草渡，江南父老留公住。

公驾飞车凌彩雾，红鸾骖①乘青鸾驭。

却讶此洲名白鹭②。

非吾侣，翩然欲下还飞去。

【注释】

①骖（cān）：古代驾在车前两侧的马。

②白鹭：指白鹭洲，在南京西南的长江中。

【译文】

“钟山龙蟠，石头虎踞”，千古金陵引起人思归的思绪。难得陪同您凭吊这历经沧桑的兴亡之地。斜风渺渺，细雨濛濛，弥散着一片别情离愁。难忘这芳草渡口，江南父老依依惜别，恳切地把您挽留。且莫伤怀，在我的想象中——您驾着飞车穿越多彩的云霞，仙游似地以鸾鸟为陪乘者，一路凌风驭虚而来。却讶异这里的沙洲居然名之为白鹭，并不是适宜的栖居地。于是，翩翩然未曾歇翅，还是向别处飞去。

【解析】

这首词苏轼写于元丰七年（1084）八月。苏轼赴汝州途中，经过历史名城金陵（今南京），恰逢江宁知府王胜之调任南郡（今河南商丘），遂作这首词送别。王胜之，名益柔，曾任龙图阁直学士，故叫作龙图。此篇上片概要地叙述了金陵龙蟠虎踞的地理形势。“龙”“虎”之说源于诸葛亮语“钟山龙蟠，石头虎踞”。继而着笔于现实，着意描述金陵百姓在蒙蒙细雨中送别王胜之的盛情，显示了友人的政绩与风范。下片异军突起，出人意外，用仙游的比喻，乘风、凌云、驭鸾的想象，赞许王胜之的高洁与超然。意象幻丽而切近，让人想起《楚辞》中“驾龙辀兮乘雷，载云旗兮委蛇”的意境。之后由天上而地下，拈出“白鹭”的联想，引出金陵并非理想的栖居之所，奇巧而亲切地宽慰友人：此去不足惜。可谓笔意灵动，情意诚笃，立意新巧。

永遇乐

彭城夜宿燕子楼，梦盼盼，因作此词。

明月如霜，好风如水，清景无限①。
曲港跳鱼，圆荷泻露，寂寞无人见②。
纨如三鼓，铿然一叶，黯黯梦云惊断③。
夜茫茫，重寻无处，觉来小园行遍④。
天涯倦客，山中归路，望断故园心眼⑤。
燕子楼空，佳人何在？空锁楼中燕⑥。
古今如梦，何曾梦觉，但有旧欢新怨⑦。
异时对、黄楼夜景，为余浩叹⑧。

【注释】

①“明月”三句：写秋天月夜的明朗清凉。前二句为具体描写，后一句用“无限”来概括，为读者留下了充分的想象余地。

②“曲港”三句：写月夜的寂静。“跳鱼”“泻露”，声音很小而能被听见，正说明寂静，这是以有声反衬无声。

③“纨如”三句：纨：击鼓声。如：语助词。铿然：金石声。黯黯：黯然伤神的样子。梦云：借楚王梦巫山神女自称“旦为朝云”事（见宋玉《高唐赋》），喻自己“梦盼盼”。这三句妙在丝毫未写梦的内容，而用“梦云惊断”一笔带过，让读者想象。

④“夜茫茫”三句：“夜茫茫”既照应了前面的“清景无限”，又预承

了下文的“重寻无处”。“觉来小园行遍”，说明他渴望寻到梦中的盼盼，却“重寻无处”，补足了黯然神伤的原因。

⑤“天涯”三句：写厌倦在外做官，思归故乡而不可得。表面看，这三句似同全词游离，实际这一“倦”字正是全部感慨的思想基础，显然含有对时局的不满，对人生意义的怀疑。

⑥“燕子”三句：这是触景（燕子楼）而伤情。用燕子楼尚存反衬佳人何在，感叹物是人非。

⑦“古今”三句：承上启下，由怀古过渡到伤今，由感叹燕子楼转到黄楼。

⑧“异时”二句：这是由燕子楼联想到自己在徐州所建的黄楼，将来也有同样的命运。苏轼初到徐州，黄河泛滥，他亲率徐州军民防洪。第二年春又筑堤以防洪水再至，并建黄楼以镇水势。就在苏轼写这首词前一个月，有三十多位名士欢聚黄楼，庆祝黄楼落成。但是，万物有盛必有衰，他想到现在自己为“燕子楼空”而感叹，将来也会有人对着黄楼夜景为自己感叹。

【译文】

明媚的月光好似秋霜，和爽的秋风如水一样清凉，清幽的夜景一片茫茫。弯弯的小河里，鱼儿在欢跳，团团的荷叶上，露珠在摇荡，只可惜，寂静的深夜无人观赏。紞！三更的鼓声突然传来，铿！落叶坠地也分外响亮，惊破幽梦，令我黯然神伤。走遍了小园的每个地方，再也找不到梦中的盼盼，仍旧是夜色茫茫。我流落天涯，厌倦做官，面对回乡的山路遥望故乡，早已望眼欲穿。燕子楼空空荡荡，当年的美人已不可再见，见到的只有楼中紫燕。古往今来有如梦幻，从来都没有梦醒过，留下的仅是旧欢新怨。后世人对着黄楼夜景，也会为我长声感叹。

【解析】

元丰元年（1078）任徐州（今江苏徐州）知州时作。徐州，古叫作彭城。燕子楼在徐州州府后，唐代节度使张建封之子张愔为爱妾关盼盼所建。

关盼盼能歌善舞，风雅多姿。张愔去世后，她因思念旧情而不改嫁，住在燕子楼达十年之久（事见白居易《燕子楼三首序》）。这首词上阕写“夜宿燕子楼，梦盼盼”，醒来重寻不见；下阕就此抒慨，感叹“古今如梦”：今天自己为“燕子楼空”而浩叹，将来也会有人为我在徐州所建的黄楼而浩叹。这是一首怀古词，但仅用“燕子楼空”三句就说尽了张愔、盼盼旧事，具有高度的艺术概括力。上阕偏重写景，下阕偏重抒怀，充满了怀古伤今之情。怀古而不泥于古，用典故但不为典故所束，贵神情而不重迹象，是这首词最突出的特点。

虞美人

有美堂赠述古

湖山信是东南美，一望弥千里。
使君能得几回来？
便使樽前醉倒更徘徊。
沙河塘里灯初上，水调①谁家唱。
夜阑②风静欲归时，惟有一江明月碧琉璃。

【注释】

①水调：曲调名，为唐代大曲。

②夜阑：夜深。阑：尽，晚。

【译文】

有美堂赠述古

要说湖光山色美，还数东南杭州好，一望江山胜迹，千里风物知多少！

今夕送别后还能几回来？即使樽前醉倒，也依旧徘徊不去，不忍离开。城南沙河塘，又是华灯初上，夜深风静送君归，水调歌声来何方？别情依依何所似——恰似一江碧琉璃，流不尽明月光。

【解析】

熙宁七年（1074）七月，杭州知州陈襄（字述古）期满即将离任，宴僚佐于有美堂，苏轼时任杭州通判（知州的助理官，即陈襄的副手），即席创作了这首词。陈襄是位颇有政绩的官吏，又是一位学者，苏轼与陈襄不仅合作得很好，还结下了深厚友谊，苏轼有不少词作写到两人的友情。傅干《注坡词》记载当时情事："侵夜月色如练，前望浙江，后顾西湖，沙河塘正出其下，陈公慨然，请二车苏子瞻赋之，即席而就。"

词题《有美堂赠述古》，包含了美景与友情两方面。这首词也确由这两个主题交相辉映而成。首二句的"信"（真，确实）、"弥"（充满，遍布）极富情致。一望千里之美，予人无穷想象。山水美，人别离，情依依，一句"樽前醉倒更徘徊"，写尽了挚友流连的惜别之情。下片四句写夜景。沙河塘，在杭州城南，通钱塘江，宋时为杭州繁华地区。下片句句是景语，又句句是情语：江上灯火，人家歌声，已然平添了人生离多聚少的感伤。夜景的描绘，还创造了一个朦胧、悠远而凄清的意境，自有一种送别时惆怅的情调。

鹧鸪天

林断①山明竹隐墙，乱蝉衰草小池塘。

翻空白鸟时时见，照水红蕖细细香。

村舍外，古城旁，杖藜徐步转斜阳。

殷勤昨夜三更雨，又得浮生一日凉。

【注释】

①断：尽处。

【译文】

树林尽处山色明朗，竹丛遮掩着屋舍瓦墙。嘈杂蝉声里枯黄了野草——一个有声有趣的小池塘。鸟儿翻飞蓝天上，不时闪过银白的翅膀；红艳的荷花映照绿水，远远飘来细细的芳香。村舍外，古城旁，是我消遣的好地方。拄一根藜杖漫步，不觉间天边转过斜阳。夜雨殷勤知人意，抢在三更人歇时下一场。窃喜浮生不定又一天——自在逍遥好清爽。

【解析】

这首词大约作于苏轼谪居黄州的元丰六年（1083）。当时由友人相助，苏轼在临皋寓所新建了南堂三间，有了安居新屋，也有了一分闲适。“一听南堂新瓦响，似闻东坞小荷香”“一蓑烟雨任平生”“倚杖听江声”，即此时心境的写照。本篇以白描手法不经意却又真切自然地勾勒了夏季雨后的乡村野景与美趣。蝉声、竹影、荷香、白鸟、红蕖、斜阳，乡间杖藜漫步，浑然物我两忘。诗人随缘自适的心态与情怀，也让关爱他的相识不相识、同时代或不同时代的人们为之感到快慰。结尾两句是从唐朝李涉的诗句“因过竹院逢僧话，又得浮生半日闲”化出，更突出了人与自然的和谐融洽，表达了他超然俗务、悠然自得的意趣。

明代王圣俞说：“文至东坡真是不须作文，只随笔记录便是文。”坡翁的诗词又何尝不如此。我们也可以说，诗词至东坡真是不须作诗作词，只随笔书写便是诗词。其艺术特点便是：信手点染，不刻意求新出奇，却在三笔两笔中出神入化地写出了一幅图画、一种情调、一种心境。

苏轼小传

苏轼，字子瞻，一字和仲，四十六岁以后自号东坡。眉州眉山（今属四川）人。苏轼生于宋仁宗景祐三年（1036）十二月十九日（按公历当是1037年年初），卒于徽宗建中靖国元年（1101）七月。

苏轼出生在一个富有文学修养的家庭。祖父苏序虽为平民，但富有远见卓识，非常注重子孙的教育。父亲苏洵二十七岁才发愤读书，悉心研读诸子之学，最终成为著名的古文家。苏轼二十一岁时，与弟弟苏辙一起跟随父亲前往京城开封参加进士考试。兄弟二人顺利通过了同年八月的举人考试。次年，苏轼礼部考试合格者参加殿试，仁宗亲临崇政殿主持策问，苏轼兄弟同科进士及第。这一年苏轼二十二岁，苏辙十九岁。才华出众、气宇轩昂的两兄弟给皇帝留下了深刻的印象。苏氏父子一时名噪京城，文名远播。任命为河南府渑池县主簿，都是办理文书事务的九品官。

嘉祐六年（1061）八月，苏轼考取“贤良方正能言直谏科”第三等，由于一、二等为虚设，所以第三等实际上是最高等级。考试完毕，苏轼被授大理评事，签判凤翔府（今陕西凤翔），从此踏入仕途，时年二十六岁。

凤翔三年，苏轼为政勤勉，深入府属各县访察，为百姓做了不少好事。嘉祐八年（1063）仁宗去世，英宗继位不久即召苏轼回京，任职史馆，授直史官。正在苏轼仕途顺利之时，家庭不幸又接踵而至。英宗治平二年（1065）五月，恩爱的妻子王弗因病去世，年仅二十七岁。紧接着，第二年四月，父亲苏洵也病逝于京城。苏轼、苏辙兄弟护送灵柩回到眉山老家。这也是苏轼最后一次回到故乡。

苏轼在家守丧期间，朝廷的政局也在发生变化。治平四年（1067），英宗逝世，二十岁的神宗即位。年轻的皇帝锐意改革，希望彻底改变国家积贫积弱的现状。熙宁二年（1069），神宗启用王安石为参知政事，次年拜相，主持变法。由于变法的程度过于激进，引起了保守势力和主张稳健改革者的反对，影响苏轼命运的长达数十年的党争，由此发端。

苏轼一贯主张在政见上与王安石多有不合，以王安石为首的新党因此大为不满。由于苏轼再三批评新法，神宗皇帝也渐渐心生不满，苏轼为求自保，随即请求外任，以离开京城这个政治斗争的旋涡。熙宁四年（1071），苏轼被任命为杭州通判（知州的助理官）。杭州的三年，苏轼写下了许多描绘西湖胜景的美丽诗篇，同时也记下了百姓的疾苦和他们的哀乐。据今人研究，苏轼也正是从这一时期开始填词，但词风基本上是沿袭传统的路径。

杭州任满后，熙宁七年（1074），苏轼被改调密州（今山东诸城）任知州。密州是苏轼思想发展的重要时期。在孤寂和苦闷的处境中，他开始寻求旷达超然的自我解脱方式。与此相应，词的创作也突破了旖旎婉约的传统，无论题材内容还是意境风格，都表现出“以诗为词”的特征；内容上不拘成法，“无意不可人”；境界则阔大明朗，飘逸豪放，为中国词史掀开了新的一页。

熙宁九年（1076）年底，苏轼又改知河中府（今山西永济西）。不久，朝廷又改派他为徐州（今江苏徐州）知州。尽管不容于朝廷，但宾客盈门，士林爱戴，苏轼在徐州的生活还是比较顺遂的。

元丰二年（1079），苏轼移任湖州，并自号“东坡”。此时的苏轼虽然没有放弃儒家经世济民思想，但由政治上的逆境而产生了对整个人生的困惑和怀疑。在他的思想中，佛老的清净无为、超然世外逐渐占了上风，这也使得他能够以更加超脱的态度看待人生的种种遭遇。但黄州依然是苏轼创作上一个辉煌的丰产时期。他寄情山水，在对大自然的感悟中淡化和超越人生的苦难。体现在诗、词、文赋的创作中，透露出一种寻求解脱的精神追求。

元丰八年（1085），神宗病故，即位的哲宗只有十岁，由宣仁高太后（英宗皇后）听政，全面废除王安石新法，史称“元祐更化”。高太后十分器重苏轼，先后起用他为礼部郎中、起居合人、中书合人、翰林学士知制诰。元祐二年（1087），苏轼再次被提升为翰林学士兼侍读。一年多的时间，苏轼的官运可谓顺畅至极。但苏轼坚持自己的政见，既反对新党的过激变法，同时又反对旧党对待新法全盘否定的做法，主张“参用所长”。其后果是很快遭到新、旧两党的不满和忌恨。这种无休止的政治斗争让苏轼感到十分厌倦，他多次上书请求外任。

元祐四年（1089）三月，苏轼又一次出任杭州知州，此后的元祐六、七年间，他数次被召回京，但都深感朝廷不可久留，因此又多次自请外放。苏轼在朝期间，主持过学士院考试和进士贡举。他像恩师欧阳修一样，积极拔擢后进，黄庭坚、秦观、张耒、晁补之、陈师道等才士云集京都，一时文坛兴盛，苏轼成为文坛当之无愧的盟主。这为北宋后期文学的发展开创出一个新的局面。

元祐八年（1093），高太后去世，十九岁的哲宗亲政。绍圣元年（1094），哲宗在苏轼政敌的鼓动下，又以“讥斥先朝”“谤讪先帝”等罪名，将年近六旬的苏轼贬谪到千里之外的岭南英州（今广东英德），尚未到任，又被贬为宁远军节度副使，到惠州（治所在今广东惠阳）安置。尽管屡受打击，但苏轼仍旧保持着乐观的精神，写下了“日啖荔枝三百颗，不辞长作岭南人”这样旷达的句子。

绍圣四年（1097），朝廷仍不放松对他的打击，又将他流放到天涯海角的儋州（今海南儋县）。那里瘴疠肆虐，几近蛮荒。此时的苏轼早已看淡了世间的荣辱，但始终没有放弃儒家的济世精神。惠州、儋州时期，条件最为艰苦，但苏轼的文学创作却获得了再次丰收。这时期的思想和创作是黄州时期的继续和发展。佛老思想再次成为他思想的主导，他的诗词中常常流露出随遇而安、放达自适的人生态度。但是与黄州时的寄情山水不同，此时苏轼的思想已经完全成熟，随缘自适不再是苦苦追求的理想，而完全成了自身生命的一部分。他把这样一种精神的关照投诸平常生活，投诸一草一木，从琐事中也能发现无穷的生机和乐趣。也正因为如此，恬淡自适的陶渊明最受晚年东坡的喜爱，他写了大量的和陶诗与书札散文。这些作品恬淡、超拔、精深、华妙，成为他一生创作的最后辉煌。

元符三年（1100），哲宗去世，徽宗即位。六十五岁的苏轼获赦北还，结束了七年的岭南生涯。艰苦卓绝的环境并没有磨灭苏轼的精神意志，豁达的性格也丝毫没有改变。他在《六月二十日夜渡海》中仍旧豪迈地说："九死南荒吾不悔，兹游奇绝冠平生。"

建中靖国元年（1101）五月，苏轼为自己的画像题了一首诗："心如已灰之木，身似不系之舟。问汝平生功业，黄州惠州儋州。"这是苏轼对自己一生的总结，是愤懑，是旷达，是自嘲，还是感慨？个中滋味实在是一言难尽。这年七月二十八日，回京途中的苏轼在常州与世长辞，终年六十六岁。

苏轼毕生投入在文学艺术生活里，在他六十六年的生命中有四十多个春秋是在宦海沉浮中度过的。试分析他的政治生涯、人生际遇、文学创作，无不与其鲜明的个性有着密切的关系。

在多年的宦海风波、权力倾轧中，他始终秉持着清正、执着、恪守信念的品格。他从二十二岁中进士步入仕途开始，一生经历了两次"在朝—外任—贬谪"的过程，在花甲之年竟被流放到海南儋州。其间扮演过"乌台诗案"政治悲剧的主角，遭逮捕、受审讯、入狱、受刑，险遭极刑。本来，从青少年起，他就"奋厉有当世志"，服膺儒家经世济民的政治理想，且为人清纯坦荡，正直无私，才识过人，敢于直言。王安石厉行新法时他因明确持反对态度而受排挤，后在自请外任期间，写诗对新法实施过程中暴露出来的弊端进行讽谏，遭新党中小人陷害，引发"乌台诗案"，随后贬黄州四年；在司马光废除新政时，他似乎该时来运转了，但他又据实予以拨正，认为王安石的新法有一些已证明是有效的，不可一概废除，这又使他与旧党人物处于尖锐矛盾对立状态，再次遭诬陷，于是贬英州、惠州三年，后又贬儋州三年。依照封建官场的游戏规则，他是有许多回旋与选择余地的，但在政治功利与品性德操不可兼得时，他宁可坚守高洁清白的品格也不去违心地博取那个功名利禄。他在《思堂记》中自称："言发于心而冲于口。吐之则逆人，茹之则逆余。以为宁逆人也，故卒吐之。"他性格中有极清纯、极认真、极执着的一面。真是播种性格，收获命运，他的逆多顺少的坎坷仕途正是他的性格使然。正如他自己所说，"受性刚褊，黑白太明"（《论边将隐匿败亡宪司体量不实札子》），"尽言无隐"（《杭州召还乞郡状》），"不顾身害"（宋孝宗《御制文集序》），他的为人清正如此。作为一个富于社会责任感的士大夫，他具有忠直、坚定、执着的品格。

他在困厄中积极、清旷、达观的人生态度。在他遭受排挤而自请外任的杭州、徐州、颍州、定州知州任上，他依然是个积极用世、勤勉有为的地方官。他体恤民情，减免租赋，兴修水利，治湖筑堤，带领百姓抗洪救灾等，政绩卓著，口碑很好，作品中却较少出现那种悲凉凄怆、消沉颓废的情调。当他年过花甲、以抱病衰老之躯从荒远的海南岛赦还北归时，依旧是超然物外的潇洒与旷达："九死南荒吾不恨，兹游奇绝冠平生。"即使是"乌台诗案"劫后余生的黄州半监禁时期，也未曾放弃对生命价值的追求和民族文化性格的自我完善。正是这个时期，历经惶恐、愤懑、困惑、无奈的熬煎，他在孤独与寂寞中博采儒、道、佛三家之长，以儒家积极用世之精神，融会佛、道清旷达观之襟怀，入世亦超世，脱俗亦从俗，执着人生又善处人生，实现了人生信念的圆通与调适。于是，从"雨洗东坡月色清"的境界里走来了清辉照人的"东坡居士"。从此，苏东坡的诗、词、文、赋如泉涌，如江流，如沧海洪波，如清风满天地，著名的前后《赤壁赋》《念奴娇·赤壁怀古》等诗文名篇即诞生于此时。苏东坡的文学创作由此进入全盛期。苏东坡谪居黄州、惠州、儋州期间，正是他在人生低谷中建树文学丰碑、成为中国文化巨人时期。东坡视之为平生事业，可见他对自己的文学创作的珍视与倾心。这就是苏东坡，在人生的崎岖坎坷中自有他“诗意的栖居”，在人生的风雨阴晦中：自有他人品与诗品的光芒！可以说，苏东坡的人生是诗意的人生，他的人生诗篇分两部分：一是有文字的，光照千秋而不朽；一是没有文字的，是人性的、人文的、人格的诗篇，同样是魅力四射、百世流芳的。

他挥洒的诗词中蕴含着一种独到的神韵。刚健含婀娜的清丽雄健，豪放加散淡的清旷隽逸。爱默生在其《莎士比亚·诗坛巨匠》一文中指出：“最精彩的诗歌其实就是诗人基本经验的总结。他们在诗歌创作的时候，往往会运用高超的技巧，使人们通过他们的诗作很容易就可以读出他们个性的历史。”苏东坡就是这样。他很注重而且乐于抒写自我情怀，表达人生感悟。他的主体意识的强化，表现自我的自觉性是很突出的，即使是他的社会政事诗、山水景物诗、题画诗、哲理诗，以及他的题材广阔而丰富的词作中，我们总能清晰地读出他“表里俱澄澈”的清纯、近乎透明的个性，总能读出他的志向、才情、睿智、坚忍、旷达、情趣与风采。他习惯于在自己的诗词中映现他的个人遭遇、他的心路历程、他的心灵史，于是，他的可爱、可敬、可亲的形象与人格便一步步走进了你的心灵。加上他的诗词内容的扩大与丰富，挥洒自如、随意驱遣的笔触，意境与风格的创新，清新、博洽、鲜活、灵动的语言，奇趣横生、神乎其想的夸张和比喻，构成了他的清新、清健、清雄的艺术风格。他用他的人生脚步和文学创作践履了他的人格追求与艺术理想，在中国文化史上永存了他的人格魅力与艺术魅力。“腹有诗书气自华”，这是东坡有名的诗句，揭示了诗书阅历对人的气质的潜移默化的影响。套用他的诗句，也可以说，世人读苏气自清。沧浪之水可以濯缨，精神世界里的清辉清流可以洗心，可以涤荡人的俗气、浊气，可以滋养人的真、善、美。读苏，不只是文学方面的阅历，还能促进人格的升华，这就有了人文方面的价值。

苏轼年谱

北宋仁宗景祐三年十二月十九日（公元1037年1月8日）生于四川眉山。

至和元年（1054）19岁娶王弗为妻。

嘉祐二年（1057）22岁与苏辙应省试，作《刑赏忠厚之至论》，二人皆为进士及第。母亲程氏去世，父子回乡奔丧。

嘉祐四年（1059）24岁为母亲服丧完毕，父子由水道回京。生长子苏迈。

作《江上看山》《荆州》等诗。

嘉祐六年（1061）26岁应试制科、殿试，入三等。做凤翔府判官。作《和子由渑池怀旧》等诗。

治平二年（1065）30岁妻子王弗去世。

治平三年（1066）31岁父亲苏洵去世，与弟弟扶棺归乡。

熙宁元年（1068）33岁服丧完毕。娶王弗伯父王介之女王润之为妻。

熙宁二年（1069）34岁回京，任诰院判官。王安石任参知政事变法。

熙宁三年（1070）35岁上书论新法不可行。被御史诬告贩卖私木。生次子苏迨。

熙宁四年（1071）36岁任杭州通判，至熙宁七年。其间收侍妾朝云。作《欧阳少师石屏》《初颍口初见淮山》等诗。

熙宁五年（1072）37岁生三子苏过。作《催试官考校戏作》等诗。

熙宁七年（1074）39岁移任密州太守，至熙宁十年。次年作《江城子·记梦》《江城子·密州出猎》等词。

熙宁十年（1077）42岁移任徐州太守，至元丰二年。其间作《百步洪》等诗。

元丰二年（1079）44岁移任湖州太守。“乌台诗案”发生，被捕入京，八月，入御史台狱。年底出狱贬官。作《狱中寄子由》。

元丰三年（1080）45岁贬官黄州团练副使，至元丰七年。作《梅花二首》《初到黄州》等。

元丰四年（1081）46岁躬耕于东坡，自号东坡居士。

元丰五年（1082）47岁造雪堂，作《赤壁赋》《念奴娇·赤壁怀古》词等。

元丰六年（1083）48岁生四子苏遁，可惜不久夭折。

元丰七年（1084）49岁离黄州，过金陵见王安石。

元丰八年（1085）50岁任登州太守，奉召还回汴京，任起居舍人。

元祐元年（1086）51岁任中书舍人。司马光去世，与程颐、朱光庭结怨。九月，任翰林学士，知制诰。

元祐二年（1087）52岁为御史朱光庭等弹劾，多次欲上书求外放不许。

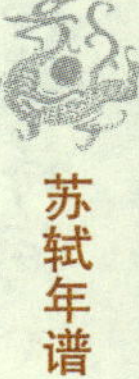

元祐三年（1088）53岁为贡举主考官。

元祐四年（1089）54岁以龙图阁学士任杭州太守，赴任。至元祐六年。元祐六年（1091）56岁任吏部尚书、翰林学士，回京。八月，御史以东坡扬州题诗为由弹劾。外放为颍州太守。

元祐七年（1092）57岁移任扬州太守。八月，任命兵部尚书兼侍读，回京。十一月，任端明殿学士、礼部尚书兼翰林侍读学士。

元祐八年（1093）58岁八月，妻子王润之去世。九月，高太后去世。赴任定州太守。绍圣元年（1094）59岁哲宗亲政，新党上台。六月，以"抵斥先朝"为罪名，贬谪惠州。携朝云、苏过到惠州，至绍圣四年。作《慈湖峡阻风》《壶中九华诗》等。

绍圣三年（1096）61岁七月，朝云去世。作《食荔枝》等。

绍圣四年（1097）62岁再贬海南儋州，至元符三年。作《纵笔》《儋耳山》《椰子冠》等。

元符三年（1100）65岁召还内地，北返。作《汲江煎茶》《六月二十日夜渡海》等。

宋徽宗建中靖国元年七月二十八日（公元1101年8月24日）66岁于常州逝世。作《过岭》等诗。

注：苏轼辞世时实际年龄为64周岁，但因其生于景祐三年农历年末（即1037年1月8日），生下即算1岁，景祐四年（1037）农历年初又加1岁，因此，《东坡年谱》中的苏轼最终年龄比实际年龄大2岁。

参考文献

［1］苏轼．苏东坡全集［M］．北京：北京燕山出版社，2016.

［2］谭新红．苏轼词全集［M］．湖北：崇文书局，2015.

［3］佚名．唐宋八大家全集［M］．北京：中国联合出版社，2014.

［4］王水照．苏轼传［M］．天津：天津人民出版社，2013.

［5］刘石．苏轼词集［M］．上海：上海古籍出版社，2009.

［6］朱刚．苏轼诗词选评［M］．上海：上海古籍出版社，2011.

［7］孔凡礼．苏轼诗集［M］．北京：中华书局出版，1982.